妞妞

一个父亲的札记

周国平 著

云南人民出版社

果麦文化 出品

如果有人问，这本书对世界有什么意义，我无言以对。在这个喧闹的时代，一个小生命的生和死，一个小家庭的喜和悲，能有什么意义呢？这本书是不问有什么意义的产物，它是给不问有什么意义的读者看的。

推荐序：周国平者，传记家也！

赵白生

周国平者，传记家也！

如此定位，如此身份，普通读者难免诧异，专业读者更是诧异，甚至周国平先生本人或许也会莫名诧异。谈起周国平，因其多产，更因其走入寻常百姓家的影响力，人们习惯性地默认之为学者、作家、哲学家。猛然间天上掉下个新身份，冠之以传记家，确实令人诧异，但也实至名归，千真万确。

为什么？

《岁月与性情：我的心灵自传》一版再版深入人心，略究其因，乃自传也。自传的魔力，让这本书生动感人，深刻留人。然而，这本自传之所以享有永久的生命力，其深层原因在于它一特质尊贵无比，两字——诚实。诚如该书自序《我判决自己诚实》所言："在写这本书时，我始终设想自己是站在全知全能的上帝面前，对于我的所作所为乃至最隐秘的心思，上帝全都知道，也全都能够理解，所以隐瞒既不可能也没有必要。"这种立场，既关切，又超脱，比起卢梭，更加实在。《岁月与性情：我的心灵自传》的最大亮点是，它不仅剖析了作者自幼及长的思想历程，更细腻地描绘了他的情感旋涡。其坦诚度，中国自传，难见其俦。我敢断言，这本自传，假以时日，必成经典。

《妞妞：一个父亲的札记》之不朽处，不仅仅因为它是病患传记的范本，更由于它开创了一类儿童传记的先河——亲子儿童传记三部曲。遍览传记史，子女为父母所作传记，比比皆是，不乏杰作。但反其道而行之，父母为子女所写传记，似乎凤毛麟角，乏善可陈。周国平先生则是特例：他不但写了女儿妞妞的长篇传记，而且一发而不可收，一而再，再而三地推出另一女儿的长篇传记《宝贝，宝贝》和儿子的长篇传记《叩叩》。一位父亲，情深如斯执着如彼，廿年之间，陆陆续续推出以子女为传主的三部大传，放眼全球，实属罕见。后两部传记的精髓在于，作者对儿童身心成长的观察细致入微，描述丝丝入扣，堪称为人父母的理想读本。《宝贝，宝贝》和《叩叩》给人的启示是，即使同父同母所生，每一个孩子都是独一无二的，都具备为之作传的充足价值。

自传、传记之外，周国平先生写有海量日记，还出版了其中的部分日记。游记《南极无新闻》的第二部分"岛上日记"，长约七十页，便是全书的菁华。他的代表作《人生哲思录》和《各自的朝圣路》多处谈及日记文类。虽然吉光片羽，但是见解透彻。"通过写日记，我逐渐获得了一种内在的视觉，使我注意并善于发现生活中那些有价值的片段，及时把它们抓住"（出自《各自的朝圣路》），即是一例。这里，周国平先生"一句两得"：既点明了日记的"内在性"，又凸显了日记的"及时性"。由此可见，周国平先生在传坛笔耕不辍，出版了至少五部传记文学作品，且自传、传记、日记、游记、传论五体齐备。说他是全能传记家，可乎？

其实，传记家周国平这一身份认可度低，并不奇怪。傅雷、吴宓、季羡林、杨绛都有一个共同点：他们全是自传家。他们的自传家身份，毫不夸张地说，影响力远远胜过他们的其他身份。《傅雷家书》《吴宓日记》《牛棚杂忆》《我们仨》多数销量过百万，像杨绛的回忆录，甚至直逼千万。随着岁月的流逝，这些自传作品，影响所及，将会大大超过他们的翻译名著或学术专著。它们本身，就成了经典里的常青藤。可是，即使如此，依然没人看出它们成功背后作者的关键身份——自传家。文类意识，淡薄至极，这是我们时代的顽疾。遇上这类独具魅力的作品，我们往往大而化之，笼而统之，不分青红皂白，把它们一概放入散文的大菜篮子里。周国平先生的情况，也属此类，岂可怪哉？他的传记家身份，习焉不察，视而不见，久矣！

确切地说，周国平先生是天生的传记家。他的日记意识，可以为证：

> 一切优秀的艺术家都具有一种日记意识，他们的每一件作品都是日记中的一页，日记成为一种尺度，凡是有价值的东西都要写进日记，凡是不屑写进日记的东西都没有价值。他们不肯委屈自己去制作自己不愿保藏的东西，正因为如此，他们的作品才对别人也有了价值。（出自《人生哲思录》）

传记作家江南说过:"日记是传记的钥匙。"周国平的论断与江南的格言,表述迥异,但核心思想,惊人相似。当好传记家,首要条件,要有"日记意识"。鲍斯威尔和梭罗如此,胡适之和季羡林莫不如此。不过,周国平先生把他的见解,说得更加"语不惊人死不休",居然用到了两个"凡是"。这是因为他骨子里认识到了日记所具备的至高无上的价值。这也印证了美国文豪爱默生的金句:日记是生命的储蓄所。换言之,杰出的传记家,都是日记原教旨主义者。这一点上,周国平先生的表现,尤为突出:

如果我们不把记事本、备忘录之类和日记混为一谈的话,就应该承认,日记是最纯粹的私人写作,是个人精神生活的隐秘领域。在日记中,一个人只面对自己的灵魂,只和自己的上帝说话。这的确是一个神圣的约会,是绝不容许有他人在场的。如果写日记时知道所写的内容将被另一个人看到,那么,这个读者的无形在场便不可避免地会改变写作者的心态,使他有意无意地用这个读者的眼光来审视自己写下的东西。结果,日记不再成其为日记,与上帝的密谈蜕变为向他人的倾诉和表白。
(出自《人生哲思录》)

中国有年谱学派,法国有年鉴学派,我则二十年如一日举办"世界文学年度报告",提倡年轮学派。周国平先生对日记的执念，颇有点年轮学派的味道：日记，犹如年轮，见光死。但是，日复一日，年复一年，你能感觉到日记好像大树，在一天天滋滋生长；日记里的自我仿佛年轮，也在一圈圈默默成形。可是，你就是不能把日记示人，犹如你不能破开一棵茁壮成长的树，让人看其年轮。周国平先生的理由，更为"高大上"：日记"只和自己的上帝说话"，是"神圣的约会"。把私人写作的神圣性托举得如此之高，不难想象，他的传记作品为什么能高处发光，一如灯塔。

他的传记，三个特点，相当明显。其一，具有哲人传记的风范；富有恋人传记的风韵；拥有亲子传记的风景。

有理性的范，有情感的韵，有童心的景，如此传记，谁不爱看？

赵白生
北京大学世界文学研究所教授
世界传记研究中心主任
世界文学学会会长
2025年龙抬头日

目录

1	第一章	诞生
19	第二章	新大陆·札记之一
35	第三章	祸从天降
49	第四章	哭不是懦弱
73	第五章	绝望的亲情·札记之二
89	第六章	因果无凭
111	第七章	要有光
133	第八章	寻常的苦难·札记之三
153	第九章	妞妞小词典
195	第十章	紫色标记
219	第十一章	无可选择
239	第十二章	磕着了
261	第十三章	艰难的诀别
285	第十四章	应该有天堂·札记之四
299	第十五章	让妞妞再生
313	第十六章	死是不存在的
320	后记	
323	附录	

第一章

诞生

在不可知的神秘海域上,一定有无数生命的小舟,其中只有一小部分会进入人类的视野。每只小舟从桅影初现,到停靠此岸,还要经历一段漫长的漂流。这个漂流过程是在母亲的子宫里完成的。

一

妞妞是在离我家不远的一所医院里降生的。每回路过这所医院，我就不由自主地朝大门内那座白色的大楼张望，仿佛看见刚出生的妞妞被裹在纱布里，搁在二楼育婴室的小床上，正等着我去领取。这个意念如此强烈，尽管我明明知道妞妞已经死去，还是忍不住要那么张望。

这所医院离我家的确很近，走出住宅区，横穿马路，向东只有几分钟的路程。它坐落在我上班的必经之路上，使我不可避免地常常要路过它。然而，我一次也没有真的走进去过，一个清晰的记忆阻止我把意向变为行动。三年前的一个下午，我急急忙忙斜穿马路，因为违反交通规则，被站在对面人行道旁的一个警察截住了。听了我的解释，他看一眼夹在我腋下的婴儿被褥，做了一个放行的手势。当天傍晚，我用这条被褥裹住一个长着一头黑发的女婴，带着她的母亲，小心翼翼地一步步走下楼梯，从医院那座白色大楼里走了出来。当我朝大楼张望时，我怀抱婴儿带着妻子小心翼翼下楼的形象后来居上，使我立刻意识到二楼育婴室那一排裹着纱布的婴儿中已经没有妞妞，于是赶紧转过脸去，加快脚步走路，努力不去想我把母女俩接出医院以后发生的事情。

可是，下回路过医院，我又会忍不住朝那座大楼张望，仿佛又看见了裹在纱布里等着我去认领的妞妞。既然她如今不在世上任何别的地方，我就应当能在这个她降临世界的地方找到她，否则她会在哪里呢？我想不通，一只已经安全靠岸（这所医院就是她靠岸的地点）的生命小舟怎么还会触礁沉没？

在不可知的神秘海域上，一定有无数生命的小舟，其中只有一小部分会进入人类的视野。每只小舟从桅影初现，到停靠此岸，还要经历一段漫长的漂流。这个漂流过程是在母亲的子宫里完成的。随着雨儿的肚子一天天隆起，我仿佛看见一只陌生的小舟，我对它一无所知，它却正命定地向我缓缓驶来。

为什么是命定的呢？事实上，它完全可能永远漂荡在人类视野之外的那片神秘海域上，找不到一只可以帮助它向人类之岸靠拢的子宫。譬如说，如果没有那次在书房地毯上的心血来潮的做爱，或者虽然有那次做爱，但雨儿的排卵期没有因为她心血来潮练减肥气功而推迟，就不会有妞妞。妞妞完全是偶然地来到这个世界上的。可是，世上有谁的降生是必然的呢？即使在一个选定的时刻播种，究竟哪一颗种子被播下仍然全凭机遇。每想到造成我的那颗精子和那颗卵子相遇的机会几乎等于零，一旦错过，世上便根本不会有我，我就感到不可思议。始终使我惊奇不已的另一件事是，尽管孩子是某次做爱的产物，但是在原因和结果之间却没有丝毫共同之处。端详着孩子稚嫩的小脸蛋，没有哪一对父母会回想起交媾时的喘息声。我不得不设想，诞生必定有着更神圣的原因，它担保每一只生命小舟的航行具有某种命定的性质。

正当我面对缓缓驶近的生命小舟沉入玄思时，雨儿却在为它的到达做着实际的准备。她常常逛商店，每次都要带回来一两件婴儿用品。有一天我突然发现，我们的衣柜里已经塞满小被褥、小衣服和一包包尿片，酒柜里陈列着一排晶莹闪光的奶瓶，一双色彩鲜艳的小布鞋喜气洋洋地开进我的书柜，堂而皇之地驻扎在我的藏书前面。

"这么说，它真的要来了？"我略感惊讶地问，对于我即将做爸爸这件事仍然将信将疑。

雨儿站在屋子中央，褪下裤子，低头察看裸露的肚子，轻轻抚摸着，忽然抬高声调，用戏谑的口吻说："小DADA，你听你爸爸说什么呀！咱们不理爸爸！"

DADA是她给肚子里的小生命起的名字，这个名字产生于她的一连串快乐的呼叫。当时她也像现在这样察看着自己的肚子，渴望和小生命说话，却找不到相应的语言，便喊出一长串没有意义的音节。她听着DADA这个音节好玩，就自娱似的一个劲儿地重复。我想到达达派，觉得用这个音节称呼她肚子里那个性别不明令人吃惊的小家伙倒也合适。

"是女儿就好了。"我说，想起夜里做的一个梦，梦见我伸出手掌，一只羽毛洁白的小鸟飞来停在掌心上，霎时一股幸福之流涌遍我的全身。

"都猜是儿子，儿子我也要。小怪人也要，戴着两个瓶子底，在银行门口看利息表，一眼就看出算错了，参加国际数学大会……"她把从报纸上读来的神童故事安到了小DADA身上。

一会儿她想起了什么，又笑着说："小DADA，你要像你爸爸，心好，文雅，老是抹不开面子，不愿人打扰还要请人早点来。"

"不，小DADA，你要像你妈妈，心狠，果断，请人吃饭还要让人晚点来。"

我们搂着笑成了一团。

雨儿有了不起的随遇而安的天赋。她一向无忧无虑，爱玩爱笑。她的笑清脆响亮的一长串，在朋友圈里算一景。在她怀孕的那一年里，我们的朋友纷纷出国去了，她觉得寂寞，也想走。自从发现自己怀孕以后，她不再提出国的事，心安理得地做起了孕妇。

有一回，朋友们小聚，L在饭桌上调侃说："雨儿怀孕轰动了学术界。"

雨儿笑嘻嘻地说："明年带我的女儿来你家玩……"

L打断："是女儿？怎么知道的？"

B接茬："学术界的事，我们大家决定的。"

L举杯："我为世上又多了一个母亲而祝福，我为世上多

5

了一个这样的母亲而担忧。"

举座皆笑,雨儿也笑。到家后,仿佛回过味来,问我:"他这是什么意思?"

"这意思是——你太省心,不是个称职的母亲。"

她的确省心,怀孕后尤甚,天天睡懒觉,起了床又从这张床转移到那张床,把家里所有的床(有五张呢)都睡遍,慵懒得无以复加。她说,这叫练习坐月子。

"这么懒,生出个孩子也懒。"她母亲责备。

"懒了好带!"她答。

她懒洋洋地躺在床上,捧着愈来愈膨大的乳房,侧身从镜子里察看色泽变浓的乳晕。

我旁白:"它一直在游戏,现在要工作了。"

"像头大象,"她噘嘴,"谁说这不是一种牺牲!"

接着向我宣布三条决定:一、她要躺着喂奶;二、孩子满月后就断奶;三、夜里让保姆带孩子睡。

孩子生下来后,她把这些决定忘得精光。

怀孕两个月时,雨儿和我游少林寺,在一座庙堂里看香客们跪在佛像前磕头。我惊讶地发现,这会儿是雨儿跪在那里了,她微微低头,双手合十轻轻拢在鼻子前,看去像在捂鼻子,那样子又虔诚又好玩。她在佛像前跪了很久,大约在许一个长长的愿。

后来我问她许了什么愿,她有点不好意思,但终于悄悄告诉我:"求佛保佑我生的孩子不缺胳膊少腿,不是三瓣嘴六个指头。"

真是个傻妞。在我们身罹灾难之后,这个捂着鼻子跪在佛像前的傻妞形象一次次显现在我眼前,使我心酸掉泪。可是眼下,受到祝愿的小生命在她肚子里似乎生长得相当顺利。其间只有一次,在怀孕五个月时,她发高烧住进医院,小生命陪着受了一番折磨,但这次危机好像也顺利度过了。我们仿佛看见这只生命小舟在一阵不大的风浪中颠簸了一下,又完好无损地继续朝我们驶来。尽管后来事实证明这场病的后果是致命的,当时它在我们心中却只投下了少许阴影,而这少许阴影也暂时被一个喜讯驱散了。就在住院期间,医生给她做了一次 B 超。

"你猜,是男是女?"她笑问我。

"女儿。"

"对了,一个傻大姐。我小时候,人家就叫我傻大姐。"她抚摸着肚子接着说:"真想亲亲小 DADA,她太可怜了,无缘无故受这么多苦。小 DADA,你是个傻妞,妈妈也爱你。"

"有毛病吗?"

"看不出。医生说我的胎音很有力呢。"她不无自豪地说。

"是小 DADA 的。"

"我们俩不一回事?"

"你们俩真棒。"

二

我盼望生个女儿——

因为生命是女人给我的礼物,我愿把它奉还给女人;

因为我知道自己是个溺爱的父亲,我怕把儿子宠娇,却不怕把女儿宠娇;

因为儿子只能分担我的孤独,女儿不但分担而且抚慰我的孤独;

因为上帝和我都苛求男儿而宽待女儿,浑小子令我们头疼,傻妞却使我们破颜;

因为诗人和女性订有永久的盟约。

三

雨儿站在街心花园里,肚子奇大,脸色红润,像个大将军。我在一旁按快门。两个小伙子走过,赞道:"嘿,威风凛凛!"

这位威风凛凛的大将军在几天后的一个早晨醒来,突然大喊一声:"破水了!"

小保姆阿珍唤来住在隔壁的她母亲,母亲急忙打电话叫车,一时叫不到,慌了手脚。她倒镇定自若,躺在床上指挥母亲和阿珍干这干那,不失大将军风度。露露闻讯赶到医院,看见她坐在急诊室的长椅上,腿上搁着包包,仍在指挥母亲和小保姆办理入院的种种手续。

当时我在歌德学院北京分院学德语，天天走读。那天，由于雨儿未到预产期，我也早早地上学去了。中午回家，已是人去屋空。

我只有一个念头：立即到她身边去！

可是谈何容易，我们已被产房的一堵墙隔开。我隔墙喊话，被护士轰了出来。露露通过熟人和医生打招呼，医生让我回家等电话。

晚上，医生打电话让我去，告诉我：胎膜没有破，是假破水；由于引产，宫口已开三指，但入盆不深。需要当机立断：做不做剖腹产？

我咬咬牙，在手术申请书上签了字。

她躺在担架车上，朝我微笑。

"好玩吗？"我问。

"好玩，像电影里一样。"

二十二时零五分，担架车消失在手术室的大门后。

在电影里，镜头通常随着大门的关闭而悬置，我们看不见大门后发生的事情，只能看见徘徊在大门外的丈夫的严峻脸色。现在正是这样，无形的镜头对准我，我觉得自己也在扮演电影里的一个角色，但一点儿不好玩。

人生中有许多等待，这是最揪心的一种。我的目光不断投向紧闭的大门，知道大门后正在进行某个决定我的命运的过程，然而，我不但不能影响它，反而被彻底排除在外。我只能耐心等待大门重新打开,然后,不管从那里出来的是什么,我都必须无条件地接受。这是一种真正的判决。

一位朋友的妻子曾经向我抱怨,在她被产前阵痛折磨得死去活来时,她的丈夫却微笑着对她说:"人类几十万年就是这么走过来的。"我知道这个坏丈夫的微笑有多么无奈。海明威笔下的那个医生替一个印第安女人做剖腹产手术,手术很成功,可是医生发现,在手术过程中,那女人的丈夫已经用一把剃刀结果了自己的性命。

露露一直陪着我。她坐在楼梯口,开始吃零食。我也坐下,感到冷,又站起来,在走廊里来回踱步。

"二十分钟够吗?"我问颇通医道的露露。

"起码四五十分钟。"

我不断看表,时间过得格外慢。大门终于打开了。我的女儿诞生于一九九〇年四月二十日夏时制二十二时四十八分。

手术室大门突然打开的那个时刻是永恒的。这个我一直在等待的时刻,当它终于来到的时候,我仍然全身心为之一震。我的眼前出现了终生难忘的一幕。一个小护士从门里蹦出来,又一溜烟消失在隔壁的育婴室门后,手中抱着一个裹着纱布的婴儿。她的抱法很特别,婴儿竖在她的怀里,脸朝外,正好和我打个照面。

"女儿!"小护士朝我喊了一声。

"我的女儿!"我心中响起千万重欢乐的回声。

我的女儿有一头浓密的黑发,睁一只眼,闭一只眼,睁着的那只眼睛炯炯有神。

这是一个父亲和他的女儿相逢的时刻。这个时刻只有一秒钟。从此以后，这一秒钟在我眼前反复重演，我一次次看见那个蹦蹦跳跳的小护士如同玩具钟上的小人那样从一扇门消失于另一扇门，在她显现的片刻间，我的满头黑发的女儿一次次重新诞生，用她那一只炯炯有神的眼睛向我注视。伴随着这个永恒的时刻，我听见钟声长鸣，宣告我的女儿的无可怀疑的永生。

小东西是从妈妈敞开的腹壁一下子进入这个世界的。

她躺在那间柔软温暖的小屋里迷迷糊糊地睡觉，突然被一阵异样的触摸惊醒。微微睁开眼睛，眼前一片从未见过的亮光。就好像有人拉开窗帘，打开窗户，空气、阳光、声响一下子涌进了这间一直遮得严严实实的屋子。一眨眼，她被提溜起来，暴露在空气中了。

"啊——啊——"她发出了一声又嫩又亮的啼哭。

雨儿躺在手术台上，没有见到她。护士把她抱走后，雨儿突然想起，懊恼地嚷道："怎么不给我看看呀！"

不过，雨儿听见了她的第一声啼哭，事后一次次为我模仿，评论道："声音真娇嫩，真好听，一点儿也没有悲伤的含义。"

是的，生命的第一声啼哭是不夹一丝悲伤的，因为生命由之而来的那个世界里不存在悲伤，悲伤是我们这个世界的产物。

四

我曾经无数次地思考神秘,但神秘始终在我之外,不可捉摸。

自从妈妈怀了你,像完成一个庄严的使命,耐心地孕育着你,肚子一天天骄傲地膨大,我觉得神秘就在我的眼前。

你诞生了,世界发生了奇妙的变化,一个有你存在的世界是一个全新的世界,我觉得我已经置身于神秘之中。

诚然,街上天天走着许多大肚子的孕妇,医院里天天产下许多皱巴巴的婴儿,孕育和诞生实在平凡之极。

然而,我要说,人能参与的神秘本来就平凡。

我还要说,人不能参与的神秘纯粹是虚构。

创造生命,就是参与神秘。

五

分娩后四十分钟,手术室大门再度打开,担架车推了出来。雨儿躺在车上,脸容疲惫而无奈。

进了病房,那个中年麻醉师指着墙角一张床,命令我:"把她抱过去!"

"让我一个人抱?"我惊住了。

"她是你们家的功臣啊。"

"我怎么抱得动?"

他冷眼看着，不置一词。

按照西方的传说，女人偷食禁果的第一个收获是知善恶，于是用无花果叶遮住了下体，而生育则是对她偷食禁果的惩罚。在为生育受难时，哪怕最害羞的女人也不会因裸体而害羞了。面对生育的痛苦，羞耻心成了一种太奢侈的感情。此刻她的肉体只是苦难的载体，不复是情欲的对象。所以，譬如说，那个麻醉师便可以用一种极其冷漠的眼光看着这个肉体。在他眼里，这个受难的肉体不是女人，甚至也不是母亲，而只是与他全然无关的某个家庭的传宗接代的工具，因而它的苦难似乎只应该记入这个家庭的收入账上。这就是他所强调的"你们家的功臣"的含义。

现在，我的妻子的不受无花果叶保护的肉体无助地展示在我的面前。她几乎一丝不挂，腹部搭着薄薄一层衬衣，衬衣下是刚刚缝合的长长的刀口。一只手腕上插着针头，导管通往护士在一旁端着的输液瓶，另一只手无力地勾着我的脖子。我伸手托住她的躯体。担架车抽离之后，这个沾满血污、冰凉、僵硬、不停地颤抖着的躯体完全压在我的手臂上了。我竭尽全力，一步步挪向那张指定的床，随时有坚持不住的危险。在整个过程中，那个强壮的男麻醉师始终冷眼看着。

雨儿终于落在床上。后来知道，那张床是另一个病人睡过好几天的，被褥皆未更换，竟然安排给一个刚动了大手术的产妇睡。可是此刻，我总算松了一口气。雨儿躺在那里，牙齿打颤，浑身发抖，断断续续地说冷。

我不想去回忆雨儿在手术后所遭受的创痛的折磨，也不想去回忆中国普通医院里司空见惯的职业性冷漠。在陪床的两天两夜里，我始终想着我的女儿，相信我们身受的这一切是有报偿的，这报偿就是她的存在。诞生是一轮诗意的太阳，在它的照耀下，人间一切苦难都染上了美丽的色彩。

手术后第三天，雨儿终于从创痛中恢复过来，摆脱掉身体上下插的各种管子，重新成为一个直立行走的动物。她气色很好，乳头开始流淌奶汁。看到同室产妇哺乳归来时兴奋的模样，她大受刺激，格外想念自己未见过面的孩子。

说来不信，她确实没有见过自己的孩子。我们医院的惯例是把新生儿隔离起来，在允许喂母奶之前，母亲无权看望。若干天内，新生儿成了没爹娘的孩子，被编上号，排成行，像小动物一样接受统一的饲养。不，小动物刚生下来是不会离开母兽的，除非人类加以干预。没有比这种拆散母婴的做法更违背自然之道的了。

可怜的雨儿只好躺在病床上，盯着我，一遍又一遍地问："她长什么样？"

"都说新生儿丑，是不是？她一点儿也不丑，好像还比较漂亮。"我不太有把握地说。

"长得像谁？"

"说不清。反正一看就知道是我们的女儿。"

从育婴室方向偶尔传来婴儿的啼哭声，雨儿侧耳倾听，自言道："说不定是她。"

咫尺天涯，但她在那里，我们的心是充实的。

分娩第五天允许哺乳,雨儿终于见到了小宝贝。

快到规定的时间了,母亲们候在哺乳室门口,等护士把孩子送来。一辆长长的手推车,车内躺着一排八个婴儿,各个裹在襁褓里,啼得好热闹。哺过乳的母亲先后把自己的孩子抱起来,雨儿是第一回,站在一旁等。有一个婴儿静静躺在车里,不啼不哭,仿佛也在等。

第一次哺乳的感觉是难以形容的。小小的柔软的嘴唇在母亲胸脯上探寻,移动,终于裹住了乳头。这是婴儿离开母体后与母体的重新会合,是新生命向古老生命源头认同的典礼。当乳汁从自己体内流进孩子体内时,雨儿仿佛听见一声欢呼:"通了!"原是一体的生命在短暂分离之后,又接通了!

每天哺乳三次,每次半小时,雨儿心满意足。现在轮到我羡慕她了。

你问她长得漂亮不漂亮?不太漂亮,没有想象的漂亮。不过很可爱,眉清目秀,一看就是个妞妞。眉毛眼睛像我,鼻子嘴巴像你。性格也像你,温温柔柔的,很安静。吃不够奶,别的孩子哭,她不哭,等着喂牛奶。

第一次哺乳归来,雨儿如是说。

接下来,雨儿一次比一次觉得她漂亮。也许不是漂亮,是有特点,完完全全一个妞妞,招人疼爱。放在婴儿车里,一眼可以认出她来。别的孩子头发又黄又稀,看不出性别,她一头浓密的黑发,一副女孩模样。母亲们围在婴儿车旁啧啧赞叹,雨儿心中好不得意。

雨儿不停地絮叨:真是个妞妞,妞味十足……不知不觉地,"妞妞"成了她的小名。

自从雨儿能下地走动以后,我被剥夺了探视的资格。这是医院的又一条戒律。一道铁栅栏把父亲们挡了驾,他们只能耐心守在栅栏门外,等候机会远远望一眼经过的婴儿车。

我不甘心,决心碰碰运气。那天晚上,我偷偷溜进走廊,躲在暗处。哺乳室的门打开了,母亲们抱着各自的孩子踱出来。我赶紧迎上去,目不转睛地望着雨儿怀里的那个孩子。我看见她双眼微睁,细长的眼线很美,眼珠不停地左右转动。她明明是在看!不过,那目光是超然的,无所执着的。她好几次和我的目光相遇,又飞快地滑了过去。我又惊又喜,相信她一定认出了我,父女之间一定有一种神秘的感应。

"我愈来愈觉得她像你了,神态都像,常常皱眉眯眼,像在深思。"雨儿说。

我说:"新生儿是哲学家,儿童是诗人。新生儿刚从神界来,所以用超然的眼光看世界。待到渐渐长大,淡忘神界,亲近人的世界,超然的眼光就换成好奇的眼光了。"

产后第八天,我到医院接母女俩回家。当我从护士手里接过裹在襁褓里的妞妞时,我的心情既兴奋,又慌乱。我不敢相信,我的双手能够托住如此宝贵的重量。

打她生下来,不用说抱,我连碰都不曾碰过她一下。她的小身体一直是我可望而不可即的圣物。我相信雨儿第一次抱她和哺乳时,一定也很激动,但她拥有我所不具备的自信,因为孩子毕竟曾是她身上的一块肉,她们之间有着天然的亲和力。在这方面,当爸爸的就十分尴尬了,我们的身体彼此是陌生的。我真能把她抱稳在手里吗?从医院到家,其实路程很短,且有汽车接,可是我觉得这中间仿佛隔着天堑似的。当我凝神屏息,战战兢兢,一步一顿,抱着这小东西终于踏进家门时,我几乎认为自己是一个凯旋的英雄了。

第二章

新大陆·札记之一

初为人父的日子,全新的体验,全新的感情,人生航行中的一片新大陆。我怀着怎样虔诚的感激和新鲜的喜悦,守在妞妞的摇篮旁,写下了登陆第一个月的游记。我何尝想到,当时的妞妞已经身患绝症,我的新大陆注定将成为我的凄凉的流放地,我生命中的永恒的孤岛……

初为人父的日子，全新的体验，全新的感情，人生航行中的一片新大陆。我怀着怎样虔诚的感激和新鲜的喜悦，守在妞妞的摇篮旁，写下了登陆第一个月的游记。我何尝想到，当时的妞妞已经身患绝症，我的新大陆注定将成为我的凄凉的流放地，我生命中的永恒的孤岛……

1. 奇迹

四月的一个夜晚，那扇门打开了，你的出现把我突然变成了一个父亲。

在我迄今为止的生涯中，成为父亲是最接近于奇迹的经历，令我难以置信。以我凡庸之力，我怎么能从无中把你产生呢？不，必定有一种神奇的力量运作了无数世代，然后才借我产生了你。没有这种力量，任何人都不可能成为父亲或母亲。

所以，对于男人来说，唯有父亲的称号是神圣的。一切世俗的头衔都可以凭人力获取，而要成为父亲却必须仰仗神力。

你如同一朵春天的小花开放在我的秋天里。为了这样美丽的开放,你在世外神秘的草原上不知等待了多少个世纪?

由于你的到来,我这个不信神的人也对神充满了敬意。无论如何,一个亲自迎来天使的人是无法完全否认上帝的存在的。你的奇迹般的诞生使我相信,生命必定有着一个神圣的来源。

望着你,我禁不住像泰戈尔一样惊叹:"你这属于一切人的,竟成了我的!"

2. 摇篮与家园

今天你从你出生的医院回到家里,终于和爸爸妈妈团圆了。

说你"回"到家里,似不确切,因为你是第一次来到这个家。

不对,应该说,你来了,我们才第一次有了一个家。

孩子是使家成其为家的根据。没有孩子,家至多是一场有点儿过分认真的爱情游戏。有了孩子,家才有了自身的实质和事业。

男人是天地间的流浪汉,他寻找家园,找到了女人。可是,对于家园,女人有更正确的理解。她知道,接纳了一个流浪汉,还远远不等于建立了一个家园。于是她着手编筑一只摇篮——摇篮才是家园的起点和核心。在摇篮四周,和摇篮里的婴儿一起,真正的家园生长起来了。

屋子里有摇篮,摇篮里有孩子,心里多么踏实。

3. 最得意的作品

你的摇篮放在爸爸的书房里,你成了这间大屋子的主人。从此爸爸不读书,只读你。

你是爸爸妈妈合写的一本奇妙的书。在你问世前,无论爸爸妈妈怎么想象,也想象不出你的模样。现在你展现在我们面前,那么完美,仿佛不能改动一字。

我整天坐在摇篮旁,怔怔地看你,百看不厌。你总是那样恬静,出奇地恬静,小脸蛋闪着洁净的光辉。最美的是你那双乌黑澄澈的眼睛,一会儿弯成妩媚的月牙,掠过若有若无的笑意,一会儿睁大着久久凝望空间中某处,目光执着而又超然。我相信你一定在倾听着什么,但永远无法知道你听到了什么,真使我感到神秘。

看你这么可爱,我常常禁不住要抱起你来,和你说话。那时候,你会盯着我看,眼中闪现两朵仿佛会意的小火花,嘴角微微一动似乎在应答。

你是爸爸最得意的作品,我读你读得入迷。

4. 舍末求本

我退学了。这是德国人办的一所权威性的语言学校，拿到这所学校的文凭，差不多等于拿到了去德国的通行证。

可是，此时此刻，即使请我到某个国家去当国王或议员，我也会轻松地谢绝的。当我的孩子如此奇妙地存在着和生长着的时候，我别无选择。你比一切文凭、身份、头衔、幸遇更加属于我的生命的本质。你使我更加成为一个人，而别的一切至多只是使我成为一个幸运儿。我宁愿错过一千次出国或别的什么好机会，也不愿错过你的每一个笑容和每一声啼哭，不愿错过和你相处的每一刻不可重复的时光。

如果有人讥笑我没有出息，我乐于承认。在我看来，有没有出息也只是人生的细枝末节罢了。

5. 心甘情愿的辛苦

未曾生儿育女的人，不可能知道父母的爱心有多痴。

在怀你之前，我和你妈妈一直没有拿定主意要不要孩子。甚至你也是一次"事故"的产物。我们觉得孩子好玩，但又怕带孩子辛苦。有了你，我们才发现，这种心甘情愿的辛苦是多么有滋有味，爸爸从给你换尿布中品尝的乐趣不亚于写出一首好诗！

这样一个肉团团的小躯体，有着和自己相同的生命密码，它所勾起的如痴如醉的恋和牵肠挂肚的爱，也许只能用生物本能来解释了。

哲学家会说，这种没来由的爱不过是大自然的狡计，它借此把乐于服役的父母们当成了人类种族延续的工具。好吧，就算如此。我但有一问：当哲学家和诗人怀着另一种没来由的爱从事精神的劳作时，他们岂非也不过是充当了人类文化延续的工具？

6. 你、我和世界

你改变了我看世界的角度。

我独来独往，超然物外。如果世界堕落了，我就唾弃它。如今，为了你有一个干净的住所，哪怕世界是奥吉亚斯的牛圈，我也甘愿坚守其中，承担起清扫它的苦役。

我旋生旋灭，看破红尘。我死后世界向何处去，与我何干？如今，你纵然也不能延续我死后的生存，却是我留在世上的一线扯不断的牵挂。有一根纽带比我的生命更久长，维系着我和我死后的世界，那就是我对你的祝福。

有了你，世界和我息息相关了。

7. 弱小的力量

我已经厌倦了做暴君的奴隶，却被你的弱小所征服。

你的力量比不上一株小草，小草还足以支撑起自己的生命，你只能用啼哭寻求外界的援助。可是你的啼哭是天下最有权威的命令，一声令下，妈妈的乳头已经为你擦拭干净，爸爸也已经用臂弯为你架设一只温暖的小床。

此刻你闭眼安睡了。你的小身子信赖地依偎在我的怀里，你的小手紧紧抓住我的衣襟。闻着你身上散发的乳香味，我不禁流泪了。你把你的小生命无保留地托付给我，相信在爸爸的怀里能得到绝对的安全。你怎么知道，爸爸连他自己也保护不了，我们的生命都在上帝的掌握之中。

不过，对于爸爸妈妈，你的弱小确有非凡之力。唯其因为你弱小，我们的爱更深，我们的责任更重，我们的服务更勤。你的弱小召唤我们迫不及待地为你献身。

8. 续写《人与永恒》

朋友来信向我道贺："你补上了《人与永恒》中的一章，并且这是最奇妙的一章。"

说得对。

我曾经写过一本题为《人与永恒》的书，书中谈了生与死、爱与孤独、哲学与艺术、写作与天才、女人与男人等，唯独没有谈孩子。我没有孩子，也想不起要谈孩子。孩子真是可有可无，我不觉得我和我的书因此有什么欠缺。现在我才知道，男人不做一回父亲，女人不做一回母亲，实在算不上完整的人。一个人不亲自体验一下创造新生命的神秘，实在没有资格奢谈永恒。

并不是说，养儿育女是人生在世的一桩义务。我至今仍蔑视一切义务。可是，如果一个男人的父性、一个女人的母性——人性中最人性的部分——未得实现，怎能有完整的人性呢？

并不是说，传宗接代是个体死亡的一种补偿。我至今仍不相信任何补偿。可是，如果一个人不曾亲自迎接过来自永恒的使者，不曾从婴儿尚未沾染岁月尘埃的目光中品读过永恒，对永恒会有多少真切的感知呢？

孩子的确是《人与永恒》中不可缺少的一章，并且的确是最奇妙的一章。

9. 孩子带引父母

我记下我看到的一个场景——

黄昏时刻，一对夫妇带着他们的孩子在小河边玩，兴致勃勃地替孩子捕捞河里的蝌蚪。

我立即发现我的记述有问题。真相是——

黄昏时刻，一个孩子带着他的父母在小河边玩，教他们兴致勃勃地捕捞河里的蝌蚪。

像捉蝌蚪这类"无用"的事情，如果不是孩子带引，我们多半是不会去做的。我们久已生活在一个功利的世界里，只做"有用"的事情，而"有用"的事情是永远做不完的，哪里还有工夫和兴致去玩，去做"无用"的事情呢？直到孩子生下来了，在孩子的带引下，我们才重新回到那个早被遗忘的非功利的世界，心甘情愿地为了"无用"的事情而牺牲掉许多"有用"的事情。

所以，的确是孩子带我们去玩，去逛公园，去跟踪草叶上的甲虫和泥地上的蚂蚁。孩子更新了我们对世界的感觉。

10. 凡夫俗子与超凡脱俗

在哲学家眼里，生儿育女是凡夫俗子的行为。这自然不错。不过，我要补充一句：生儿育女又是凡夫俗子生涯中最不凡俗的一个行为。

婴儿都是超凡脱俗的，因为他们刚从天国来。再庸俗的父母，生下的孩子绝不庸俗。有时我不禁惊诧，这么天真可爱的孩子怎么会出自如此平常的父母。

当然，这不值得夸耀。正如纪伯伦所说："他们是凭借你们而来，却不是从你们而来。"但是，能够成为"凭借"，这就已经是一种光彩了。

孩子的世界是尘世上所剩不多的净土之一。凡是走进这个世界的人，或多或少会受孩子的熏陶，自己也变得可爱一些。

孩子的出生为凡夫俗子提供了一个机会。被孩子的明眸所照亮，多少因岁月的销蚀而暗淡的心灵又焕发出了人性的光辉，成就了可歌可泣的爱的事业。一个人倘若连孩子都不能给他以启迪，他反而要把孩子拖上他的轨道，那就真是不可救药的凡夫俗子了。

11. 忘恩负义的父母

过去常听说，做父母的如何为子女受苦、奉献、牺牲，似乎恩重如山。自己做了父母，才知道这受苦同时就是享乐，这奉献同时就是收获，这牺牲同时就是满足。所以，如果要说恩，那也是相互的。而且，愈有爱心的父母，愈会感到所得远远大于所予。

对孩子的爱是一种自私的无私，一种不为公的舍己。这种骨肉之情若陷于盲目，真可以使你为孩子牺牲一切，包括你自己，包括天下。

其实，任何做父母的，当他们陶醉于孩子的可爱时，都不会以恩主自居。一旦以恩主自居，就必定是已经忘记了孩子曾经给予他们的巨大快乐，也就是说，忘恩负义了。人们总谴责忘恩负义的子女，殊不知天下还有忘恩负义的父母呢。

12. 做父母才学会爱

我们从小就开始学习爱，可是我们最擅长的始终是被爱。直到我们自己做了父母，我们才真正学会了爱。

在做父母之前，我们不是首先做过情人吗？

不错，但我敢说，一切深笃的爱情必定包含着父爱和母爱的成分。一个男人深爱一个女人，一个女人深爱一个男人，潜在的父性和母性就会发挥作用，不由自主地要把情人当作孩子一样疼爱和保护。

然而，情人之爱毕竟不是父爱和母爱。所以，一切情人又都太在乎被爱。

顺便说一点对弗洛伊德的异议。依我之见，所谓恋父和恋母情结，与其说是无意识固结于对父母的爱恋，毋宁说是固结于被父母所爱。固结于被爱，爱就难免会有障碍了。

当我们做了父母，回首往事，我们便会觉得，以往爱情中最动人的东西仿佛是父爱和母爱的一种预演。与正剧相比，预演未免相形见绌。不过，成熟的男女一定会让彼此都分享到这新的收获。谁真正学会了爱，谁就不会只限于爱子女。

13. 报酬就在眼前

人生中一切美好的事情，报酬都在眼前。爱情的报酬就是相爱时的陶醉和满足，而不是有朝一夕缔结良缘。创作的报酬就是创作时的陶醉和满足,而不是有朝一日名扬四海。如果事情本身不能给人以陶醉和满足,就不足以称为美好。

养儿育女也如此。养育小生命或许是世上最妙不可言的一种体验了。小的就是好的,小生命的一颦一笑都那样可爱,交流和成长的每一个新征兆都叫人那样惊喜不已。这种体验是不能从任何别的地方获得,也不能用任何别的体验来代替的。一个人无论见过多大世面,从事多大事业,在初当父母的日子里,都不能不感到自己面前突然打开了一个全新的世界。小生命丰富了大心胸。生命是一个奇迹,可是,倘若不是养育过小生命,对此怎能有真切的领悟呢?面对这样的奇迹,伊莎多拉·邓肯情不自禁地喊道:"女人啊,我们还有什么必要去当律师、画家或雕塑家呢?我的艺术、任何艺术又在哪里呢?"如果野心使男人不肯这么想,绝不是男人的光荣。

养育小生命是人生中的一段神圣时光。报酬就在眼前。至于日后孩子能否成材,是否孝顺,实在无须考虑。那些"望子成龙""养儿防老"的父母亵渎了神圣。

14. 付出与爱

许多哲人都探讨过一个极普遍的现象:为什么父母爱儿女远胜于儿女爱父母?

亚里士多德把施惠者与受惠者的关系譬作诗人与作品、父母与儿女的关系,用后两种关系来说明施惠者何以更爱受惠者的道理。他的这个说法稍加变动，就被蒙田援引为对上述现象的解释了：父母更爱儿女，乃是因为给予者更爱接受者，世上最珍贵之物是我们为之付出最大代价的东西。

阿奎那则解释说：父母是把儿女当作自身的一部分来爱的，儿女却不可能把父母当作自身的一部分。这个解释与蒙田的解释是一致的。正因为父母在儿女身上耗费了相当一部分生命，才使儿女在相当程度上成了他们生命的一部分。

付出比获得更能激发爱。爱是一份伴随着付出的关切。我们确实最爱我们倾注了最多心血的对象。"是你为你的玫瑰花费的时间，使你的玫瑰变得这样重要。"

父母对儿女的爱的确很像诗人对作品的爱：他们如同创作一样在儿女身上倾注心血，结果儿女如同作品一样体现了他们的存在价值。但是，让我们记住，这只是一个比喻，儿女不完全是我们的作品。即使是作品，一旦发表，也会获得独立于作者的生命，不是作者可以支配的。昧于此，就会可悲地把对儿女的爱变成惹儿女讨厌的专制了。

15. 亲子之爱与性爱

让我对亲子之爱和性爱作一比较。

从理论上说，两者都植根于人的生物性：亲子之爱为血缘本能，性爱为性欲。但血缘关系是一成不变的，性欲对象却是可以转移的。也许因为这个原因，亲子之爱要稳定和专一得多。在性爱中，喜新厌旧、见异思迁是寻常事。我们却很难想象一个人会因喜欢别人的孩子而厌弃自己的孩子。孩子愈幼小，亲子关系的生物学性质愈纯粹，就愈是如此。君不见，欲妻人妻者比比皆是，欲幼人幼者却寥寥无几。

当然，世上并非没有稳定专一的性爱，但那往往是非生物因素起作用的结果。性爱的生物学性质愈纯粹，也就是说，愈是由性欲自发起作用，则性爱愈难专一。

有人说性关系是人类最自然的关系，怕未必。须知性关系是两个成年人之间的关系，因而不可能不把他们的社会性带入这种关系中。相反，当一个成年人面对自己的幼崽时，他便不能不回归自然状态，因为一切社会性的附属物在这个幼小的对象身上都成了不起作用的东西，只好搁置起来。随着孩子长大，亲子之间社会关系的比重就愈来愈增加了。

我发现，一个人带孩子往往比两个人带得好，哪怕那是较为笨拙的一方。其原因大约就在于，独自和孩子在一起，这时只有自然关系，是一种澄明；两人一起带孩子，则带入了社会关系，有了责任和方法的纷争。

亲子之爱的优势在于：它是生物性的，却滤尽了肉欲；它是无私的，却与伦理无关；它非常实在，却不沾一丝功利的计算。

那么，俄狄浦斯怎么说？尊老爱幼公约怎么说？养儿防老怎么说？

跟你们没什么说的。

16. 真假亲子之爱

我说亲子之爱是无私的，这个论点肯定会遭到强有力的反驳。

可不是吗，自古以来酝酿过多少阴谋，爆发了多少战争，其原因就是为了给自己的血亲之子争夺王位。

可不是吗，有了遗产继承人，多少人的敛财贪欲恶性膨胀，他们不但要此生此世不愁吃穿，而且要世世代代永享富贵。

这么说，亲子之爱反倒是天下最自私的一种爱了。

但是，我断然否认那个揪着正在和小伙伴们玩耍的儿子的耳朵，把他强按在国王宝座上的母亲是爱她的儿子。我断然否认那个夺走女儿手中的破布娃娃，硬塞给她一枚金币的父亲是爱他的女儿。不，他们爱的是王位和金币，是自己，而不是那幼小纯洁的生命。

如果王位的继承迫在眉睫，刻不容缓，而这位母亲却挡住前来拥戴小王子即位的官宦们说："我的孩子玩得正高兴，别打扰他，随便让谁当国王好了！"如果一笔大买卖机不可失，时不再来，而这位父亲却对自己说："我必须帮我的女儿找到她心爱的破布娃娃，她正哭呢，那笔买卖倒是可做可不做。"——那么，我这才承认我看到了一位真正懂得爱孩子的母亲或父亲。

17. 圆满

照片上的这个婴儿是我吗？母亲说是的。然而，在我的记忆中，没有蛛丝马迹可寻。我只能说，他和我完全是两个人，其间的联系仅仅存在于母亲的记忆中。

我最早的记忆可以追溯到三岁，再往前便是一片空白。无论我怎么试图追忆我生命最初岁月的情景，结果总是徒劳。如果说每个人的一生是一册书，那么，它的最初几页保留着最多上帝的手迹，而那几页却是每个人自己永远无法读到的了。我一遍遍翻阅我的人生之书，绝望地发现它始终是一册缺损的书。

可是，现在，当我自己做了父亲，守在摇篮旁抚育着自己的孩子时，我觉得自己在某种意义上好像是在重温那不留痕迹地永远失落了的我的摇篮岁月，从而填补了记忆中一个似乎无法填补的空白。我恍然悟到，原来万能的上帝早已巧作安排，使我们在适当的时候终能读全这本可爱的人生之书。

面对我的女儿，我收起了我幼年的照片。眼前这个活生生的小生命与我的联系犹如呼吸一样实在，我的生命因此而圆满了。

第三章

祸从天降

我满以为幸福之路还很长,因为给我带来幸福的我的女儿刚刚开始她的生命之旅,我的幸福将跟随她的旭日初升般的生命经历多彩多姿的风景,何曾想到灾难早已潜伏着,我的幸福实际上是一只金光灿灿的小球停留在悬崖顶端,一眨眼就滚下了万丈深渊……

一

刚把妞妞接回家的那一天,我们是多么手忙脚乱啊。全家人围着这个娇嫩的小生命,七手八脚,好不容易换了块尿布,把她在摇篮里安顿下来。刚安顿好,她突然打了四个喷嚏,然后号哭起来,小脸涨得通红,小手向空中乱抓。雨儿一筹莫展,急得要掉泪。

"没关系。"雨儿的母亲说。

"都到这地步了,还说没关系!"她喊起来,重重地倒在床上,直喘粗气。

我坐在摇篮边,让妞妞的小手握住我的一根手指,低声和她说话。她安静了,睁大眼睛望着某处,像在倾听。不一会儿,她又哭。

"她饿了!"雨儿恍然大悟,跳下床,给她喂奶。她果然止哭了。

妞妞连连打嗝,她又着急,坐在摇篮旁,边哭边数数,伤心地说:"她一连打了九十七个嗝!"

我笨手笨脚地给妞妞换尿布,把小东西弄哭了。雨儿心疼，责备了一句，夺过来自己换。我是好意，怕她月子里受累，心里委屈，顶她一句。她一听，便躺倒流泪。我把妞妞放回摇篮，也躺到床上哼起来，一边说："两个妞，叫我怎么带得了呀。"

她噗嗤笑了。"当时我想，三个人一起哭，多可笑。"后来她告诉我。

那些日子里，雨儿沉浸在当妈妈的幸福中，当得津津有味，挺像回事。她好像变了个人，过去做事丢三落四的那种劲儿暂时没了，每天给妞妞喂奶、喂水、洗澡，样样安排得井井有条。她这个懒妞，从来生活在无文字之境，连写信都要我代笔，现在居然坚持写育婴日记，一天不漏。她过去爱赖床，睡起来没个够，现在睡得极警醒，每夜起好几回，按时给妞妞哺乳和换尿布。

她还一心向别人分享做母亲的幸福，我听见她兴致勃勃地劝一个来看她的女友也生个孩子，说道："养孩子真好，生生地养出这么一个小生命，有鼻子有眼，会哭会笑，会打呵欠，放屁倍儿响。"

从前，她整天懒洋洋，无所事事，她母亲看不惯，批评她一事无成。久而久之，我也开始劝她找点有意思的事做了。她半开玩笑地说："你们人太复杂了，我要回到动物世界去。"我满意地想，这会儿她终于回到使她如鱼得水的动物世界了，同时也找到了最适合于她的事业——做一头呱呱叫的母兽。

初为人父人母确实是人生最奇妙的经历之一。那些日子里，仿佛有一种神奇的魔力笼罩着我们，小生命的存在是一个每时每刻都在显示的奇迹。无论走到哪里，那张像百合花一样开放的光洁可爱的小脸蛋总是浮现在我眼前，召唤我回家去，立即回家去。事实上，我几乎不出门，我舍不得离开她。我意识到我生命中有一件极其美好的事情发生了，心中充满一种最真实的幸福感。我满以为幸福之路还很长，因为给我带来幸福的我的女儿刚刚开始她的生命之旅，我的幸福将跟随她的旭日初升般的生命经历多彩多姿的风景，何曾想到灾难早已潜伏着，我的幸福实际上是一只金光灿灿的小球停留在悬崖顶端，一眨眼就滚下了万丈深渊……

二

还有三天就满月了。晚上，和往常一样，雨儿坐在沙发上，低着头，给妞妞哺乳，满意地看妞妞使劲吮吸的样子。她的奶水一直很足，妞妞吃够了，松开乳头，亮黑的眼睛凝望着她，仿佛在为自己获得如此畅快的满足向妈妈致意。

突然，雨儿被一股恐惧感攫住。她没有像往常那样把妞妞举起来，拍拍她的小背，让她打嗝，却急急抱她到灯下，让我看她的瞳孔。

几天前，在灯光一定角度的照射下，我看见过妞妞左眼的瞳孔有时会呈透明样，如猫眼一闪。我多么无知，以为这是正常的,还惊奇婴儿的眼睛如此清澈见底。

阿珍叫来了雨儿的母亲。老人家仔细看了看,沉吟良久,给她认识的一个眼科大夫拨了电话,约定明天去检查。

雨儿放声大哭。

夜里,我通宵失眠,眼前一直悬着妞妞可爱的小脸蛋和那只突然变得醒目的病眼。我作了种种推测,想到妞妞一只眼睛可能先天失明,就感到阵阵恐慌。我哪里想到,事实比这凶险无数倍。

第二天一早,妞妞睡得正香,我们就抱她去医院。这是北京最权威的一家眼科医院。眼科主任让我们把妞妞放在诊床上,透过眼底镜查看她的瞳孔,又让另两名医生来看,彼此商量了几句。然后,把我叫到诊桌旁。

"这是一种眼底肿瘤。"她说。

"是恶性的吗?"我问。

"是的,恶性度很高。"

"能不能治?"

"可以动手术,不过预后不良。"

"再生一个吧。"另一个女医生同情地望我一眼,插话说。

"先别这么说,还没有查遗传呢。"眼科主任制止她。

接着她还在向我交代些什么,可是,我觉得她的声音那么遥远,她的话全无意义。我只知道一件事:妞妞活不长了。这件事如此荒谬绝伦,却被我的理智一下子看清楚了。

离开诊室,雨儿急切地问我。我如实以告。

我们抱着妞妞走出医院大门，站在街上，满面泪水。我们不知道该去哪里，还有什么必要去哪里。街上行驶着纸人纸马。顷刻之间，那个随妞妞一起诞生的新的世界已经崩塌，那个在她诞生前存在过的老的世界也无从恢复。世界多么假。

还是那间婴儿室，但一切都已经被不祥的咒语改变。那支在月子里听熟了的摇篮曲凄凉地重复着，出殡的脚步声取代新生命跃动的节律，注定要纠缠我一辈子。摇篮上空悬挂着的五彩气球、布娃娃和玩具化作祭幡在寒风里飘摇。每一件娃娃衣都可能是寿衣，每一条童毯都可能是尸布。从摇篮到坟墓只有咫尺之遥，从天堂到地狱只在旦夕之间。

死亡如同一个卑鄙的阴谋，已经把这个毫无戒心的小生命团团包围。她依然美丽，健康，宁静，活泼。但魔鬼玩弄一个简单得无以复加的乘法，悄悄给这一切加上了一个负号。昨天她的啼哭也是欢乐，今天她的笑容也是哀痛。此刻她在我的怀里安睡了，突然迸发出一声脆亮的笑……

泪水长流的日子，雨儿的眼睑哭肿了。愣愣地望着她，一幕幕往日的情景浮现在我的眼前，我仿佛看到怀孕时她那宁静满足的神态，住院时每次哺乳归来她那率真的喜悦，回家后见妞妞稍有不适时她那焦急的模样……现在，她怎么经受得住这可怕的打击呵。

但她是好样的。就在当天，从眼科医院回来后，她流着泪，仍然强忍悲伤，喝下了一大碗鸡汤。

"我一定要保证妞妞吃到充足的奶水,迎接治疗的消耗。"她说。

她一如既往地给妞妞哺乳,喂水,洗澡,换衣,一样不落。我默默注视着她张罗这一切。

妞妞对突然降临的灾祸毫无知觉,她安静如常,躺在我的怀里,依然睁着那双又黑又亮的眼睛,定定凝望着我,听我絮叨。我喜欢对她絮叨,仿佛她什么都能听懂。可是,我说着说着,再也止不住眼泪了。

不,我也一定要挺住。

接下来几天,我们连续带妞妞去医院,做各种检查。

B超诊室外,我抱妞妞坐在长椅上候诊。候诊的人很多。一个年轻农妇来回好几次走近我们,怔怔地看我怀里的妞妞,眼中满含惊羡之情。她终于说出声来了:"长得真好,真漂亮!"

我苦笑一下,没有说话。说什么呢?没人会相信,一个这么健康美丽的婴儿竟然患有绝症。我仿佛为发生这种荒唐事感到惭愧。

那个姓胡的女医生心地善良,后来始终真诚帮助我们。此刻她启动仪器,用探棒触压妞妞的眼部。探棒上抹着冰凉的糊剂,妞妞感到不适,一次次伸出小手拨开这讨厌的东西。胡大夫笑了:"小家伙真灵!"

但检查结果是残酷的:双眼多发性视网膜母细胞瘤。左眼底有一个大病灶,右眼底有三个小病灶,其一长势不好,弯向鼻后。这两天我读了一些医书，对这种病已有所了解。在婴儿中，其发病率为一万二千分之一。不足万分之一的厄运，偏偏落在我们头上，成了我们在劫难逃的百分之百。而在这种患者中，双眼病例占百分之二十，预后尤其不良。已达顶点的厄运，竟然又升了一级。

"这孩子真可惜了。也怪，患这种病的孩子，多半长得又漂亮又聪明。"胡大夫说。

回到门诊室，眼科主任签署医嘱：左眼摘除，右眼试行放疗和冷冻。

没意义，完全没意义。世上是有绝望这种东西的！

一间实验室，靠墙是摆满试管和瓶子的木架，屋子中央横着一张大桌子。医生让我们把妞妞搁在大桌子上，然后到走廊上去等候。为了做遗传学检查，他们需要取妞妞的血样。

我们给妞妞裹好小被子，满怀疑虑地离去。

走廊和实验室隔着两道门，侧耳倾听，听不见屋里的动静。我想象着长长的针头插进妞妞小脖子的情景，仿佛看见可怜的妞妞被孤零零地遗弃在那张祭坛一样的大桌子上，宛如献祭的牺牲。既然难逃一死，何必再让她在死前遭受这番痛苦呢？

"不，不能让他们抽！"雨儿好像和我想得一样，突然嚷道，去推实验室的门。门已被锁上。这时屋里响起了妞妞的尖利的哭声，尽管隔着两道门，仍然那么响亮。这哭声仿佛持续了很久，伴随着这哭声，我觉得那支长长的针头深深扎进了我的心房,不停地搅动着,把我的心搅成血肉模糊的一团。

门终于开了,我们冲进去,从祭坛上抢回妞妞。

三

妞妞偎在雨儿胸前,出声地吮吸妈妈的乳房。她吮吸得既有力,又从容不迫。她时而停住休息一下,发出一声低低的满足的叹息,时而暂时松开乳头,转过脸来,挥一挥小手,悠闲自得地玩一小会儿。

雨儿袒露着两只丰满的乳房,暂时闲着的那只乳房不停地滴淌乳汁,低头凝视妞妞,脸上有一种陶醉的神情。

此时此刻,分不清母婴俩谁更快乐,谁更满足。仿佛合着同一生命的节律,孩子饿了,妈妈胀了,孩子渴望吸取,妈妈渴望给予。当乳汁从妈妈的身体源源流进孩子的身体,她们同时感到了畅快。

我喜欢听妞妞欢快有力的吮吸声,也喜欢听雨儿一边哺乳,一边柔声说:"小妞妞,吃得真好,多多地吃,一口一口地吃……"

可是,这一回,我听出声音不对头。偷偷看,只见她脸颊湿了,泪珠一颗一颗掉下来,同时仍在对妞妞微笑。

妞妞吃得真好,一口一口出声地吮吸着。

和往常一样，育婴在一丝不苟地进行。雨儿逐日认真记录每回哺乳喂水的时间，妞妞拉屎撒尿的次数。每天给妞妞洗一次澡，仔细量水温，怕她烫着冻着。纠正妞妞睡觉的姿势，不让她睡扁了一侧脑袋。满月以后，又给她加喂鱼肝油和钙片，天天带她到户外晒太阳。

她沉浸在育婴的细节中，仿佛这一切仍有无比重大的意义似的。

即使现在，只要在妞妞身上发现一个几乎看不出的小小疹子，一点儿痱子，或者哪里破了一小块皮，她还是心疼不已。一旦妞妞便秘或厌食，她仍然焦急不安。而当妞妞终于排便，胃口好转，她又会由衷地高兴。

有一回，我要给一位认识的儿科专家打电话，她叮嘱我问一下，服钙片和吃奶应该相隔多久。

"你总是关心细节。"我笑着说。

"妞妞还活着，是不是？"她解释，又说："我管眼前，你管长远。"

其实，我哪里管得了长远？在父母眼里，孩子的小小身体是无价之宝，每一个细微变化都牵动心扉。然而，别的父母在育婴时怀着一个极平凡的希望，知道孩子会渐渐长大，我们却被剥夺了这个极平凡的希望。作为父母，我们不由自主地关注育婴的细节，可是关注背后已经没有了一个目的支撑，这颗心愈是关注就愈堕入可怕的空。也会有忘却的片刻，因为抚育小生命原本就是一件极能吸引注意力并且使人感到充实的事情，那时候我们像一般父母一样也感觉到了这种充实。可是，一旦想起，心里就突然空荡荡的，仿佛一脚踩空猛然想起自己正在掉下深渊，使刚才那虚假的充实显得格外可悲。

出生后第四十天，按照约定，我们带妞妞去原先接生的那家医院注射乙肝疫苗。

在注射室里，雨儿遇到好几个一同住院的产友，也都抱了孩子来打针。母亲们聚在一起，免不了要逗逗彼此的孩子，拉拉关于孩子的家常。我在一旁直担心，怕她们发现妞妞的眼病，问长问短，又怕雨儿触景生情，悲从中来。但我看到，她始终若无其事地谈谈笑笑。有一个产友生了个八斤一两重的男孩，她们曾开玩笑要结亲，见了这产友，她格外高兴，不断说着妞妞的种种趣事。

她该怎样强压住心头的哀痛，才能表现得这般轻松？

"不，"她说，"我当时真的感到高兴，没想别的。"

妞妞也表现出色。打针时，针头扎进去，她一声不吭，只是在推药水时响亮地啼两声，针头拔出，啼声就戛然而止。

这是妞妞打的唯一一次预防针。我们何尝不明白，连这一次也是不必要的。可是，几天前雨儿就念叨要带妞妞去打针，我未加反对。我知道，至少现在，我们还必须捍卫把妞妞当作一个健康孩子抚养的权利和错觉。

妞妞头发长得真快，一个半月时，一头浓密的黑发已经盖住耳轮和脖子，像个小嬉皮士了。天气渐热，雨儿一再说得给妞妞剪胎发了。我不吭声，心想既然她活不长，她来时一头黑发，也让她这么美丽地走吧。损坏她原初的完整，我几乎觉得是一种亵渎。

可是，雨儿已经动手做了，做得小心细致。每当妞妞睡着时，她就俯下身，用那把儿童专用的安全小剪刀，一点一点剪。妞妞醒来，她就暂停。她分几次才完成这项工作。

妞妞变样了。雨儿给她剪了个小平头，看上去显得脸蛋更胖，眼睛更大，愈加精神了。

"哈，显了原形。"雨儿好奇地左看右看，然后幸灾乐祸地说。

剪下的胎发，我藏在一只丝绒小盒里，它成了妞妞小身体留在世间的唯一纪念。

迄今为止，妞妞身体状况一直不错，她几乎不生病，只是常常便秘。这一回，已经四天没有排便了，合家都很着急。

我正在小屋里写作，突然听得雨儿跑到我的屋门口欢喊："哦——哦——拉粑粑了！"

"没用开塞露吗？"我问。

"没用！"

我赶紧跳起来，跟她跑回大屋，共同欢庆妞妞在便秘四天后成功排便。在我们眼里，妞妞成了功臣。她的确是功臣，听我连连赞道："真棒！真棒！"她斜了我一眼，还挺傲呢。

套一句金圣叹：看见小宝宝便秘多日后忽然拉出黄澄澄的屎，岂不快哉！

唉，不为人父母者，岂足与言此种快乐？

唉，我随后感到的那无底的空，又岂能与天下一切幸运的父母言？

夜已深，万家灯火已灭。妞妞的房间也熄灯了。

每天夜晚，都是雨儿陪妞妞睡。妞妞的摇篮是一张折叠小铁床，紧靠着雨儿睡的大床，床架四周围一圈小绒毯，只在朝大床的方向敞开一个窗口，以便雨儿随时观察她的动静。

我在隔壁小屋住，习惯工作到深夜，临睡前总要去大屋看看。多少回，我悄悄进屋，看见雨儿斜躺在大床上，侧着身，脸蛋搁在小床的敞口处，正目不转睛地怔怔望着熟睡的妞妞。这一回，雨儿自己也睡着了，脸蛋仍然搁在小床的敞口处，保持着侧身望妞妞的姿势。

屋子里很静，我站了很久，望着这熟睡中的一大一小。

第四章

哭不是懦弱

"什么债不债,谁也不欠谁的。归根到底只是爱。我们爱她,就不能不伤心。"

一

"想开点,就当我们没有生她。"

"可是我们生她了,而且她多可爱。她来世上一趟,一点儿没让我操心,还给了我这么多东西。"

"这些东西永远留下了。"

"这辈子我最感谢的是她。虽然她不能跟我说话,但她一直在和我交流,我觉得我更完全了。过去我的确有欠缺,老那么没牵没挂,以后不会了。"

"以后我们一起写小说。"

"真人是最好的。"

"人生不过如此,你想想一百年后……"

"我知道,早去晚去都是去。"

"活八十年是一生,活八十天也是一生。我们让她好好活一场,我们和她也好好父女一场,母女一场。"

"现在我看别人,觉得谁都那么幸福。哪怕养个病孩,丑孩,弱智孩,也比我们好。"

"这是命,我们得认命。"

"我的脑子都木了。我不想别的，只想一件事：怎么把她喂好。"

"这就对了，过一天算一天。这世界上谁不是过一天算一天？"

"不饶我呀，上帝对谁都公平，没有宠儿。从小到大，一向顺顺溜溜，不知道什么是痛苦，就给我这么一个大痛苦。"

"公平什么！罚我倒也罢了，你和妞妞这么天真，毫无戒心，上帝不该对你们下毒手。"

"我一向幸运，你不该再受苦了。"

"最不该受苦的是妞妞。不管她能活多久，这些日子我们快快乐乐过，也让她快快乐乐过，好吗？"

"好。"

"不哭了？"

"你不哭，我就不哭。"

她朝我扮了个笑脸，忽然想到什么，又补充说："咱们照样买童车，天热了，推妞妞到户外散步。"

"我们还给不给她上户口？"

"当然上，她是咱们家的人，是不？"

"对，我明天就去上。"

凌晨五时，她披着睡衣到我的小屋来。

"亲，你睡着了吗？你一定要挺住。"

"我在想，我们一起经历了这么多……"

"我们更近了，是吗？"

"世界又变小了。"

"我妈说,你是个哲学家,通过这件事,一定会更了解人生。"

"我只是更了解你了,你是一个很够格的妈妈。"

"你这个爸爸才登峰造极呢,妞妞和你这么好。"

"妞妞能活下去该多幸福,她有这么好的爸爸妈妈。"

"她还这么漂亮。"

"刚出生那会儿,你觉得她哪里不漂亮,你就说她哪里像我。"

"现在她越来越像你了。"

"像我还能漂亮,妞妞真为爸爸争光。"

"你可不能再哭了,眼睛坏了怎么写作?"

"我眼睛本来就不好,咱们家得靠你,你更不能哭。我们还要周游世界呢。"

"长这么大,还是觉得养孩子最有味,比恋爱、出国都有味,叫人没脾气。我这个人原来不想结婚,结了婚,觉得结婚真好。原来不想要孩子,有了孩子,觉得有孩子真好。让我一辈子养孩子,我也愿意。夜里起来喂奶,睡眼蒙眬地到摇篮边抱起她,一点儿也不烦。"

"要是查出我的染色体有问题,你跟别人生一个。我得让你当妈妈。"

"不,我就要你的。妞妞性格像你,她多好。"

"我有病呢?"

"我就爱你和讽刺你,说你染色体有毛病,所以有点儿小才气。"

"你倒不是个歇斯底里的小女子。"

"你可是个多愁善感的小男人。"

她给了我一吻，含笑离去。

二

"我们总得做个决定。"

"没法决定，哪种选择都是最坏的。"

"就这么拖着？"

"都说顺其自然，其实这已经是一种选择了。"

"我还没有决定不要她了。"

"那就动手术。我们守着她，好好照料她，和她相依为命。只要她活着，我不在乎别的，什么出国、写作，都无所谓。"

"这也是一种生活。生活是多种多样的，为什么只能有一种活法？"

"我们会有乐趣的。"

"不行，成了个小瞎子，就不是她了。"

"我们好好爱她，让她成为一个快乐的小瞎子。"

"这会儿我已经听见别的孩子在骂她小瞎子了。看她遭人欺负，我受不了。"

"我们也叫她小瞎子，让她从小就习惯。"

"太惨了,给强奸了都不知道是谁干的,我看过一个电影就这样。"

"没法想这么多。不瞎也有给强奸的。"

"我们死了怎么办?"

"没准等不到那一天。动了手术,死于癌症复发或第二肿瘤的可能还很大。"

"何必让她再受这些苦!既然注定要去,迟去不如早去。现在她毕竟还不懂得留恋生命。"

"在懂得留恋生命的时候死去,这是我们绝大多数人的命运。"

"人家都说,父母能给孩子的也就是一个健康的身体了。我们连这也做不到,她长大了会埋怨我们的。"

"如果她现在懂事,她也不会原谅我们放弃她的生命。"

"我是她,我就不想活了。"

"是又想又不想,所以惨。"

"你决定动手术了?"

"不。"

"放弃?"

"不。"

"究竟怎么办?"

"不知道。"

她好像变了个人,瘦了,苍白了,一下子老了好几岁。一向无忧无虑的她,脸上难得再有从前那灿烂的笑容。我悄悄打量她，暗自心疼。

她并未觉察，正若有所思，抬头对我说："刚才喂奶，她拼命大口吃，一时找不到乳头，急成那样。以前她从来没有这么急切。"

"今天她消耗太大。"

"我永远忘不了她平时吃奶的样子，那么健康，那么不慌不忙。"

"她是世界上最乖的孩子。"

"那天我妈请教一个老专家，那个老专家说，活下来也后患无穷，但还是要尽人道主义责任。我一听就火了。这么可爱的一个小生命，就是要尽力救活她，不是尽一尽人道主义责任做到心安理得的问题。"

"可是我们救不活她。"

"我的同事说，不是我们欠了她的债，是她欠了我们的债。"

"什么债不债，谁也不欠谁的。归根到底只是爱。我们爱她，就不能不伤心。"

"我真不敢想那一天……"

"不能想。"

"等待死亡，这种感觉真是异乎寻常。"

"尤其是等待自己孩子的死，她看起来那么健康。上帝让我们有与众不同的体验。"

"我宁愿做普通人。"

"这种经历也相当普通。"

"我在电视上看到,科学家们预测地球变暖可能导致人类毁灭,心里就松了一下。人类都要毁灭了,妞妞的死还算什么?可是,和妞妞在一起时,我又觉得管它人类毁不毁灭,反正妞妞不能死。"

"上帝向我们撒了一个美丽的谎,故意逗得我们如痴如醉,然后又把它戳穿。我们看清这个阴谋,就不会悲痛欲绝了。"

"你看清了?"

"这会儿好像看清了,一见妞妞又糊涂了。"

"她是那么实实在在的一个小生命。"

"小生命的确是最实在的生命,我们大人的生命就比较虚假,加了许多伪饰。"

"那么好吧,现在我要去闻闻她的味儿了,她的味儿真好闻。"

她回到婴儿室,向摇篮俯下身去。

"也许会有奇迹。他说得这么肯定:吃我几副药,瘤就慢慢缩小,没有了。"

"他们这些人全这样。那个气功师不是更绝?他说他能用意念把癌细胞调出来烧死。"

"我恨西医,没有一点人性,只知道宰人。还是中医好,即使治不好,至少有人情味。"

"我们也只好指望奇迹了。"

"你不相信?"

"不信也得信了。相信上帝就是希望真有个上帝。问题是我不愿意相信妞妞必死无疑。"

"妞妞真有救，就太好了。"

"不是一点儿希望没有。我寄希望于西医。"

"手术？"

"一做手术，什么希望也没有了。我寄希望于西医的失误，这种事多得很。"

"那天你和病理室医生讨论，把他给镇住了，他还以为你是学医的呢。"

"我专挑西医的漏洞，还不是自我安慰？其实，找中医和气功师也是自我安慰。"

"妞妞五官端正，耳垂长长的，倒是福相。不是有个说法：大难不死，必有后福？"

"不死足矣，要什么后福。"

傍晚，她闷闷不乐地靠在床上。我邀她出去散步，她不理。

"怎么啦？"

"没怎么。"

"唉，两个妞，这个妞还不如那个妞好哄。"

她一笑，起身跟我下楼。我们在住宅附近溜达，我找话说，但她始终沉默。返回时，她在楼门口的台阶上坐下来。

"跟你说句真话吧——妞妞绝对完蛋！我天天都看见，她就这么一点点长大，一刀刀割我。小妞妞，小妞妞……妞妞

57

太可怜了，她这么孤立无助。长在我身上就好了，我从来没有这样心疼一个人。"

我转脸看，昏暗的光线下，她脸上泪光闪烁。

一会儿，她低声说："有时我真想早点结束。"

"在这个世界上，人人都有自己的不幸。"我想劝慰她。

"我一直是幸运的。"

"所以不该让你一下子遇到这样的不幸。"

"不幸只是开始，我有预感。爸爸死，你死……"她泣不成声了。

"妞，别哭，勇敢些。"

"哭也不是不勇敢！"

"不管发生什么，你的日子还长着呢。"

"没准我还死在前头。现在我才感到自己年纪越来越大，可能性越来越小了。这些天老做噩梦，有一回梦见我自己得了癌症，躺在床上快死了，醒来后脑子里一直响着《红楼梦》里的《好了歌》，真觉得一切都没有意思了。"

"《好了歌》是佛教思想。佛教主张无我，连自己也不属于自己，何况儿女。所以要跳出来。"

"我就不赞成！要沉就沉到底，事情结束了再跳出来。"

"你妈去山西出差，你跟她上五台山玩玩。"

"妞妞一共这么些天，我还走？"

"我怕你到时候拔不出来，现在就应该慢慢拉开距离。"

"那就没有牵挂了，有牵挂就不能老想着跳。"

"陷得太深，到时候想跳也跳不出了。"

"跳得出就跳,跳不出就疯呗。"

回到家里,妞妞已入睡。她席地而坐,傍着摇篮,伸手握住妞妞的小手。我劝她上床睡觉,她听从了。她让我也回小屋睡觉,一边说:"我也顾不了你了,你爱多晚睡就多晚睡,强求不了。我知道什么事都是强求不了的……"

说罢,脸埋在枕上又恸哭起来。

三

客人走了,那个九岁的女孩长得很漂亮。我们的女儿正发病,整日闭目昏睡。

"妞妞能长这么大就好了,她一定也很漂亮。"

"不能这么想。我们失去的不是九岁的孩子,而是几个月的孩子。"

"这有什么区别?我真觉得生活没有意义了。"她大哭。

"陷在哪里,就在哪里找意义。以后我们还会陷在别处的。"

"回过头看,和妞妞在一起的日子最有意义。那些恋爱、调情什么的,都很轻飘。"

"人生无非是一堆体验。比起不育,我们毕竟多了许多体验。"

"我宁肯不育。现在这样,真受不了。"

"你愿意自己根本不出生,还是有生也有死?这道理是一样的。"

"不一样！知道她活不成，为什么还要让她受苦？你让她这样受苦，你就是罪人！留不住的就不要留了！"

"她现在活着。"

"这么活着还不如不活。"

"她还会有好转的时候。"

"那有什么意义呀！你总说意义在于过程，过程和过程还不一样呢。别的孩子有明天，她没有。这样一天天养着，我心里空空的。"

"世界上许多孩子死于急病或意外事故，我们不过是预先知道罢了。你想想邓肯，两个孩子一下子死于车祸。"

"那也总比我们眼看着死神一点一点宰割孩子好些。"

"邓肯会羡慕我们有精神准备。自己这里的死总是最坏的死。"

"我要这精神准备做什么？都快把我准备疯了。打这件事发生后，情况总比预料的坏，越来越坏！根本抵抗不住！一切希望都是自欺欺人。"

我知道她说得对。今天我一个劲儿自欺欺人。可是我仍然说："那也不能不抵抗。抵抗了，终归慢些。"

"快些比慢些还好呢，还是早些结束吧！"

"我舍不得。"

"让她受苦有什么意义？"

"不让她受苦有什么意义？意义已经背叛我们，我们不要再问意义。"

"我真想和她一起去,早晚都是一个结果。我以后肯定也是死于癌症,到时候我可不想延长痛苦,但愿结束得干脆些。这些天我脑子里老想着叶赛宁的诗:死并不新鲜,但活着更不稀罕。"

"可是马雅可夫斯基说:死是容易的,活着却更难。"

"难有什么可炫耀的!"

"你是对的。但我就是不能放弃她,我们要和她一起艰难地、无可炫耀地活下去。"

我知道我仍在自欺欺人,心中暗暗佩服眼前这个彻悟的泪人儿。

若干天后,妞妞病情好转,在我怀里安睡。她袒露一对乳房,从我怀里接过妞妞。妞妞闭着眼,呼哧呼哧地吮吸起来。

她朝我微笑,不无满足地说:"什么是意义?这就是意义。"

我心想:生活一会儿没有意义,一会儿有意义,多半取决于当下的境况。人终归是生活在当下的。

哺完乳,她把妞妞放在小床上。妞妞睡态安详,身材修长。

"多漂亮!"她叹息,"动也美,静也美。生如夏花之灿烂,死如秋叶之静美——这句话用在她身上最确切了。"

"她是一朵春天的小花,开在春天,谢在春天。"

"决不能让她再受苦了。"

"现在不谈这件事。"

"她要不病多好,长大肯定是个漂亮妞。"

"肯定招人疼招人爱。"

"你真会宠人。"

"我受不了妞撒娇,不管是大妞还是小妞。你看她多会撒娇……"

"又回到这个问题了。唉,不说了。不知道为什么,最近我老想起过去的事情,小时候的,上学以后的,一一在脑中闪过。"

"你长大了。"

"我想再养几个孩子,养孩子真好,保不保持体形实在无所谓。不过,没准我们不会有孩子了。天才都没有后代,你看贝多芬、莫扎特、肖邦……"

"我什么时候成了天才啦?"

"我可没说你是天才,不就是几个姑娘崇拜你吗?"

"我崇拜小妞妞。"

"可是妞妞……"

"妞妞走了,我们还会有我们的生活。"

"你不能走。"

"我不走。我走了,妞妞回来就无家可归了。"

"妞妞还会回来?"

"我们都不走,妞妞就一定会回来。为了妞妞,我们要守在一起,好好相爱。"

"我们的爱会结束吗?"

"除非我们死了。"

"那不算结束。我们活着时爱遭摧残,才是真正结束呢。"

"没有什么能摧残我们的爱。"

"包括调情?"

"对,包括调情和一切。"

我搁下电话。那是我们的一个熟人。

"她说什么啦?"

"她说,如果这事落在她头上,她绝对受不了。"

"什么受不了!"她嚷起来,"落在谁头上,谁都得受着,谁都受得了!"

"妞,你真棒!刚发现妞妞有病那会儿,你爸出差回来,问你怎么样。你只有一句话:受着呗。这话我一直记着。"

"我妈说她太脆弱,受不了。我说,再脆弱也得受着,当爸爸妈妈的都受着,你有什么受不了?"

"人真是什么都能适应的——最悲惨的,最荒谬的,都能适应。"

"人是这样的,要不还叫人吗?"

"那叫什么?"

"叫天使,天使只能适应幸福的、理想的东西。"

"妞妞是天使,所以不适宜在这个不幸福、不理想的世界上生活。"

"你也有点儿天使的素质呢。"

"可不,我也有点儿脆弱,真怕到时候挺不住。"

63

"那不行，你得控制住自己。精神病怎么得的？就是控制不住自己。"

"我都明白。可是，想到有一天她不在了，真叫人发狂。"

"用你的哲学开导自己。"

"那是观念的东西，没有用。"

"你是怎么开导我的？"

"你真好。如果你是个歇斯底里的女人，我就完了。"

"你就好了。总是这样：两个人中，一个不冷静，另一个就冷静了。"

"这倒是。你觉得我们能挺住吗？"

"我还行，就怕你。你挺不住，我就能挺住了。"

"我一定挺住，又装作挺不住。"

"我看你更可能是挺不住，又装作挺住。"

"也行，我尽量装英雄，没准就弄假成真了。"

她穿戴整齐，看样子准备出门。

"你要出去？"

"出去走走。"

"我也去。"

"我想自己去。"

"还是一起去吧。"

"不。"

"好吧。"

我心中落寞，也上街转悠，买了几只猪爪。她特爱吃猪爪。中午,她回来了,给妞妞买了几件小物品。

"你买了什么?"我微笑着问。

"你不要笑我。"她有点儿警惕。

"我不笑你,我爱你。"我认真地说。

午餐时,我把猪爪摆在她面前。

"我不跟你好了,你尽跟我生气。"她说。

"我也不跟你好了,你尽对我凶。"

"我的凶算凶呀,一点儿也不狠。"

"我的气算气呀,一会儿就消。"

"你经常是大男人闹小脾气。"

我开口回敬,她和我同时说了出来:"你经常是小女人发大脾气。"说罢,她终于忍不住大笑起来,自言自语似的补上一句:"这逻辑也很简单嘛。"

这是老矛盾了,我们一起做什么事,总是她急,我慢,然后她就嚷,我就生气。今天也是这么起的头。

"爱情和苦难都改变不了急脾气呵。"我说。

"也改变不了慢脾气。"

我们都笑了。

"我和你势不两立了。"她仍含嗔宣布。

"一个是性情古怪的老头,一个是脾气暴躁的妇人,当然势不两立。"

她又笑了,但委屈还在。

"结婚前你不是这样的。"

"你也不是这样的。结婚使人面目全非。"

"那就离婚。"

"外面阳光多好,我们去晒晒太阳。"我提议。

"老夫老妻,晒晒太阳挺好。"

"老夫老妻,除了晒晒太阳,还能干什么?"

"你还想干别的?"

"你都不想了?真是老夫老妻了。"

四

我们逛西单商场。"你看。"她悄悄说。在熙攘的人群中,有两个男性盲人互相搀扶着,各人手持一根竹竿,摸索着前进。他们在交谈,面露笑容。

"太惨了,"她接着说,"我绝不让妞妞那样。"

"婴儿即使残废也仍然可爱,长大就是另一回事了。"我说。

"你说过,婴儿和成人是完全不同的两种动物。"

"看见一个婴儿,你完全想象不出他长大了是什么样子。看见一个成人,你也完全想象不出他刚出生是什么样子。"

"嫩孩就是可爱,拉屎撒尿都可爱。可是谁会觉得大人拉屎撒尿可爱呢,哪怕是个大美人?"

"今天我们的见解完全一致。"

"那么,不动手术了?"

"妞妞另当别论。"

"你让她这么活下去,她多痛苦!"

"首先得有她,才谈得上她苦不苦。只要她活下去,就必定有苦也有乐,不会只有痛苦的。刚才那两个盲人不是也在笑?"

"我看你这个人太执着,永远悟不了。活就那么重要?"

"悟了那么一下,就神气起来了。"

"动了手术也活不长呢?"

"我就担心这。"

"还有一种痛苦近在眼前的问题。你想,把她搁在一个陌生环境里,眼睛被挖掉,蒙上纱布,她怎么受得了?"

"想想也怕。她现在还有光感,看见灯光笑得多甜。一动手术,这一点儿快乐也给剥夺了。"

"所以我说不要动。"

"不动,一点希望也没有了,还要遭好多罪:眼病发作,癌症转移……"

她不吭声了,开始翻看服装架子上的一件大衣。

"还是动吧。"我继续跟她商量。

"这个问题太重大了。"她说,然后没有了下文,仍专心翻看那件大衣。她的思想一碰到"重大问题"就短路。

回家后,她主动接上话茬:"我不做决定,由你做,怎么都好。"

"怎么都好?"

"让她去好,少受痛苦。留下她好,我们就有她了。"

"怎么都不好!留下她,她受痛苦。让她去,我们就没有她了。"

"你就像佛经故事里的那个哭婆婆……"

"那就让怎么都好的人做决定吧,怎么决定都快乐。由怎么都不好的人做决定,怎么决定都痛苦。"

她微笑不语,手里拿着一本《禅说》。

"难怪一脸禅机啊!"我笑了,"你这个人倒是天生有禅心,永远随遇而安,活在眼前。"

"所以我能读懂。"

"禅算什么佛呀!"

"反正我听你的。如果你决定动手术,我就勉强同意,我们陪她走完这个过程。"

"妞妞,你看你爸爸,都不知道怎么爱你才好了。"

"好像妈妈知道似的。"

"妈妈算开了眼界,没有像你爸爸这样的,不停地亲呀,说呀,抱呀……"

"见到妞妞,爱就扑鼻而来。"

"老爸爸都这样,爱得直流,控制不住了。"

"就像老年人口水直流一样。"

"好在爸爸还有一颗年轻的心。"

"爸爸是百分之百爱你,妈妈百分之五十爱你,百分之五十爱自己。"

"爸爸百分之百流口水。"

"妈妈百分之五十流口水,百分之五十流别的什么水,爸爸就不说了。"

她笑得前仰后合,喘不过气来。妞妞也跟着笑了。

"要是你没病,妈妈一定不让爸爸这么溺爱,都把你给扭曲了。"

"妞妞天性健康,扭曲不了。"

"一点儿也不像你爸爸!"

"像你妈妈——像结婚前的你妈妈!"

她转向我:"不跟你好了,跟妞妞好,妞妞从来不气我。"

"不跟我好,妞妞可不会答应。"

"真的,妞妞要长大了,准是向着你。"

"就像你,你也向着我,不让别的姑娘欺负我。"

"九十年代女人喜欢顾家的男人,最受欢迎的广告是父亲抱着一个婴儿。"

"我又赶上了一个时髦。"

"你是想说时髦又赶上了你吧?"

"时髦这玩意儿无处不在,说不定什么时候撞上了,无所谓谁赶谁。其实父亲抱孩子是一个很原始的形象,那些落后地区都是父亲抱孩子,母亲种田,有什么时髦的?"

"妞妞,爸爸不喜欢人家说他时髦,爸爸不时髦。"

"爸爸也不在乎人家说他时髦,照抱不误。来,妞妞,爸爸抱……"

"我想好了,妞妞去了,我跟她一起去,和你也了结了,没什么可牵挂的。"

69

"我肯定比你早死。"

"早死晚死真没什么。以前我挺在乎,不让你抽烟喝酒。现在无所谓了,要抽就抽,要喝就喝,要熬夜就熬夜,只要你觉得好,怎么都可以。"

"我死了,你怎么办?"

"我也没意思了。真没准我死在你前头。自杀就是一个念头,很容易。"

"那是走进了死胡同,一时出不来。"

"不是出不来。想自杀的时候,人很清醒的。你我现在是糊涂的,在乎什么活长活短。"

"你好像真是悟了。"

"我知道你不会自杀,只会病死老死。你这个人是很恋生的,大事小事都很执着,放不开,不洒脱。"

"自杀恰恰是因为在某一点上太执着,放不开,而不是因为太悟。"

"这倒也是。不过,想自杀时,那心境是澄明的,没有什么想不开。"

"物极必反,太执着走向太看透。只有一个支点,失去了,就空了。"

"多几个支点也没用,全是空的。"

我偷偷观察她,发现她含着泪,但面带笑容。

"不过,说出来了,就不会自杀了。自杀的人不说。"她接着说,"我要死了,大家都会奇怪。事情好像倒过来了:你悲观,你活着;我无忧无虑,我死了。其实这挺符合逻辑。"

"生命迟早要结束，用不着我们自己动手。"

"许多作家是自杀的。"

"作家另当别论。一个作家写不出东西了，就会觉得活着没意思。"

"妞妞走了，你还有写作，我什么也没有了，不过也没关系。"

"你的生活在别的方面：家庭，爱情……"

"我没有爱情了。"

"有的，你是我的大妞妞，也是我的小妞妞，所以有的。"

"那你还气我吗？"

"不气了。我最受不了你伤心。你伤心时会变成一个很小的孩子，却又顿悟很深的哲理。我受不了一个孩子看破红尘。"

"你会安慰人。"

"如果我们像别的夫妻一样，也就算了。但不是这样的。我们不该这样，我们完全可以不这样。"

"亲，我懂。"

第五章

绝望的亲情·札记之二

可是,我的孩子,既然你身边的死亡是真实的,别处的生活岂非全属虚假?对于我来说,目前唯一真实的生活不在别处,就在你身边,在死亡和我争夺你并且终将把我击败的地方。我一败涂地,犹如死了一回,但也因此深入地活了一场。

1. 完美的毁灭

世上如果有完美，也只存在于孩子身上。婴儿是神的作品，尚未遭到人手的涂抹和岁月的剥蚀。而你又是神的作品中的杰作，把爸爸妈妈的优点结合得如此完美。毋宁说，在你身上，爸爸妈妈才第一次有了完美的结合。

如今，不是缺憾，不是美中不足，竟是完美一下子被整个儿毁灭！

建造得如此精美的一座小宫殿，却在建造时就埋下了一颗定时炸弹。我明明知道它在那里，可是竟然没有任何人间的力量能够把它取出，阻止它爆炸。

身陷灾难的深渊，我已不复理解那些为自己孩子的小缺陷遗憾的父母们。小病小灾简直是福，是与我无缘的人间喜剧。

2. 最荒谬的死

死是荒谬的，而我所看到的又是世界上最荒谬、最不自然的死——一个健康美丽的婴儿的预先宣告的、不可挽救的死。

你的黑眼睛那么亮,那么爱看爱笑。可是,死神偏偏在其中筑巢,从那里向周围编结灰黄色的毒蛛网。

你的嘴唇在睡梦中弹出一个个无意识的微笑,宛若新月下湖面掠过的涟漪。可是,致命的恶浪注定要冲决堤岸,吞没你的小小的生命之湖。

你的小身体既鲜嫩,又饱满,喷发出甜柔清新的气息。可是,不久以后,这一个触着嗅着都新鲜醉人的小身体竟要归于尘土。

新生儿和癌症——上帝呵,你开什么玩笑!

世人频频说着"扼杀在摇篮里"的比喻,唯有守着空摇篮的父母才知这句话的悲惨含义。

3. 爸爸的日记

从你降生的那天起,我就为你写日记。我打算在你长大以后,把它送你做最好的礼物。

可是,你永远读不到了。

在一篇日记里,我曾写道:"爸爸中年有你,等你长大,爸爸就老了。想到在你如花盛开的时候,爸爸要离开你,爸爸怎么舍得呵。"

谁能想到,不是有朝一日爸爸离开你,而是现在你早早地要离开爸爸。

谁能想到,今生今世由我亲手送终的第一个亲人竟是我的女儿!

然而,我仍然天天为你写日记,不是给你将来读,而是给你现在读。每当我单独和你在一起并且对你喃喃细语时,你那定定凝视我的眼神使我相信你听懂了一切。世界必定是有两个,一个虚假,一个真实。只是在眼前这个虚假的世界里,我们才会生离死别。那个真实的世界却是永恒的,在那里我们本是一体,未尝聚散。我的日记就属于那个世界,所以,每一个音尚未发出你就已经心领,每一个字尚未写下你就已经读懂。

4. 在小河边

黄昏的时候,我抱着你,穿过街市,去找一条小河。小河里有鱼,有流水。小河边有风,有晚霞,还有红花、绿草和低飞的鸟。

行人诧异地望着我,望着一个父亲怀抱一个小小的婴儿,穿过黄昏的街市。

我曾经想,我的女儿,等你稍稍长大,会走路了,我要带你去小河边,指给你看鱼,看鸟,看花,看草。但你不会有那一天了,所以,让我们今天就出发。

黄昏的时候,我抱着你,坐在小河边。夕阳西下,晚风从东边吹来。我摇着你,给你讲小鱼和小鸟的故事,你在我怀里静静地睡了。

5. 生活不在别处

世界离我很远很远。我眼中只有你，我的孩子。

死亡已经在你的身边驻扎，无耻地要我把你交给它。我整天抱着你，手酸麻了，汗湿透了，不肯松手。

远处，生活在照常进行。情人们在亲嘴和吵嘴。商人们在发财和破产。政客们在组阁和倒阁。文丐们在歌颂和谩骂。城里人涌向郊外，把城市的暑热抖落在山林湖滨的荫凉里。可怜的幸运儿们连夜在使馆门外排队等候签证。

我听见一个声音对我说：放下她，到远处去吧，她身边只有死亡，生活在别处。

可是，我的孩子，既然你身边的死亡是真实的，别处的生活岂非全属虚假？对于我来说，目前唯一真实的生活不在别处，就在你身边，在死亡和我争夺你并且终将把我击败的地方。我一败涂地，犹如死了一回，但也因此深入地活了一场。

6. 这一个

好心人劝我：不要悲伤了，过两年再生一个，就当是这一个。

我知道你的诞生纯属偶然，如果不是在那个特定的时刻做爱和受孕，就不会有你。我没有理由为你未尝诞生而遗憾，就像没有理由为未尝诞生的一切可能的孩子而遗憾一样。

可是，你已经诞生了。一个生命一经诞生，就是独一无二、不可代替的了。我甚至不仅仅是在哲学的意义上这么说的。我不是一个精神上的父亲，和你血肉相连是我的最真实的感觉。对于我来说，以后还有没有孩子仍然是一件比较次要的事情，最重要的是必须有你，我要的就是这一个。真实的爱是非常经验的，以对象的存在为前提，我不可能去爱从未存在过的事物。所以，我也不会把从未存在过的事物感受为一种空缺。然而，一旦存在过，爱过，就全然不同了。如果失去你，你留下的空缺将永远暴露在我心灵的视野中，没有任何东西可以把它填补或遮盖，但你的存在也将因这空缺的无可弥补而继续无可代替。

7. 不尽责任

有人说：天灾人祸，做父母的只要尽了责任，也该安心了。

可是，当地震、空难、瘟疫已经发生，厄运不可逆转，你的亲人必定被灾祸吞噬时，你如何尽责任？既然是命运，就不要说什么尽责任了吧。

可是，当遭难的恰好是你最亲的亲人，你无论如何不能接受这残酷的事实时，即使你尽了责任，又如何能安心？既然是爱，也不要说什么尽责任了吧。

我不尽责任。我所做的一切，都与尽责任无关。我不得不承受命运的打击，我也不能不爱我的女儿，如此而已。

8. 不是插曲

他们又安慰我说：事过之后，回头看，这只是一个插曲。

然而，我知道，一个事件是插曲还是完整的乐章，并不取决于它所占据的时间。人生中最难忘的经历往往是短暂的，最震撼心灵的事件多半带有突发的性质。心路历程不服从岁月流逝的节奏，它有时会弯曲，缠绕，打结。谁能计算心灵刻痕的深度和记忆的长度呢？

我也不想用成败来衡量一个生命事件的价值，为了减轻痛苦而故意贬低一个不幸经历的重要性。我宁愿把它的痛苦和它的价值一起接受下来，预先拒绝遗忘，决不放弃我的宝贵收获。

9. 命运之感

陌生的街市，我坐在街沿上，你在我的怀里。神色各异的行人从我们身旁走过，为各自的目标奔忙，无暇注意我们。

我的脸凑近你的脸，凑得很近很近。你微皱着眉，显露酷似困惑和悲伤的眼神。你的稚嫩的容颜在我眼前纤毫毕露，稚嫩得令我心惊，使我几乎没有勇气带你继续流浪。

和你单独在一起时，我有一种难以形容的命运之感。在茫茫宇宙间，如何会有我，如何会有你，你如何会是我的女儿？我的全部岁月隐入暗处，屏息凝望我和你的相遇。当妈妈也在场时，我感到的更多是一个家庭的悲欢。独自面对你，我便好像独自面对命运，心里弥漫着生离死别的哀愁。

可是，当我对你说话时，你总是解意似的望着我。我不禁想：我的女儿，你来这世上匆匆一行，莫非是为了认一认爸爸，为那永恒的相聚未雨绸缪？

10. 撕扯

夜晚，当整个中国都聚集在电视机前的时候，我悄悄推开你的门。昏暗的灯光下，你闭目安睡，小脸蛋澄静光洁，正恬然享受着睡眠。你的毫无戒备的状态完全暴露在我的眼前了，使我一阵阵心疼。

你妈妈说，像我这样的爸爸世上少有。我自己也惊奇，这么一个小东西，竟会让人爱得不知如何才好。只要一见你，爱就"扑鼻而来"。这话也许不通，却是我的真实感觉。你的可爱和可怜总是同时呈现，顿时有一团爱哀交加的浓郁情绪向我迎面扑来，刹那间把我紧紧裹住。

这是一个预先宣告的灾祸，在最初的悲伤和最终的打击之间，绵亘着我们一家三口的完整生活——一个布满阳光和陷阱、备受爱和蹂躏的世界。你的可爱使我们欣喜万分，最欣喜之时心中又会突然一刺。成长的征兆和死亡的阴影齐头并进，依恋和恐惧一同与日俱增，老天在上，人的脆弱的心灵如何经得住这般撕扯！

11. 爱的无力

迄今为止，你一直慷慨地让我们分享你的小生命茁壮成长的欢乐。现在，当病痛开始猖狂折磨你的时候，我们却不能替你分担一丝一毫，你的弱小的身躯独自承受着成年人也无法忍受的剧痛。尽管你是我们的亲骨肉，病痛却只在你的身上，我们始终在你的病痛之外，只能从旁判断，不能亲身感受。所谓"感同身受"，从来不过是表达一种心情罢了。

我自以为爱你胜于世上的一切，可是，现在我愧于这爱。面对命运，面对你的死和死前遭受的痛苦，这爱是多么无力。

我听见妈妈也绝望地哭喊："为什么这个病不是长在我的身上啊！"

听着你的小动物似的一声声惨叫，我的心陷于癫狂，发出了渎神的诅咒——

上帝呵，我决不宽恕！

12. 骨肉相依之感

我认识一对夫妇,他们的十七岁的独生女儿患了癌症。开始,他们也痛不欲生。可是,时间久了,他们被拖得疲惫不堪,便盼望女儿早日死去,使他们得以解脱。我完全理解这种境况,长期伺候一个绝症病人是令人心烦的。

我和妈妈也身心交瘁了。但是,我们不烦。

当你用小手牢牢抓住我的衣襟,把小身体紧紧贴在我的怀里时,我也不由自主地把你搂得更紧了。此时此刻,一种骨肉相依的感觉成了我们的共同安慰,无论我的四肢的酸麻,还是你的身体的病痛,都不能把它淹没。你在病痛中找到了它,又用它鼓舞我忍受住了一切疲劳。

13. 乐园

夜已深,我用虔诚的脚步为你催眠,你终于在我的怀里安睡了。可是,我的脚步仍然停不下来。莫非这是一段没有终点的旅程?

城市和历史渐渐在背后消隐,四周一片寂静,只有你的呼吸声和我的脚步声和着同一个节奏,均匀而单调地重复着。

现在,我的脚步自己停住了。

一个父亲双手托着他的病危的女儿,兀立在无人的荒野上。

这里没有时间,没有生命,所以也没有死亡。这里是我们的乐园。

一颗泪珠掉在你的脸上,绽开一朵睡莲,你在梦中甜甜地笑了。

14. 爱不怕徒劳也决不徒劳

在可怕的发作之后,你奇迹般地康复了。我知道,这只是假象,病魔仍在势不可挡地悄然前进。但是,你又一次爆发出的欢快笑声绝不是假象,它证明你仍然热爱生命并且有能力享受生命。

有人劝我,既然你必死无疑,不如让你早日解脱,何必在你身上徒劳地耗费精力和感情。

我不是不知道,一切希望都已破灭,你只是在挨日子而已。可是,在这个世界上,又有谁不是在挨日子?我们人人注定要死,但我们并不因此对自己失去耐心,为什么我却要对你失去耐心呢?有一千条理由让你早走,只有一条理由把你挽留,这条理由胜过那一千条理由,它就是我对你的爱。

徒劳吗?爱不怕徒劳。

我不是不知道,和你相处愈久,爱你就愈深,最后的离别也就愈痛苦。可是,在这个世界上,相爱的人们岂非都是终有一别?既然我们并不因此拒绝分离前的厮守,为什么我却要舍弃和你的欢聚呢?这是死神身边的欢聚,因而弥足宝贵,一分一秒都将永远珍藏在我的心里。死神终将把你夺走,但夺不走你留给我的这爱的赠礼。

徒劳吗？爱绝不徒劳。

15. 永恒的女儿

你让我做了一回父亲。太短暂了，我刚刚上瘾，你就要走了。你只让我做了片刻的父亲。

可是，你在我身上唤醒的海洋一般深广的父爱将永远存在，被寂寞的天空所笼罩，轰响着永无休止地呼唤你的涛音。

在男人的一切角色中，父亲最富人性。其余种种角色，包括儿子、丈夫、野心家、征服者，面对父亲角色都不由自主地露出愧色，压低嗓门说话。一个真正的男子汉一旦做了父亲，就不能不永远是父亲了。

你净化了我看女人的眼光。你使我明白，女人都曾是女儿，总是女儿。愈是爱我的女人，我愈是要这样看她。

然而，别的女儿迟早会身兼其他角色，做妻子和母亲，你却仅仅是女儿，永远是女儿。你是一个永恒的女儿。

我的永恒的女儿，你让我做了永恒的父亲。

16. 幻灭之感

我们平时深陷在红尘之中。尽管亲戚朋友的死会引起我们物伤其类的悲哀，但那毕竟是旁人的死，和我们隔了一层。对于我们自己的死，我们只能想象，没有一个人能够目睹自己的死。死，似乎是一件目睹者不可身受、身受者不可目睹的事情。

然而，自己孩子的死就不一样了。孩子真正是亲骨肉，他的生命直接从我们自己的生命分出。在抚育他一天天生长的过程中，我们又仿佛在把自己的生命一点点转移到他身上去。不管我们的理性多么清醒地洞察死后的虚无，我们的种族本能仍然使我们多少相信孩子的生命是我们自己生命的延续。所以，目睹孩子的死，差不多是目睹了自己的死。这是一种最接近于目睹和身受相重合的死。目睹自己所孕育的生命毁于一旦，无常在眼皮底下演出一整出戏，世上不会有比这更可怕的幻灭之感了。

也许，我的女儿，你的短促美丽的生命是我的真实宿命，而我在人世的苟活只是一个幻影……

17. 等和忍

我究竟在等什么呢？

在这个世界上，奇迹比美德（所谓善），甚至比公道（所谓善有善报）更为罕见，我早已不相信奇迹了。

当然，我不是在等那必将到来的结局。一个父亲怎么会等他的孩子的死呢？

85

可是我确实在等。我在等我的患有绝症的女儿的每一次欢笑,她那么爱笑,我的等待很少落空。

我知道,总有一天,病痛会迫使她不再欢笑,并且终于夺去她的生命。那时候我将不再等待,只是咬牙忍受。

人生无非是等和忍的交替。有时是忍中有等,绝望中有期待。到了一无可等的时候,就最后忍一忍,大不了是一死,就此彻底解脱。

18. 生命的得失

我问自己:

一个婴儿刚出生就夭折了,他究竟一无所失,还是失去了他应该享有的漫长的一生?

一个老人寿终正寝了,他究竟失去了他曾经享有的漫长的一生,还是一无所失?

我问自己:

生命的得失究竟如何衡量?寿命的长短究竟有何意义?

我对自己说:

生命是完整的、不可分割的,因此无论什么年龄的死都是不可计算和比较的,都是一个完整的生命的丧失。

我发现我的问题和答案都似是而非,用玄学掩盖了一个常识的真理:老人的死是自然的、正常的,孩子的死是不自然的、荒谬的。

面对死，孩子给人一种实在的安慰：生命是不可阻遏的。但是，面对孩子的死呢？

19. 平庸的父亲

诗人不宜做丈夫。一结婚，诗意就没了。哲学家不宜做父亲。儿女生下来，哲学就死了。

我可曾发过诸如此类的高论？

于是有人据此劝慰我："这是天意，上帝要你做哲学家。"

可是现在，如果允许我选择，我毫不犹豫地选择做父亲，不做哲学家。

一位朋友替我提供理由：在这个时代，平庸的哲学家太多了，而杰出的父亲太少了。

不，我的选择是：宁可做平庸的父亲，不做杰出的哲学家。

我的理由要简单得多：我爱我的女儿胜于爱一切哲学。没有一种哲学能像这个娇嫩的小生命那样使我爱入肺腑。只要我的女儿能活，就让随便什么哲学死去好了。

然而，我的女儿注定活不了。

然而，形形色色的哲学注定要在这个世界上活下去。

我抱着我的女儿的小小尸体，拒绝接受任何一种哲学的安慰。

由不得我选择，我骨子里就是个平庸的父亲，做不了杰出的哲学家。

20. 尼俄柏的眼泪

在西皮罗斯的悬崖上,耸立着一位母亲的石像。她全身僵硬,没有生命,唯有那双呆滞的眼睛淌着永不干枯的泪水。

这是尼俄柏在哭她的惨遭杀害的儿女。

这位忒拜的王后,曾经是人间最幸福的母亲,膝下有七个美丽的女儿和七个健壮的儿子。她多么天真,并不夸耀她的权势和财富,却仗着她有众多可爱的孩子而傲视子女稀少的天神勒托,终于遭此可怕的报复。

当舞蹈家邓肯的两个孩子在车祸中丧生时,她觉得她也像尼俄柏一样变成了石头。从此以后,不管她又经历了些什么,一切都已经外在于她,就像浪花外在于石头一样。

尼俄柏和邓肯是真正的女人,她们爱孩子远胜于爱使她们显赫的王位或艺术。我相信她们的野心是纯洁的,因为这野心温顺地听命于她们的至高无上的母性。

对于一个母亲(我还要加上父亲)来说,不可能有比丧子更加惨烈的灾祸了。有一项调查表明,在各类生活事件中,子女死亡造成的心理压力最大。别的事件打击头脑或心灵,丧子却直接打击人类最深沉的种族本能。

所以,尼俄柏是一个悲惨的象征。在灾祸降临的那一刻,她变成了石头,她的一切都死了,唯有她的悲哀永远活着。只要天下还有不幸的父母,她的眼泪就不会流干。

第六章

因果无凭

当我试图追溯妞妞的病因时,我的眼前出现了一串完整的因果之链,它有若干清晰可辨的环节,仿佛只要卸掉其中任何一环,就可避免发生后来的灾祸。

一

狭长的走廊里,她被一个穿白大褂的人追逐着,没命地奔逃。

"哈哈,往哪儿跑!"白大褂狂笑。

她惊恐地站住,发现面前是一堵巨大的屏幕。

"开始!"白大褂从背后把她一把拦腰抱住,低声喝令。

屏幕突然闪射光芒,上面映现她的五脏六腑。

"不,不,妞妞在我的肚子里,求求你别照了……"她捂着肚子恳求。

"你看,哪有什么妞妞?"

她向屏幕扫视,五脏六腑间果然没有妞妞的影儿。她把手伸进自己的肚子里翻寻,里面空空的也摸不到妞妞的小身体。

"妞妞,妞妞!"她慌忙呼唤。

"啊……"背后响起妞妞稚嫩的声音,很像分娩那天听到的第一声啼哭。

她转过脸,看见妞妞张开小胳膊,正从走廊那一头朝她跑来。她挣脱白大褂,向妞妞迎去。正当她快要触到妞妞的时候，面前又竖起了那张巨大的屏幕，把她和妞妞隔了开来。现在妞妞成了屏幕上的一个影像，依然朝她跑来，焦急地向前伸着小手，仿佛为自己够不着妈妈而着急。她大声呼喊，想叫妞妞停住别往前走，可是喊不出声来。

"开始！"她又听见白大褂的喝令。

屏幕上一下子布满蓝光，妞妞向前伸着胳膊的姿势冻结住了，小身体被照成通体蓝色透明。她向前冲去，一心救妞妞，却撞在一件冰凉的东西上。原来屏幕已经变成一只密封的大玻璃柜，柜里盛满暗红色的类似福尔马林的溶液，妞妞的小身体如同标本一样浸泡在其中，渐渐被溶解，终于消失了。她疯狂地冲撞玻璃柜的外壁，痛哭失声……

我把雨儿摇醒，她仍呜呜地哭了好一会儿，突然喊道："我真后悔，真对不起她！她的病肯定和我那次发烧有关。妞妞，小宝贝，我爱死她了……"平静下来后，又说："我真后悔，当时我没坚持住。我有侥幸心，老觉得我这人命好，不会有事的。"

"你一直躲着他。"我说。

"躲不过呀，硬拖着我去拍片，一连拍了两张。"

"你刚住院，他就拉你去透视。我在透射室找到你们，只见他兴致勃勃，把你摆弄来摆弄去，照了又照，我心里直发毛，连透视室那个女医生也觉得过分，一再叫他别照了。"

"他这个人大大咧咧。"

"他明明知道你怀孕五个月了，还这么干，连铅罩也不给你戴。而且有什么必要呢？给你拍片时，你早已退烧，都要出院了。"

"拍完片我一直担着心，后来产前检查，医生说我的胎音有力，一同检查的孕妇中数我最强，我这才放下心。"

"那天检查回来，你可真得意。"

"妞妞就是健康，生下来七斤，一直没病。"

"这还没病？"

"这不是病，是灾。要不是那次发烧……我一定要再生一个。"

"一定。"

"可是妞妞太冤了，苦命妞妞，妈妈真对不起你……"她又开始流泪。

"别哭，你也没有办法。他是医学博士，你拗不过他。"

"我应该更坚决些。"

"他会比你更坚决，他真他妈的是个有主见的医生。"

雨儿坐在急诊室的长凳上，羽绒服下面腹部明显隆起。她正发高烧，烧得两颊绯红，双眼放光，倒也显得楚楚动人。发烧是从昨天开始的，因为怀着孕，不敢贸然吃药，想靠抵抗力扛过去。不料体温持续上升，到今天中午竟达到了四十度，只好来看急诊。

急诊室里空空荡荡，光线很差，使人感到冷丝丝的。只有一个老护士值班，医生不知哪里去了。雨儿坐在那张硬木条凳上等候，不住地喘息，咳嗽，咳出一口口浓痰，小心翼翼地包在一块手帕里。

医生始终没有来。老护士让我先去挂号,然后带雨儿化验。白血球超过两万。医生仍然没有来。老护士又让我去挂耳鼻喉科的号,带雨儿查咽喉。她说,排除了会厌炎,再回内科。

当我们从喉科回到内科急诊室时,值班护士已换人。医生总算来了,那是一个中年妇人,此时正在给若干后到的病人诊病。我把雨儿安置在长凳上,然后向她说明就诊经过,交上喉科的诊断书。

"她是喉科病人,不是内科病人,我不管!"万万想不到她一口拒绝。

我耐心地向她重述事实,特别说明我们一开始挂的是内科急诊,而直到现在还没有任何内科医生给雨儿看过病。

"我没有什么可看的!要我看,她就是诊断书上写的——咽喉炎!"她冲我叫嚷。

"这只是喉科的诊断。你看看她,烧成这样,她正怀着孕。我希望你至少从内科角度提一点看法。"我竭力抑制怒火,恳切地说。

雨儿一直可怜巴巴地坐在那张硬木凳上,看着我交涉。这时一阵剧烈的咳嗽,憋得她满脸通红,泪光闪闪。可是,那个铁石心肠的女人看都不看她一眼,而且干脆不再理我,装出专心给其他病人看病的样子。

诊桌旁还有一个女医生,面露同情。我转向她:"请你给我的妻子看一下,好吗?"

"我是外单位来实习的……"她畏缩地说。

"那么,"我又面对铁石心肠,"只有你有权看,是不是?"

"是的,只有我!"

"那我只好请你看了。"

"我今天就是不给你们看!"她得意洋洋地宣布。

我站在那里,怒视着她,说不出一句话。当文明遇到赤裸裸的野蛮时,语言便失去了任何功能。我流泪了,那是为我的可怜的妻子流的。这个对重病孕妇尚且如此冷酷无情的东西难道也算是一个人,甚至是一个也会怀孕的女人?

"你不是人!"我朝这个没有灵魂的东西抛下一声喑哑的诅咒,转身搀起雨儿,悲愤离去。

回到家里,雨儿的体温上升到了四十点八度。

不要去说中国的有些医院了吧,它只会使我对人性感到悲观。可是,令我永远百思不得其解的是那位医学博士的举止。他是我家的一个远亲,当他在电话里听说雨儿的病情和遭遇后,立即热情地邀请雨儿到他那里治病,安排住进他管辖的病房。事后雨儿的母亲把他请到家里吃饭,连连称他为救命恩人。他确实也当之无愧,若不是他及时抢救,雨儿真可能有生命危险。

但是,他为什么要一而再、再而三地在怀孕五个月的雨儿身上使用 X 光呢?

在发现妞妞的病以后,我查阅了大量医书,了解到医学界早有共识:鉴于 X 光很可能是导致胎儿染色体畸变和婴儿癌症的重要原因，不但孕妇在孕期内，而且双亲在怀孕前三个月内，均应避免照射 X 光。我还了解到，视网膜是人体形成最晚的器官，直到出生后两个月才最后完成，因此不但在胚胎期，而且在出生后两个月内都应避免 X 光。

其实，何必查书呢？妞妞死后不久，我在一家普通小医院的黑板报上读到：孕妇切不可照射 X 光，否则可能致使胎儿患各种疾病，其中就包括视网膜母细胞瘤。

在遗传学检查排除了遗传致病的可能性之后，我几乎可以断定，X 射线是杀死妞妞的凶手。

雨儿刚住进医院，他就急匆匆地带她去透视室。透视室的女医生已经下班，他特意派人叫了来。他亲自操作，查得很仔细，机器不时地咔嗒一下，荧光屏熄灭复闪亮。"你看这里。"他亮着荧光屏，对女医生说。"行了，行了，人家怀着孕呢。"女医生不安地催促。"你看你看……"他又启动，真他妈不折不挠。看什么，不就是肺炎，症状这么明显，根本无须透视。

天天输液，葡萄糖掺青霉素。青霉素是唯一不会通过母体进入胎体的抗菌素，我很放心。雨儿痊愈了。快出院时，他又拽着她去拍片。她挣扎："我怕，孩子出毛病怎么办？"他拍胸脯："不会的，出了问题找我！"

我完全不能设想医学博士蓄意犯罪。不，这绝不可能。但我也完全不能设想他不懂常识，竟然犯医学界之大忌。他的行为完全不可理解。妞妞是被她出生前的一个不可理喻的行为杀死的，她死得不明不白。

二

雨儿在体验两件新鲜事：生病和寂寞。她很少得病，生平头一回住院，也差不多是头一回独居。从小到大，她不是住集体宿舍，就是和家人住。这间病房有三张床，另两张空着。医院离家远，我隔天去看她一次，每次她都像久别重逢那样高兴。

"妞，你够闷的，我会讲故事就好了。"

"有你在这里就行。"

"你知道吗，你发烧那会儿真漂亮，脸红红的，眼睛亮亮的。"

"像不像'病西施'？"

"是'病安娜'，安娜·卡列尼娜。"

"昨天我爸来看我了。是不是我得肺癌了，他那么关心我？"

"小傻瓜，你是他的掌上明珠，你得肺炎，他也着急。"

"我得肺癌，你难过吗？"

"不准你这么想。"

"我喜欢这么想，体验一下也好。你爱我吗？"

"你知道的。"

"我要你说。"

"爱。"

"特别爱？"

"特别。"

"亲，我可真是爱你呀。在这个世界上，我最爱的就是你。只爱你一个——现在。将来也……可能。"

"将来只是可能？"

"爱别人爱不起来了……不，我没去爱。"

"没想到你会这么爱我。"

"我也没想到你会对我这么体贴。"

"你想到了。"

"哟，我错了。"

"我还不太体贴，要不你不会得肺炎。"

"那不怪你，我自己造成的。不过我喜欢你心疼我。我发高烧时，你哭了。"

"你看见了？"

"我身体很难受，可是心里暗暗高兴，因为你哭了。你别以为我不知道。"

"我就是怕你知道了幸灾乐祸。"

"我不在家，你可别睡得太晚。"

"这些天我倒是挺出活。"

"我在家是不是老干扰你？"

"你还不知道你有多缠人？"

"那就让我送送你吧。"

她起床，高高兴兴地挽住我的胳膊，把我送出医院大门。

深夜，我回到卧室，扭亮台灯，躺在床上看书。我天天很晚上床，她习惯了，亮灯不会惊醒她。我看了一会儿书，也准备睡，忽然听见她在旁边发出抽噎的声音，就像呼吸受阻那样，接着放声哭了起来。我赶忙唤她，抚摸她，给她擦泪。那么多泪，脸蛋湿透了。好一会儿，她才从梦中醒来。

"告诉我，怎么回事？"

"我不说。"她斜瞥我一眼，带着敌意。

"梦见大灰狼了？"

她点头，伸出手指指我一下。我再三求她，她终于开始叙述："有一个女孩老来找你，要你去白区讲演。我不让你去，你不听，跟她走了。好像听众都是大学生。敌人包围了你们，你被捕了。你们被分成两排，站在一棵大树下，那个女孩也在里面。敌人宣布要枪毙你们，你们个个都很从容。女孩说，对不起我，也对不起你。我说，对不起也晚了。她用头巾包住了脸。我哭了，哭得好伤心。"

"那女孩长什么样？"

"没看清，好像梳根辫子。我没见过她。"

"你还是很在意的。"

"我叫你不要跟她走，你还是走了。不行，我一定要比你先走。"

"你不是走过一回了？"

"还要走。两个人都走了，那才是悲剧呢。"

"真正的悲剧是爱的节奏出差错，一个人走了，留也留不住，等他后悔了，回来发现另一个人已经走掉，唤也唤不回。"

"我走了，你得等着我。"

"又提无理要求。"

"你不会报复我的,是吗?"

"你看,我就是在梦里报复一下。"

"那我也受不了。你得答应我,在梦里也不走。"

"好,我答应。"

"可你已经走了。"

她边说边还在流泪。我搂住她,贴着她的耳朵说:"不走,不走,永远不走……"

她坐在沙发上,哄妞妞睡觉。妞妞不想睡,在她怀里扭动着脑袋,不时咯咯地笑。她小声和妞妞说起话来。

妞妞,妈妈给你讲个故事吧,讲一讲妈妈从前有多蠢。那时候,世界上有一个爸爸,有一个妈妈,还没有妞妞。爸爸和妈妈相亲相爱,生活很美满。天上的神仙知道了,就奖给爸爸妈妈一件宝贝。这是世界上最好最好的宝贝,可是那时候妈妈还不懂,只是觉得挺喜欢,天天捧在手里玩儿。有一回,爸爸和妈妈闹了点别扭,为了一件很小很小的事情,那么小的事情,妈妈现在都不好意思告诉你。可是那时候妈妈连这也不懂,还觉得事情挺大,生了很大的气。要是爸爸好好劝一下妈妈,妈妈的气也就消了,但爸爸也憋了一股劲,就是不劝。妈妈气极了,不知怎么发泄才好,举起那件宝贝往地上一摔。爸爸这才急了,赶紧捡起宝贝,已经晚了，宝贝有了裂缝。天上的神仙很不高兴，决定收回宝贝。妈妈这才知道，她失去了多么好的宝贝，只要能留住这宝贝，她死都愿意。可是，天上的神仙一旦打定主意，谁也不能使他改变，妈妈用什么办法也不能留住心爱的小宝贝了……

说到这里，她已泪眼汪汪，忽然发现我在旁边，就含泪一笑，接着说："妈妈太愚蠢了。爸爸是不是愚蠢，由他自己去想。"

我默默从她怀里接过妞妞，使劲亲那香喷喷的小身体。

天已大亮，我和雨儿仍然躺在床上。兴致好的时候，我们喜欢躺在床上没完没了地闲聊，多半是聊往事，她称之为小臭事。我们有许多小臭事，她说她最爱和我一起回忆我们的小臭事。

兴正浓，电话铃响了。电话机就在床头，她拿起听筒问话，然后略显不快地递给我。

一个陌生女孩的声音。对方自报姓名，我想起是一个和我通过信的四川姑娘，不知从哪里知道了我的电话号码，便拨通了长途电话。她原来是学医的，毕业后不耐烦天天到医院上班，辞了职，在家写小说。在电话里她絮絮叨叨地说起她正在写的一部长篇小说，忽而又说到她刚刚结束的一桩恋爱事件，说了一会儿，停住了，像在等我开口。我看见雨儿的脸色越来越不快，感到狼狈，不知说什么好。难堪的冷场。

女孩还不想挂断电话,很费劲地找话说,说说停停。最后,她终于有所察觉,问道:"刚才接电话的是你太太吗?"

"是的。"

"我这人很懂事的,不会给你带来麻烦。"她挂断电话,结束了这场不合时宜的通话。

然而,已经带来麻烦了。就在通话时,雨儿已默默穿好衣服,离开卧室,此刻在厅里踩缝纫机。我走到她身边,她不理我。电话铃又响了。仍是那个女孩,在听到我的冷淡的声音后,她欲说还休,沉默片刻,然后说:"我忘记我想说什么了。"挂上了电话。

我重又回到雨儿身边,她一下子站起来。

"不必解释!是不是当我面调情不方便?我可以走。"

"我没有调情……"

"可以调情,我知道我无权干涉,我们都是自由的。只可惜我的好心情给破坏了。"

她真的走了。屋里空荡荡的,我心里不是滋味,感到委屈。真有风流韵事倒也罢了,事实上差得远。随着她迟迟不归,我把我的委屈升华成了一种悲剧感,仿佛我是一个为爱情拒绝诱惑的圣徒,她却成了用不信任来亵渎我的圣洁的罪人。

吃晚饭时,她回来了。晚饭后,她早早上了床。我们一直僵着,彼此没有说一句话。我自个儿在书房里译一本德文书,打定主意工作到天亮,偏不去卧室,内心却暗暗期待她来向我作一个妥协的姿态。夫妇间长时间的沉默使人极感压抑,其实要打破这沉默也十分容易,任何一方的一个小小的和解表示都可以成为驱散乌云的阳光。可是,出于赌气,主动做出这和解的表示似乎又是多么艰难。

尽管我在埋头工作,我的听觉始终很灵敏,时刻注意着隔壁卧室的动静。已过深夜一时,仍然毫无动静。她今天够倔的。算了,还是我先让步吧。不,再等一等。我身后的门终于开了。她穿着淡紫色的毛巾睡衣,站在书房门口,无言地望着我。后来她说,她当时发生错觉,好像听见我在唤她,所以过来了。见我回头看到她,她又回卧室躺下了。

这是我期待已久的信号。我赶紧搁下笔,也到卧室,在她身边躺下。千不该,万不该,我不该捧起一本书看,仍不和她说话。她突然抱起被子,冲出卧室,把自己锁在书房里。我找到了钥匙。她穿着那件毛巾睡衣,坐在沙发上。我光着两条腿,坐在另一边的沙发上。

隆冬天气,尽管室内有暖气,穿这么单薄仍然很冷。这是用痛苦作武器,通过折磨自己来迫使对方屈服。我瞥见她的肚子在睡衣下隆起,一下子清醒了。看在孩子面上,马上回卧室去。不,我就在这打地铺。我睡这,你去卧室睡。不,就不。她冷得瑟缩颤抖。不能再争执下去了。我给她加了一条被子,看她躺好,自己退回卧室。

突然传来雨儿凄厉的哭声,我慌忙下床,冲进书房。她躺在地铺上,脸埋在枕头上,哭得那么伤心,涕泪俱下,枕巾湿了一大片。

我试图搂她,她推开,喊道:"不要你,一边儿去!走开!"

"想想孩子,别哭坏了身子。"

"我不要这孩子了!"

天哪,她自己是个孩子,那么孤立无助的孩子,那么单纯的孩子。我还是搂住了她,不停地抚摸着、吻着她的脸庞,替她拭去眼泪。我一遍遍唤着心肝宝贝,唤了几百遍。她渐渐平静,开始轻声应答我。

"你为什么这样待我呀?"她伤心地问。

"我错了。"

回到卧室床上,她躺在我的怀里,叹息道:"我干吗这样爱你呀?问题就出在我爱你太专一了。让我们换一种方式生活吧。"

"妞,你好,我坏。以后我听你的。"我信誓旦旦,充满诚意。

在此之前,雨儿的一个表妹来京,投宿我家,正患着感冒,雨儿被传染上,已在咳嗽流涕了。夜里一冻,病情立即加重。次日醒来,她感到头痛,腹痛,接着就发烧了。我躺在她身边,握着她的手。她的手真小,像一只孩子的手。她的脸蛋和小手都烧得烫人。可是她精神很好,眼睛格外亮,定定地望我一会儿,又望我一会儿。

"能这样死就好了。"她叹息,问我:"有一天我们会这样拉着手死去吗?"

"我们拉着手好好活。"

"我只是在想象中体验一下。真爱你,没想到我会这样。"

"我也没想到。"

"你还说我喜新厌旧吗?"

"恋爱那会儿,我真想过,没准哪天你就把我甩了。"

"没准是你甩我。"

"还没准我们能庆祝金婚。"

"能吗?你都快四十了,我们结婚才一年半。"

"我们从恋爱算起,已经九年了。"

"哟,真的,都九年了,过得真快。"

"我们谁也甩不了谁。有时候,两个人一起过日子,始终是两个人。有时候,两个人就生长在一起了,你中有我,我中有你,没法再分开。"

"昨天我真想离开你,不回来了。我走了,你伤心吗?"

"你会回来的。我们之间不会不可挽回。"

"我走了,遇见一个好人,跟了他,就不回来了。"

"你会回来的,一定会回来的。"

"我只好回来。想来想去,你还算一个好人。你是好人吗?"

"我不好,尽惹你生气。"

"昨夜你说你错了,错在哪里?"

"我不该和人调情。"

"你不是说你没有调情吗?"

"潜意识里想调。"

"有我，还不够吗？"

"够了。"

"你不要哄我，我知道你没够。我已经想好了，以后我不会再管你。哪个姑娘爱给你打电话，就打吧。你爱跟哪个姑娘来往，就来往吧，怎么都行。你有才气，姑娘喜欢你，这是你该得的，我凭什么不让？只要你爱我就行。如果不爱，我也没有办法。"

我很感动，说不出话，只是紧握她的滚烫的小手。这时她的腹部又痛了一下。

"唉，就是委屈了小DADA。我觉得我真是很爱小DADA。你爱吗？"她抚摸着肚子，有点伤感地问我。

当时我对她肚子里的那个小生命还完全没有切身之感，便用调侃的口气打岔："小DADA，这个世界不好，你出来干嘛呀。"

"小DADA出来和妈妈玩。"她露出孩子气的笑容，脸颊上两个小酒窝。随即狡猾地一笑："你想，你光着两条细腿，哪里敌得过我的大肚子呀。"

"好呀，原来你把小DADA当人质。"

"当时没想到，我还以为我是把自己当人质呢。妈妈对不起小DADA。"她的脸色顿时严肃起来。

"是爸爸对不起妈妈。"我也严肃地说。

三

当我试图追溯妞妞的病因时,我的眼前出现了一串完整的因果之链,它有若干清晰可辨的环节,仿佛只要卸掉其中任何一环,就可避免发生后来的灾祸。我对自己说,要是雨儿的表妹没有把感冒传染给怀孕五个月的雨儿,要是四川姑娘没有打来不合时宜的电话,要是雨儿和我互相宽容并不为此赌气,要是她送急诊不是遇到那个蛮横的女医生因而延误治疗,要是医学博士没有一再用 X 光对她做不必要的检查……要是要是,只要其中一个"要是"成立,妞妞就不会患上绝症,我们的生活就会完全改观了。

如此说来,妞妞是被一系列人性的弱点杀死的。她是供在人性祭坛上的一个无辜的牺牲。

灾祸往往有一个微不足道的起因。所谓"一失足成千古恨",那失足之处并非一眼看不到底的深渊,甚至也不是当时便让你感到踩了一空的陷阱。不,那不过是一个小小的土坷垃罢了。你根本没有觉察你已经失足。你打了一个趔趄,然后又往前走了,却不知不觉地走上了另一条道。在所谓决定命运的关头,不会有一个声音在你耳旁提醒你,向你宣告这是决定命运的关头。直到你的命运已经铸定,并且赫然兀立在眼前,你才会在一种追忆中辨认出那个使你遗恨千古的小小的失足之处。

可是,我是不是犯了现代人常犯的一种错误呢?当弗洛伊德把俄狄浦斯悲剧的原因归于人类无意识中的一种本能时,他就犯了这种错误。我们已经习惯为一切悲剧指定责任者，通过审判人性来满足自己的解释欲。事实上，所谓因果之链至多只是标记了我们投在存在表面的极为狭窄的视野，而真实的原因却往往隐藏在我们目力不及的无限广阔的存在的深处。所以，从荷马到埃斯库罗斯的古希腊人从不奢望解释，而宁愿相信造成俄狄浦斯悲剧的原因仅在于命运。

然而，什么是命运呢？命运这个概念岂不意味着拒绝一切因果性的解释，面对业已发生的灾难，承认自己不具备解释的能力和权利，只有默默忍受的义务？命运是神的意志的别名，对它既不能说不，又不能追问为什么。神可以做任何事，不需要理由，不作解释。在神的沉默中，我也沉默了。

但我心里还是恨，怎么能不恨呵，有时候杀人的心都有，杀女医生，杀医学博士，杀自己，杀上帝。

公正的上帝，凡受他赐予太多的，付出必也多。在他的公正背后，多少有一点儿嫉妒，他容不得像神的凡人。好吧，英雄活该蒙难，天才活该受苦，红颜活该薄命。可是，一个小小的婴儿，他嫉妒什么？莫非他在天国寂寞到这般地步，竟想到要玩如此不仁的恶作剧？

你去告他，那个医学博士，在国外他得赔偿一大笔钱。可这是在中国。即使在国外，我也不告。钱怎能抵偿生命？甚至以命抵命也是谎言，一个人死了就是死了，别人死不死已经和他没有关系了。围绕死人的折腾不过是活人之间的交易，只使我厌烦。要复仇就自己动手，或者就宽容。

我只能宽容,这是我的命运。被我宽容的人终有一死。

"你是到死也不肯原谅他了。"

"当然不。"

"人家那样做总有那样做的理由。"

"我真想去问问他是怎么想的。"

"听说他是怕我得肺结核或肺癌,那样孩子就不能留了。"

"你的肺炎症状那么典型,根本用不着照。"

"那你说他是为什么呢?"

"就是没法解释,绝对没法解释。"

"我来给你解释——这是命。"

"这等于没有解释。"

"好吧,你给我解释一下,你从来都让我,为什么偏偏那回要跟我僵着?"

"你的表现也很异常呢,一向挺大度的,那回我不过接了一个电话,你就那么在乎。"

"所以我说不要追究了,没法追究。你想想,突然谁都一反常态,你不是你,我不是我,医生不是医生了,全都被一种看不见的力量支配着,好像非要出点什么事。这就是命。"

"信命只是为了让自己安心。"

"也是对别人公正。"

"我太想对他公正了,绞尽脑汁替他找理由,就是找不到。"

"他是那种技术癖,见了病人就想把病弄清楚,别的什么都不顾。"

"弄清楚什么,出院时问他拍片结果,他连片子都还没有看。"

"真的?我都不知道。"

"你这人健忘,我可记得清清楚楚。"

"没准是你记错了,你这人多疑。"

"算了,跟你说不通。"

"当然说不通,因为这是命。命在那里,谁跟命都说不通。"

第七章

要有光

"妞妞,这是亮亮。亮亮你好!"我激动地说。

亮光是她的视觉世界里的唯一客人,这客人给她带来了如许快乐,招手一举无疑是她对这位可爱客人的自发问候和感恩。

一

上帝最先造的是光。在此之前,他运行在无边的黑暗中,浑浑噩噩,实在算不上是一个上帝。可是,有一天,他忽然开窍——

"上帝说,要有光,就有了光。上帝看光是好的,就把光和暗分开了。"

这是创世的开端。通过创造光,上帝开始了他的创造万物的活动,从而使自己成为了一个上帝,即造物主。同时,也因为有了光,天地才得以分开,昼夜才发生交替,事物才显示出差别,世界才成其为世界。

上帝创世的最初灵感来自他对黑暗的厌倦和对光明的渴望,他亲手造出的光又激起了他从事进一步创造的冲动。正是在光的照耀下,他才发现了世界的美丽和自己的孤独。于是,他又造各种生灵,最后造人,来和他一起赏看这光。

所以,众生都有眼睛,连小鱼小鸟小蚂蚁也有眼睛。

妞妞也有眼睛,一双黑亮美丽的大眼睛。令人感到神秘的是，这双眼睛常常那样专注地久久凝望空中某处，目光中略含惊讶，仿佛看见了一个常人看不见的世界。那个时候，她的白净的小脸蛋便透出一股灵气，如同一朵露珠晶莹的小百合花在悠扬的摇篮曲乐声中静静开放。也许，这样一双眼睛原本就不属于尘世？

于是，即使在她朝露一般短暂的生命中，这双眼睛也只是暂时属于她，她注定要被一堵穿不透的灰墙死死罩住。

小鱼小鸟小蚂蚁也有眼睛，妞妞却没有。

人在忧愁时，走到窗户边极目远眺，会获得片刻解脱。妞妞长大了，她忧愁时的窗户在哪里呢？

所以，在这个好人不免忧愁的世界上，妞妞注定长不大。

妞妞已经回到那个看不见的世界里去了，那双神秘凝望的眼睛却永远留在了我的尘世的天空，闪烁着悲伤而美丽的幽光。

二

上帝看光是好的。妞妞也看光是好的。她的生命，那短暂的一瞬间，如此欣喜而执拗地追逐光明。

快满月时，雨儿说，我们该锻炼妞妞的视觉和智能了。这个年龄的婴儿，视网膜发育正趋于完成，开始有了看的能力。她在妞妞摇篮的上方悬挂了许多彩色气球。我们哪里想到，妞妞的视网膜上有肿瘤，使她的微弱的视力对此不可能有所反应了。那些气球毫无生气地悬挂了许多日子，始终未在妞妞的视野里色彩缤纷起来。

但是，妞妞会看光。她那么喜欢看光。她满月了，我们已经知道她的病了，天天带她上医院。每回乘车，她总是从我怀里使劲仰起头来，看车后窗的光亮，一路上这样看了又看，乐此不疲。当我抱着她在住宅的走廊里踱步时，她也总是抬起那双乌黑的眼睛，定定地望着大玻璃窗外布满霞光的一角天空。我往返转身，她的小脑袋就立刻随着掉转方向，继续凝望光亮，望着望着，咧嘴笑了，有时还发出一声轻轻的欢呼。

一天夜晚，她躺在床上，在她头顶后方的天花板下悬着一盏吊灯。她抬起眼睛，朝灯的方向注视良久，接着，甜甜地笑了。仿佛回味无穷似的，她咧着小嘴，眯着眼睛，笑了又笑，愈笑愈欢，笑出了声。然后，又使劲抬眼看，又笑，又欢呼……

其实，她看到的不过是普通的电灯罢了。可是，她那么快乐，仿佛看到了难以言喻的美的景象。

我揣摩，对于她，这的确是一个新发现，她不仅看到了光，而且也许看到了形和色。世上有这么一团橘黄色的圆形的光亮，这个世界多么奇妙。她一再抬眼去看，它仍然在那里，太好了！当她暂停看而自个儿笑了又笑时，她确实在回味，心中追想这一团奇妙的光亮，愈想愈觉得有意思，于是遏制不住地要笑。

从此以后，这盏吊灯成了她的快乐的源泉。每天夜晚，躺在这个位置上,她格外欢欣爱笑,并不时抬眼去看这团心爱的光。

赶在失明之前,妞妞从一盏灯发现了一个昙花一现的美丽的世界。

自妞妞出生后,我们天天给她洗澡。她喜欢洗澡。当初在母腹中,她就生活在水里,水是她的故乡,她不怕水。每回把她赤条条提在手里,她自个儿就抬起双腿,摆好入澡盆的姿势。一到水里,小身子立刻轻松舒展开来。

洗完澡,把她裹在一条大毛巾里,搁到床上。她的洁净的小脸蛋神采奕奕。灯光下,合家围着她,这是一天中最欢乐的时刻。

"别看咱们有病,咱们还是那样健康,是吗?"雨儿一边给她穿衣,一边自豪地说。

每天这个时候,妞妞活泼极了。她的确健康,饱满的小身体里充满活力,饱胀的活力涌向四肢,驱使她欢快地舞动胖乎乎的小手,踢蹬胖乎乎的小腿。她躺在大床上,飞快地轮流伸出两只小手,在胸前造成一片欢腾。她不住地咿咿呀呀"说话",啊啊欢喊。她还常常咧开没有牙的小嘴,笑得那样甜;爆发出一阵又一阵咯咯的笑声,笑得那样疯。世上没有人能抵抗一个婴儿的笑,我们被她的笑声带入忘忧之乡,也和她一起纵情欢笑。

"真是爱煞人哪!"雨儿常常禁不住叹道。

可是,当我们随她一同欢笑,笑着笑着,便忽然瞥见了那不祥的"猫眼"……

我站在窗前,俯视楼下,看见阿珍和雨儿推着童车,朝楼宅间那片小花园走去。她们带妞妞去晒太阳了。

雨儿的脚步是否有些迟疑?

那片小花园是母亲们的天下,她们喜欢带孩子们去那里,白天晒太阳,傍晚乘凉,彼此常常不期而遇,也就熟悉了。妞妞是这些婴儿中年龄最小的,又长得可爱,每每招来好奇的围观。

"这孩子的眼睛怎么啦?"

我仿佛听见一声惊问。不,我确实不止一次地听见有人这么惊问。这正是我害怕的。妞妞的病眼似乎是一个证据,证明她像别的婴儿一样出来晒太阳和乘凉乃是一种僭越,因为她活不久,她的健康已经失去了目标和意义,因而也失去了权利。生下一个活不久的孩子,这不仅是一个灾难,而且是一个失败。因而我所感到的不仅是悲痛,而且是屈辱。

可是雨儿边走边和阿珍笑谈着,谈的一定也是有关妞妞的事情。妞妞躺在童车里,舞动着小手小腿,转动着脑袋,东张西望,显然为户外的环境而欢欣。

三

事实上,我们从妞妞瞳孔中看到的已经不是"猫眼",而是不折不扣的肿瘤了。六月下旬以来，我们眼睁睁看着左眼内病灶发生变化，以前只在灯光下从一定角度才能看到的"猫眼"现象，渐渐在任何光线下都能看到，有时还可依稀辨认肿瘤表面的凸起。接着，肿瘤越来越清晰，我们眼睁睁看着它一天天扩大，肿瘤表面显露出密布的细小血管，靠鼻侧的局部弥漫着絮状的白色碎屑。到七月上旬，左眼球开始膨大凸出，常含泪水，眼睑发红。我们眼睁睁看着，只能眼睁睁看着，看着死亡的阴影一步步逼近，而妞妞，她依然活泼着，笑着，至多不过常常用小手去揉一揉难受的左眼罢了。

一天晚上，来了三个客人。我抱妞妞到客厅。他们一齐站起来，三颗脑袋形成一个包围圈，把妞妞团团围在中间，惊诧的目光汇聚在妞妞的左眼上。灯光下，肿瘤暴露无遗。妞妞在这包围圈里不安地扭动小脑袋。

客人走后，雨儿痛哭失声："刺伤我了！像看一个怪物似的！我心里很清楚，妞妞治不好了。我天天都看见！……"

夜里，雨儿做了一个梦。她梦见妞妞已经长大，上幼儿园了。妞妞的眼睛好好的，压根儿没有患病这回事。她暗自庆幸：原来虚惊一场。她哼着歌，去幼儿园接妞妞。老师正在教孩子们唱歌，她一眼就从孩子们中认出了妞妞。妞妞看见妈妈，立即离座，张开小手欢快地迎来，可是在半途突然停住了。这时候，歌声也突然停止，一片寂静。只见妞妞使劲儿揉眼睛，松开手，眼球从眶里蹦了出来，掉在地上，直往外射浓汁。她扑过去，捡起来一看，滑腻腻的，是一条小小的死鱼。

炎热的夏夜，密不透风的小屋，一小群狂信者正在打禅、持咒、发功。我们认识的一位气功师自告奋勇替妞妞治病，后来感到自己功力不足，便特地把他的同道请来"组场"，一同替妞妞治病。

妞妞被放在中央的地铺上。她睡着了，但很快就醒了，吃惊地望着这些紧挨她席地而坐口中念念有词的人。她突然哭了起来。也许因为闷热，也许因为惊吓，她愈哭愈烈。当那个巫婆模样的中年女人不停地用手掌急速敲击她的头顶和胳膊时，她哭得几乎气噎。"组场"结束后，她还哀哭良久。打她生下来，不曾见她这样剧烈地大哭过。

雨儿一直坐在妞妞身边，紧握妞妞的小手。我看见她紧锁眉头，知道她忍无可忍，但仍竭力忍耐。我也是这样。刚离开小屋，她就含泪道："那个巫婆，手这么重，妞妞怎么受得了！"

妞妞与所谓"佛家功"的缘分就此告终。

不知是否巧合，在这次"组场"之后，妞妞的病立刻恶化了。从次日起，她哭闹不安，精神萎靡，不进饮食，时常昏睡。接着，三天三夜没有睁眼，左眼睑红肿，流泪不止。

在双目紧闭三天三夜之后，这天夜里，妞妞躺在小床上，突然睁开了眼睛。她睁开一只右眼，睁得大大的，明亮有神。但左眼皮红肿得厉害，睁不开，呈一条缝。三天来一直悲苦的面容，这时也显安宁了。

白天，她仍萎靡，软绵绵地依在大人怀里，偶尔睁一下右眼，小手松弛着，不似往常紧攀大人的衣襟。

又是深夜，我抱着她，在屋里走动。她闭着双眼，左眼皮肿得像核桃。忽然，右眼又睁开了，定定地望着我。睁了好几回，都这么凝望着我。她睁一只眼闭一只眼的模样似曾相识，使我想起她出生那天医院走廊里的一幕。厄运有时竟有如此可爱的预兆。

那只睁不开的眼睛里正在完成一个可怕的转变。医生诊断，一是肿瘤在迅速增殖的同时大量坏死，造成无菌性炎症，二是眼压升高，出现青光眼症状。她一定很痛，常常皱着眉头，紧闭双目，扭动小身子，像一头受伤的小动物那样发出惨烈的嚎叫。

此时此刻，她的确是一头小动物，正在被一只无形的手一刀刀宰割。她的痛苦没有语言可以传达，完全被封锁在那弱小的躯体内。

医学所做的唯一事情是朝她眼里滴几滴降眼压药，朝她嘴里灌几匙消炎药。

炎症时起时伏。有一天，炎症暂时消退，妞妞忽然睁大两只眼睛，那只左眼已经面目全非，玻璃体浑浊，瞳孔消失，一只灰蒙蒙的眼球泡在日夜不干的泪水中。

我看到了地狱。

即使在这些乌云密布的日子里，妞妞的海滩依然有阳光灿烂的时辰。死神玩弄她于掌心之上，但只要它稍稍松手，妞妞又发出了天使般的笑。

白天，病魔把妞妞折磨得整日软绵绵地闭目似睡非睡。可是，往往到了夜晚，她那萎靡了一天的小身体便突然恢复了生机。云破天开，露出一小块晴朗的蓝天，她睁眼笑了。她的笑眼弯弯的，恰似破云而出的月牙。

雨儿给妞妞喂药，在她脖子上垫一块纱布，她立刻灵巧地抓起纱布朝地上一扔。再垫，再扔，屡试不爽。她知道垫纱布没有好事。我们都笑了。她听见我们笑，也咧嘴笑了。

雨儿用小毛巾碰妞妞的嘴角，边碰边喊："不给吃！不给吃！"她知道是在逗她，笑得那样疯，小身子拼命抖动。

我抓住妞妞的小手朝我嘴里送，喊道："真好吃！真好吃！"她开怀大笑。当我再次抓起她的小手时，她就斜眼注视着我，一旦我喊出她期待的那句"真好吃"，就立刻报以大笑。

由于肿瘤和炎症的发作，她事实上不能久笑，一久就眼痛难受，瞬息之间笑脸会变成哭脸。可是，她依然爱笑。逗她，触摸她，和她说话，她都会大笑。有时她自个儿躺着，也会不住地笑，并且故意用她的笑来逗我们和她一起笑。一旦把我们逗笑，她就笑得更欢了。她的笑纯净，明朗，甜美，没有一丝阴影和苦涩。纵然临近死亡，她的生命仍然像朝露一样新鲜。身受她那样的苦难，没有一个成年人能够像她那样笑。成年人面对死神也会笑，但那至多是英雄的笑，崇高而不美。

夜晚，妞妞躺在床上，她又使劲朝头顶上方看，看得那样专注，那样陶醉。尽管她的浑浊的左眼已经全盲，右眼底也隐藏着肿瘤,她的双眼依然转动自如。她的澄澈的心从被渐渐封死的窗户的空缺中看出去,使劲看呵看,被她看到的景象迷住了。于是,屋里响起她的爽朗的笑,一浪高过一浪……

我们守在她的身边,目不转睛地盯着她,被她且看且笑的可爱模样迷住了。

突然,我看到了什么——她的右眼,那给了她如许快乐的仅剩微弱视力的右眼,瞳孔中黄光一闪!我惊呼一声,我的心痛哭起来。

可是妞妞,她仍然在看,在笑……

四

妞妞快半岁了,我想给她买一样玩具。

这时的妞妞,左眼早已失明,右眼仅余光感,差不多是个小瞎子了,但她同健康孩子一样喜欢玩具。举着绒毛大狗熊在她眼前晃动,她从右眼上方看见晃动的影子,会伸手来抓抱,贴在脸蛋上,高兴地笑。给她塑料摇铃,她会握住把柄敏捷地摇动,赏听响声。可是,这些玩具都不理想,触感好的摇不响,摇得响的触感差。她的视觉渐趋消失,对世界的感知唯凭听觉和触觉,我想象应该有一种最佳结合这两种感觉的玩具。

北京的大商场越来越具有现代气派,装潢讲究,不可一世。我走了一家又一家,在玩具柜台四周徘徊又徘徊。各色玩具琳琅满目,鲜艳的色彩,可爱的造型,憨态可掬的动作,令我目不暇接。我走走停停,不断被吸引住,看得入迷。然而,所有这些玩具全是为有眼睛的孩子准备的,我找不到我想要的那种。

滞留愈久,我愈明白自己是个外人,我和我的小盲女都已经被排除在这个灿烂的玩具世界之外了。这个世界使我感到压抑和自卑,我的心悄悄为妞妞哭泣,终于空着手走出最后一家商场。

当我伤感地回到家里时,妞妞在笑。她才不讲究什么样的玩具呢,正玩着一只奶嘴,不停地塞进嘴里,咬住,又使劲拔出,发出啪啪的响声,自个儿玩得入迷。

妞妞太乖,乖得让人心疼。都说顺其自然,唯有妞妞才真正做到。她几乎是带着一种乐天知命的安详承受着厄运。

多少次,她睡着了,或者我们以为她睡着了,便放心在厅里吃饭或做事。当我推门进屋,却发现她早已醒来,睁大一双近乎全盲的眼睛静静地躺着。没人理她,她能这样不声不响躺很久,寂寞时就玩自己的小手。一旦我们凑近她,她立刻眼睛一亮,闪出笑意,活泼起来。

事实上,癌症仍在悄悄发展,右眼内病灶正在迅速增大,导致眼压升高。但她依然宁静快乐,只是看她时常举起小手压在右眼上,我才知道她一定感到不适。她就这么自己对付那不适,一声不吭。她带着这不适仍然不断欢笑,而在笑得最欢时又会突然中止,小手飞快地捂住右眼。有时候,她把右手掌搁在脸上,一边吮拇指,一边按压右眼。我拨开她的手,替她轻轻按揉眼部,她感到舒服,便出声地笑了起来。她要得实在不多呵。在她很难受时,我们逗她,她也笑,但一笑即止,好像觉得不笑扫人兴,笑久又没有能力似的。

妞妞躺在床上,突然高声叫喊起来,一声又一声,悠长,响亮,有力。不是欢喊,也不是哭喊,像是动物的嚎叫。她微皱着眉头,两只小手时而一齐塞进嘴里,时而按住眼睛。她似乎在表达一点什么。喊叫持续了十多分钟。

"妞妞是不平则鸣。"我说。

"你是想说她向命运抗争。"雨儿嘲笑我。

"太准确了,我正找不到恰当的词。"

"我还不了解你爸爸?"

"妈妈最了解爸爸,爸爸最了解妞妞。"

不一会儿,妞妞又大声喊叫,这回是欢喊了。

"现在你爸爸该说这是生命的欢悦了。"

入秋以后,天气转凉爽,妞妞生平头一回穿上了长衣,长裤,袜子,鞋子。雨儿替她穿毕,来回端详她,一脸的新鲜,说:"像变了个人,长大点儿了,多好玩呀。"

她发育得很好,会坐也会站了。"来,咱们表演给爸爸看看。"雨儿兴致勃勃,让她仰卧在自己面前,轻轻搀她双手,一声令下:"站起来。"她两脚一使劲,就站了起来。又发口令："坐下。"她便坐了下去，伸开双臂，挺着腰板，高兴地笑，似乎为自己掌握了一种新本领感到满意。

由于目盲，她学步较晚，而且始终走不利落。横向运动不便，她就来垂直的，常常略弯着腰，挥动双手，专心致志地长时间地快速地双脚并跳，边跳边笑，跳得极欢极入迷。

"像踩了弹簧。"雨儿评论道。

"有那么机械？"我反驳。

"对，再加上一脸的陶醉。"

七个月的妞妞，已临近开口言说的边缘了。

"妞妞，爸爸真喜——"我停住了。妞妞转过脸来，面对我，微笑着，用小手抓我的脸，催促我说出后面那个"欢"字。

我抱她到窗户边，她抓住窗帘，朝嘴里送。"妞妞，不能吃。"我夺下窗帘。她又送，我又边说边夺。她再抓住，想送，犹豫了，终于放下，挥挥手，身子一转，示意我抱她离开。此后，只要触到窗帘，她就转过身子，要求离开。

每当有客人来，雨儿就兴致勃勃地让妞妞表演节目。

"从前有个小妞妞，小妞妞有头发，有小耳朵，有嘴巴，还有小脚丫……"

按照雨儿的讲述，妞妞依次摸头发、耳朵、嘴、脚丫。一开始她摸耳朵老对不准位置，常常摸到后脑勺上去了。

"小妞妞真聪明，会欢迎，你好，再见……"

她依次拍手、招手、挥手。

"妈妈真喜欢。故事讲完了,谢谢大家。"

她作揖。

重复几回后,雨儿刚开口,她就摸头发了。故事才讲一半,她已经依次做完了全套动作。

"妞妞,你可真是可爱大全!"我笑说。

但是,在表演完之后,我看见她把脸蛋埋在床褥上,小手捂着眼睛,久久地一动不动。

她使劲揉右眼,把眼睛周围的皮肤揉得一片红。我俯身看,禁不住抽泣起来。她听见我的声音,把小手挪开,小嘴甜甜地咧开,爆发出了一声灿烂的笑。

妞妞躺在床上,自个儿静静玩了两个多小时。她睁大眼,啃手中的塑料玩具,不时换手和调整玩具的方向,啃得很专心。病眼不适时,她就用手捂一会儿,然后接着玩。

我走到她的头顶方向,轻轻发声。她立刻扔下玩具,翻身趴着,仰起头笑了。她悄没声地笑,眼睛放光,不停转动脖子,笑盈盈四顾,仿佛在向人们表达她的满意和快乐。

她试图朝我爬来,伸出双手,但够不着,小手急切地探寻着,脸上露出焦急的神情。我赶紧凑近她,她欢笑着伸出两只小手,久久捧着我的脸。

我和她说话,她回答了——用小手频频拍我的脸颊,抚摸我的耳朵、鼻子和嘴唇,又把小手伸进我的嘴里。

妞妞最亲的人是爸爸妈妈,但是,即使在视力最好的时期,她也不曾真正看见过他们。她一辈子没有看见过和她朝夕相处的爸爸妈妈。在她心目中,爸爸妈妈是什么样子的呢?也许是一种声调,一种气息,贴在怀里时的一种感觉,至多再加上眼角晃动的一小片影子。

当我抱着她时,她会脸朝我睁大眼睛,极认真地端详我。她闻到我的气息,听到我的声音,知道爸爸就在眼前。可是,她对不上视线。由于声音是从耳朵传入的,她不由自主地要把目光投向两侧。有时候,她似乎捕捉到了我的位置,于是就对着我的脸久久地"凝视",茫然的脸上露出一线欣慰的神情。

然而,妞妞有小手,小手是婴儿的交际家。

妞妞伸出小手,在爸爸妈妈的脸上小心触摸着,一点一点地触摸,脸上的表情极为专注。她是用身体而不仅仅是用眼睛感知爸爸妈妈的。小手替她架起了一座走向亲人的桥梁,使她实在地感觉到了亲人的存在。

有一位哲学家说,触觉是比视觉、听觉等更为本质的感觉。我相信这个论断,因而也相信妞妞对爸爸妈妈有着最实在的感知。另一方面呢,我发现父母对孩子的爱其实也是非常肉感的,包含着触觉和嗅觉的快感。

所以,譬如说,我才会抱妞妞上了瘾,觉得她那胖乎乎、肉团团的小身体散发出的浓郁的乳香味竟这么芬芳,抱在怀里骨肉相依的感觉竟这么舒服。婴儿的小手,这无比甜美的花朵,被它触摸的感觉是难以形容的。对幼小生命的抚爱在这触摸中获得了回报,这触摸未尝不是另一种抚爱,是幼小生命对于逐渐衰老的生命的温柔安慰。子不嫌母丑，小手不嫌弃爸爸妈妈脸上的皱纹。

五.

早晨，妞妞醒来了。屋子里很静，似乎没有人。已是秋天，气温宜人，光线充足，她感到很舒服，自个儿笑了。她一直在笑，是那种不出声的笑。她侧着小身子，脸朝窗口的方向。每天这个时候，阳光照在窗户上，她能比较清晰地看到一片光亮。她不感到吃力，轻松愉快地欣赏着这片光亮。

身边有了动静，她知道是爸爸。每当她长久入睡，我就感到寂寞，不停地去看她，等她醒来。她一醒，我们都像久别重逢一样高兴，我笑，她也笑。我抱起她，她又笑了。她在我怀里依然朝窗户的方向看。我抱她到窗户边，让她看个够。她发现那片光亮突然变得又大又亮，高兴极了，咧开小嘴笑了又笑。忽然，她自个儿伸出小手，向亮光招起手来。

"妞妞，这是亮亮。亮亮你好！"我激动地说。

亮光是她的视觉世界里的唯一客人，这客人给她带来了如许快乐，招手一举无疑是她对这位可爱客人的自发问候和感恩。

听了我的话，她招手招得更欢了。从此以后，只要抱她到窗户边，或者只要对她说"亮亮"，她就会挥动起小手。

在我的印象中，妞妞目光里那种惊讶的神情几乎是与生俱来的，可以追溯到医院走廊上那最初的邂逅。

后来，这种神情越来越强烈。当她躺在床上时，她总是侧身朝窗户的方向，右眼睁得大极了，眼珠似乎要弹出，长久地瞪视着。我轻声唤她，她眉毛微微一挑，不理睬，依旧瞪视着窗口。看得出来，她这样瞪大眼有些吃力，时常举手揉一揉右眼，然后继续瞪视。

如此执着，究竟是什么使她吃惊？亮光和阴影。亮光越来越弱，阴影越来越浓。最后的亮光，永恒的阴影。她一定觉察到了世界正在发生可惊的变化。

黄昏，树木寂静无声，做着绿色的梦。妞妞在我的怀里，有时看天，有时看我。

天空和父亲，这是一个多么完整的世界。

夜色渐渐浓郁，只剩下天边一小条光带，像一只白帆船，在我的低语声中轻轻摇晃。

终于，白帆船也沉没了，一片漆黑。

妞妞依然瞪着一双美丽的眼睛，吃惊地朝四周环顾。

孩子，你在寻找什么？

爸爸在这里，他还替你藏着一片永远鲜亮的天空。

妞妞天天到窗户边看亮亮，她瞪大眼睛凝望窗外，伸出左手频频挥动，小手掌一开一合，像在招手问候，又像在挥手告别。

这天，她挥手比以往任何时候都急切，小手拼命地挥动，那么用力，频率极高。她的脸上有一种焦虑的表情，还不时发出一长串非常复杂的声音，好像急于想说些什么。

妞妞在召唤亮亮。亮亮越来越暗淡，几乎辨认不出了。在她接近全盲的眼睛中，光和影的界限趋于消失，即将融为灰蒙蒙的一片。她喜欢亮亮，想让亮亮知道她的喜欢，相信只要使劲招手，亮亮就会回来。

可是，亮亮愈走愈远，一去不返了。

"妞妞，亮亮你好！"她听见爸爸对她说。

不对，她知道亮亮没有了。爸爸为什么还这样说呢？她垂头靠在爸爸肩上，不再朝窗户看，只把小手敷衍地挥了一挥，表示她听懂了爸爸的话。

这是快满一周岁的妞妞，她完全失明了，她的眼睛在强光直射下也不再有反应。有时她仍抬眼使劲朝上看，但再也找不到一线亮光了。

我从此不再对她说起亮亮。世上已经没有亮亮，亮亮死了。

长餐桌上一只大蛋糕，蛋糕中央一支大蜡烛，蜡烛四周许多大大小小的客人。今天是妞妞一周岁生日。

医生曾经断定，妞妞只能活半年至一年，现在她活满了一周岁，虽然目盲，仍然健康活泼，这是一个胜利。这么多客人光临，就是来庆祝这一个胜利的。当然，另一个心照不宣的原因是，她一辈子很可能只有这一个生日了。

"妞妞，吹！"客人纷纷热心地鼓励妞妞吹灭那支蜡烛。

妞妞看不见蜡烛。她有一支小喇叭，每当有人吩咐她"吹"，她就把小喇叭吹响。现在小喇叭不在她手里，所以她不明白要她做什么，焦急地伸出手去，抓了一手奶油。一个三岁的小客人早已眼巴巴盯住大蛋糕，这时自告奋勇替妞妞完成了吹灭蜡烛的壮举。

"你们看，妞妞像不像波斯猫？"雨儿笑着问大家。

妞妞在我怀里，瞪着两只眼睛，左眼黄白色，右眼黑色，的确像。客人们笑了，但又仿佛觉得不该在这件事上开玩笑，马上用话岔开。

作为小主人，妞妞有义务表演节目。她不习惯听嘈杂的人声，有点儿疲倦。雨儿向客人宣布："妞妞开始讲故事。"她一听便知是让她表演两个月来的老花样，提不起兴致，但她不想扫大家的兴，敷衍了事地做完了全套动作。然后，飞快地把左手拇指塞进嘴里，把脑袋靠到我肩上，表示她已经完成任务，有权休息了。

客人们仍然在热闹着。我把妞妞抱进卧室，哄她睡觉，给她讲波斯猫的故事。我告诉她，波斯猫是世界上最美丽的猫。

可是，谁说妞妞瞎了？她依然在看。她常常瞪着那一双仍然炯炯有神的眼睛，向一侧上方凝视。这是一种内视，她的灵魂通过盲眼出色地倾听，倾听这昙花一现的世界上的动人的细微差别。当她这样倾听着的时候，她会时而笑一声，仿佛想起了什么，也许是很久以前看见过的一片光亮。

她的小手也充满对看的渴望，触摸就是她的看。她总是急切地触摸着周围的一切，比饥饿更急切。她幸福地弯下腰，那么细致地抚摸床、桌椅、家具、门窗、地毯，无怨无尤地用小手探索世界，一寸一寸地丈量她的生命的疆界。

谁说妞妞再也看不见光了？当她随着乐曲欢快地舞动小胳膊小腿时，她那灵巧的小身子就是一道光。她的灵魂也必定是一片光明，要不她为什么总是发出那样亮堂的笑声？

在这个世界上，凡上帝创造的一切，决不会完全消亡。上帝说，要有光，就有了光。妞妞是光的孩子，从光中来，又回到光中去了。

第八章

寻常的苦难·札记之三

也许,没有浪漫气息的悲剧是我们最本质的悲剧,不具英雄色彩的勇气是我们最真实的勇气。在无可告慰的绝望中,我们咬牙挺住。我们挺立在那里,没有观众,没有证人,也没有期待,没有援军。

1

迄今为止，关于苦难，我知道些什么？我经历过困顿、挫折、痛苦、失望，但不曾经历过苦难。直到我身陷苦难中了，我才省悟这一点。可是，关于苦难，我仍然知道些什么？

苦难似乎是一个伟大的词眼。在古典时代，苦难被颂扬为一种英雄业绩，希腊人差不多是用"历尽苦难"来定义英雄这个概念的。荷马史诗的主人公之所以成为英雄，就因为他是"历尽苦难的奥德修"。在浪漫时代，苦难被颂扬为灵魂净化的必由之路，"不知道苦难"差不多就是没有灵魂的同义语。所以青年罗曼·罗兰敢于以无比轻蔑的口吻写道："我们必须怜悯那些不知道苦难的人，假如真有那种可怜虫的话！"

这样的苦难与我无缘。

我的苦难没有慰藉，也没有补偿。它不会给我带来光荣和伟大。一个父亲守着他的注定夭折的孩子，这个场景异乎寻常，但也极其平凡。我也许挺得住，也许挺不住，无论在哪种情形下，我都成不了英雄。我只是一个忍受着人间平常苦难的普通人。一个人只要真正领略了平常苦难中的绝望，他就会明白，一切美化苦难的言辞是多么浮夸，一切炫耀苦难的姿态是多么做作。

2

不要对我说：苦难净化心灵，悲剧使人崇高。默默之中，苦难磨钝了多少敏感的心灵，悲剧毁灭了多少失意的英雄。何必用舞台上的绘声绘色，来掩盖生活中的无声无息！

纵然苦难真有净化作用，我也宁要幸福。常识和本能都告诉我，欢乐比忧愁更有益于身体的保养，幸福比苦难更有益于精神的健康。

纵然苦难已经临头，我已经身陷悲剧，我也无意奢谈净化，自许崇高。对人生的觉悟来自智慧，倘若必待大苦大难然后开悟，慧根也未免太浅。我真正要留意的是在苦难中自卫，保护心灵的健康。我自知能够超脱，倒是要防止过于看破，从此不能够执着。

纵然苦难终于把我压垮，悲剧终于把我毁灭，我也只好自认倒霉，无须有人来安慰我说：苦难净化心灵，悲剧使人崇高！

3

西塞罗说："不但幸运本身是盲目的，而且使享用它的人也成为盲目的。世上没有比交好运的傻瓜更不可容忍的了。"

这话说得很漂亮。不过,傻瓜不交好运,甚或交了恶运,是否就会不是傻瓜了呢?

其实,人生在世,总会遭受不同程度的苦难,世上并无绝对的幸运儿。所以,不论谁想从苦难中获得启迪,该是不愁缺乏必要的机会和材料的。世态炎凉,好运不过尔尔。那种一交好运就得意忘形的浅薄者,我很怀疑苦难能否使他们变得深刻一些。

我相信人有素质的差异。苦难可以激发生机,也可以扼杀生机;可以磨炼意志,也可以摧垮意志;可以启迪智慧,也可以蒙蔽智慧;可以高扬人格,也可以贬抑人格——全看受苦者的素质如何。素质大致规定了一个人承受苦难的限度,在此限度内,苦难的锤炼或可助人成才,超出此则会把人击碎。

这个限度对幸运同样适用。素质好的人既能承受大苦难,也能承受大幸运,素质差的人则可能兼毁于两者。

4

智慧使人对苦难更清醒也更敏感。一个智者往往对常人所不知的苦难也睁开着眼睛,又比常人更深地体悟到日常苦难背后的深邃的悲剧含义。在这个意义上,智慧使人痛苦。

正因为如此,中国的哲人说:"绝学无忧。"外国的哲人也设问:"为了能够幸福,人最好是否对自己无知呢?"

然而，由于智者有着比常人开阔得多的视野，进入他视界的苦难固然因此增多了，每一个单独的苦难所占据的相对位置却也因此缩小了。常人容易被当下的苦难一叶障目，智者却能够恰当估计它与整个人生的关系。即使他是一个悲观主义者，由苦难的表象洞察人生悲剧的底蕴，但这种洞察也使他相对看轻了表象的重要性。

由此可见，智慧对痛苦的关系是辩证的，它在使人感知痛苦的同时也使人超脱痛苦。

5

面对社会悲剧，我们有理想、信念、正义感、崇高感支撑着我们，我们相信自己在精神上无比地优越于那迫害乃至毁灭我们的恶势力，因此我们可以含笑受难，慷慨赴死。我们是舞台上的英雄，哪怕眼前这个剧场里的观众全都浑浑噩噩，是非颠倒，我们仍有勇气把戏演下去，演给我们心目中绝对清醒公正的观众看，我们称这观众为历史、上帝或良心。

可是，面对自然悲剧，我们有什么呢？这里没有舞台，只有空漠无际的苍穹。我们不是英雄，只是朝生暮死的众生。任何人间理想都抚慰不了生老病死的悲哀，在天灾人祸面前也谈不上什么正义感。当史前人类遭受大洪水的灭顶之灾时，当庞贝城居民被维苏威火山的岩浆吞没时，他们能有什么慰藉呢？地震、海啸、车祸、空难、瘟疫、绝症……大自然的恶势力轻而易举地把我们或我们的亲人毁灭。我们面对的是没有灵魂的敌手，因而不能以精神的优越自慰，却愈发感到了生命的卑微。没有上帝来拯救我们，因为这灾难正是上帝亲手降下。我们愤怒，但无处泄愤。我们冤屈，但永无伸冤之日。我们反抗，但我们的反抗孤立无助，注定失败。

然而我们未必就因此倒下。也许，没有浪漫气息的悲剧是我们最本质的悲剧，不具英雄色彩的勇气是我们最真实的勇气。在无可告慰的绝望中，我们咬牙挺住。我们挺立在那里，没有观众，没有证人，也没有期待，没有援军。我们不倒下，仅仅是因为我们不肯让自己倒下。我们以此维护了人的最高的也是最后的尊严——人在大自然面前的尊严。

6

我们总是想，今天如此，明天也会如此，生活将照常进行下去。

然而，事实上迟早会有意外事件发生，打断我们业已习惯的生活，总有一天我们的列车会突然翻出轨道。

冥冥中仿佛有一支神笔，早已画好了我们每个人的命运的地图，只有极少数人掌握或自以为掌握破读这地图的密码。

我不属于预感敏锐的先知之列，但审慎使我对命运始终怀着一种不信任，何曾料到命运比我能够想象的更其诡谲。

从今以后，我不会再轻易相信明天。"天有不测风云"——

不测风云乃天之本性,"人有旦夕祸福"——旦夕祸福是无所不包的人生的题中应有之义,任何人不可心存侥幸,把自己独独看作例外。我仍然读不懂我的命运的地图,但是,即使明天我的日内瓦沉入海底,我的维也纳毁于火山,我也不会惊慌失色了。

7

身处一种旷日持久的灾难之中,为了同这灾难拉开一个心理距离,可以有种种办法。乐观者会尽量"朝前看",把眼光投向雨过天晴的未来,看到灾难的暂时性,从而怀抱一种希望。悲观者会尽量居高临下地"俯视"灾难,把它放在人生虚无的大背景下来看,看破人间祸福的无谓,从而产生一种超脱的心境。倘若我们既非乐观的诗人,亦非悲观的哲人,而只是得过且过的普通人,我们仍然可以甚至必然有意无意地掉头不看眼前的灾难,尽量把注意力放在生活中尚存的别的欢乐上,哪怕是些极琐屑的欢乐,只要我们还活着,这类欢乐是任何灾难都不能把它们彻底消灭掉的。所有这些办法,实质上都是逃避,而逃避常常是必要的。

如果我们骄傲得不肯逃避,或者沉重得不能逃避,怎么办呢?

剩下的唯一办法是忍。

我们终于发现,忍受不可忍受的灾难是人类的命运。接着我们又发现,只要咬牙忍受,世上并无不可忍受的灾难。

8

古人曾云：忍为众妙之门。事实上，对于人生种种不可躲避的灾祸和不可改变的苦难，除了忍，别无他法。忍也不是什么妙法，只是非如此不可罢了。不忍又能怎样？所谓超脱，不过是寻找一种精神上的支撑，从而较能够忍，并非不需要忍了。一切透彻的哲学解说都改变不了任何一个确凿的灾难事实。佛教教人看透生老病死之苦，但并不能消除生老病死本身，苦仍然是苦，无论怎么看透，身受时还是得忍。

当然，也有忍不了的时候，结果是肉体的崩溃——死亡，精神的崩溃——疯狂，最糟则是人格的崩溃——从此萎靡不振。

如果不想毁于灾难，就只能忍。忍是一种自救，即使自救不了，至少也是一种自尊。以从容平静的态度忍受人生最悲惨的厄运，这是处世做人的基本功夫。

9

命运是一个沉重的词，幸运儿是不会想到命运的，唯有身陷苦难时，我们心中才会奏响起贝多芬的《第五交响曲》。

命运所提示的苦难常具三个特征：不可思议，令人感到神秘而又荒谬；不可违抗，如同出于神的意志；不可轻视，拥有震撼乃至摧折人生根基的力量。

命运是不可改变的,可改变的只是对命运的态度。一则古斯拉夫祈祷文如此说:"主啊,请赐我力量去改变可以改变的事物,请赐我力量去忍受不可改变的事物。"面对命运,忍似乎是唯一法门。

但是,有不同的忍。有英雄之忍,也有奴隶之忍。

俄狄浦斯一生都在逃避杀父娶母的可怕命运,但终未能逃脱,于是他刺瞎了自己的眼睛。这个举动既是对命运的无奈接受,又是对命运的愤怒抗议。他仿佛说:既然命运本身如此盲目,不受人的理性的指引,人要眼睛何用?从今以后,就让命运领着我这个瞎子走吧,只有作为一个瞎子,我才能跟从它。他的忍是英雄之忍。

上帝为了考验虔信的约伯,连连降灾于他,毁掉了他的全部儿女、财产和他自己的健康。约伯虽然对此大感不解,却虔信如故,依然赞美上帝的仁慈。他的忍是奴隶的忍。

"愿意的人,命运领着走。不愿意的人,命运拖着走。"太简单一些了吧?活生生的人总是被领着也被拖着、抗争着,但终究不得不屈服。

10

由于世事无常,命运莫测,梭伦便说:"无人生前能称幸福。"这差不多是古希腊人的共同看法。尽管俄狄浦斯的厄运是极其特殊的,索福克勒斯仍把它视为人类普遍命运的象征,让歌队唱道:"谁的幸福不是表面现象,一会儿就消灭了?不幸的俄狄浦斯,你的命运警告我不要说凡人是幸福的。"

确实,当我们回顾往事寻找幸福时,至多只能找到一些片断。一切幸福的故事都没有结尾。它没法有结尾。"运气是镜子,照得最明亮时便碎了。"不碎又怎么样?它会陈旧,暗淡,使人厌倦。一切幸福故事的结尾或是悲惨的,或是平庸的,所以被小说家删去了。

人死后就能称幸福了吗?针对梭伦的说法,亚里士多德合乎逻辑地推论:对于死者来说,世俗意义上的命运仍是多变的,于是他将随着子孙的兴衰荣辱时而幸福,时而不幸了。盖棺也不能论定。

为了证明幸福的存在,哲学家们便重新定义幸福。语言是哲学家的魔杖,它能化有为无,也能无中生有。但是,此时此刻,所有这些讨论未免太复杂了。

一个苦难中的女人对于幸福的理解十分简单:"现在我看别人,觉得谁都那么幸福。"别人的孩子活着,我的孩子却要死,幸福与不幸的界限泾渭分明。

有一回,我做一个小手术,麻醉剂使我暂时失去了排尿功能,尿憋得极难受却不能排出。这时候,当我听到身旁有人畅快地哗哗排尿时,我确实觉得那人是世上最幸福的人了。

那么,世上还是有幸福的,那就是我们业已失去的一些非常平凡的价值。在病人眼里,健康是福。在受难者眼里,平安是福。可是,在我们尚未失去它们时,我们却并不引以为幸福。人心固重难而轻易,舍近而求远,所以幸福是难的。

11

一个孩子患了绝症,她的父母曾经为此哭得死去活来。可是,此刻,她的母亲眼睛盯着电视机,被一出喜剧小品逗得笑出了声。孩子听见妈妈笑,也笑了。她的父亲坐在桌旁,一支烟,一杯茶,读一本买了很久尚未开读的书,享受着午后的宁静。

我心里突然一惊。我为人们包括我自己对于苦难的冷漠感到震惊。

我的女儿不久于人世了。随后,无须太久,她的父母也会死去。岁月流逝,世代更替,总有一天,我和我的正在遭灾的小家庭将在世上消失得干干净净,不留一丝痕迹。事情就这么简单。我为事情这么简单感到震惊。

当我感到震惊时,我是抽身出来,做了一个旁观者。对于人生的苦难,也是旁观者清。只要痛苦有间隙,而最后的结局尚未临头,身受者就不可能一味悲伤。倒是在旁观者眼里,苦难永远直接呈现,一眼望到了头。

在一刹那间,我用旁观者的眼光异乎寻常地看清了我身受的苦难,于是感到震惊。

然而,看清了又能怎样?这种清醒除了绝望还能带来什么?那么,冷漠岂非生命本能的一种自卫?

对于一切悲惨的事情,包括我们自己的死,我们始终是又适应又不适应,有时悲观有时达观,时而清醒时而麻木,直到最后都是如此。说到底,人的忍受力和适应力是惊人的,几乎能够在任何境遇中活着，或者死去，而死也不是不能忍受和适应的。到死时，不适应也适应了，不适应也无可奈何了，不适应也死了。

正是这一点使我感到分外震惊。

12

一个过程突然失去了目的，人会感到荒谬。荒谬是清醒的人的感觉。这个失去了目的的过程长久延续下去，人就会疲乏，麻木，而荒谬感也就被无聊感取代了，仅在某些清醒的片刻浮现出来。

然而，什么是无聊感呢？它岂不就是打着瞌睡的荒谬感？

表面上一切正常，仅仅是表面上。

我们不可能持之以恒地为一个预知的灾难结局悲伤。悲伤如同别的情绪一样，也会疲劳，也需要休息。

以旁观者的眼光看死刑犯，一定会想象他们无一日得安生，其实不然。因为，只要想一想我们自己，谁不是被判了死刑的人呢？

无聊感麻痹我们对于灾难结局的注意力，阻断我们的悲伤，驱使我们在眼前的过程中寻求消遣，从而疏通和保护了我们尚存的生命力。

13

习惯,疲倦,遗忘,生活琐事……苦难有许多貌不惊人的救星。人得救不是靠哲学和宗教,而是靠本能,正是生存本能使人类和个人历尽劫难而免于毁灭,各种哲学和宗教的安慰也无非是人类生存本能的自勉罢了。

许多民族的宗教都规定了为死者哀悼的期限。其实,没有这些规定,哀伤也不会无止境地延续下去。荷马告诉我们,尼俄柏在她的七子七女被杀尽之后,也曾经停止恸哭,饥饿使她端起了饭碗。

人都是得过且过,事到临头才真急。达摩克利斯之剑悬在头上,仍然不知道疼。砍下来,只要不死,好了伤疤又忘疼。最拗不过的是生存本能以及由之产生的日常生活琐事,正是这些琐事分散了人对苦难的注意,使苦难者得以休养生息,走出泪谷。

"你是好了伤疤忘了疼!"

"该忘就得忘,难道要记一辈子?"

我想起很久以前的这一段对话,不禁微笑了。如果生命没有这样的自卫本能,人如何还能正常地生活,世上还怎会有健康、勇敢和幸福?古往今来,天灾人祸,留下过多少伤疤,如果一一记住它们的疼痛,人类早就失去了生存的兴趣和勇气。人类是在忘却中前进的。

14

面对苦难，我们可以用艺术、哲学、宗教的方式寻求安慰。在这三种场合，我们都是在想象中把自我从正在受苦的肉身凡胎分离出来，立足于一个安全的位置上，居高临下地看待苦难。

艺术家自我对肉身说：你的一切遭遇，包括你正遭受的苦难，都只是我的体验。人生不过是我借造化之笔写的一部大作品，没有什么不可化作它的素材。我有时也许写得很投入，但我不会忘记，作品是作品，我是我，无论作品的某些章节多么悲惨，我依然故我。

哲学家自我对肉身说：我站在超越时空的最高处，看见了你所看不见的一切。我看见了你身后的世界，在那里你不复存在，你生前是否受过苦还有何区别？在我无边广阔的视野里，你的苦难稍纵即逝，微不足道，不值得为之动心。

宗教家自我对肉身说：你是卑贱的，注定受苦，而我将升入天国，永享福乐。

但正在受苦的肉身忍无可忍了，它不能忍受对苦难的贬低甚于不能忍受苦难，于是怒喊道："我宁愿绝望，不要安慰！"

一切偶像都沉默下来了。

15

人生的终点是死，是空无，在终点找不到意义。于是我们只好说：意义在于过程。

可是，当过程也背叛我们的时候，我们又把眼光投向终点，安慰自己说：既然结局一样，何必在乎过程？

着眼于过程，人生才有幸福或痛苦可言。以死为背景，一切苦乐祸福的区别都无谓了。因此，当我们身在福中时，我们尽量不去想死的背景，以免败坏眼前的幸福。一旦苦难临头，我们又尽量去想死的背景，以求超脱当下的苦难。

生命连同它的快乐和痛苦都是虚幻的——这个观念对于快乐是一个打击，对于痛苦未尝不是一个安慰。用终极的虚无淡化日常的苦难，用彻底的悲观净化尘世的哀伤，这也许是悲观主义的智慧吧。

然而，我终究是过程中人，除了过程一无所有，我不能不执着于过程。人生如梦，却不是梦，诞生和死亡竟都沾满着血污，这血污不是仰望星空的眼睛回避得了的。

16

世上一切宗教和哲学中，佛教最彻悟人生的真相。它看破有，安于无，谓之空。

西方人始终没有达到空的境界。基督教执着于有，强以无为有。西方虚无主义求有不得，但不安于无，故充满焦虑。

流俗中的佛教已经与佛的本义南辕北辙。佛要破除对是非利害祸福的执着，俗众却要借佛的法力求是舍非，趋利避害，祈福去祸。佛以无制有，俗众却以有制有。佛以出世法断祸福之因果，俗众却祈求以福补偿祸，从而埋下新的祸根，永被因果所困。

用佛理看我遭受的苦难，百惑皆消。一个从未存在过的小生命，因缘送来，因缘带走，何至于悲痛欲绝？我自己也只是一个随缘生灭的空相，如何执着得了？空空世界里的一阵风，一片云，聚散无常，笑什么，哭什么？

然而，毕竟身在因缘之中，不是想跳就能跳出来的。无我的空理易明，有情的尘缘难断。我自知太爱人生，难成正果，宁愿受苦，不肯悟入空境。也许终我一生，佛只是一门学问，不能成为我的信仰了。

17

爱是痛苦之源。爱得越深，痛苦也越烈。于是，佛指点灭苦之道：断绝爱欲，看破红尘。

然而，我不能不爱，不愿不爱。我的爱不理睬佛的教导。

大爱者大痛苦，有的人肩负着大痛苦前行。小爱者小痛苦，有的人被小痛苦摧毁了。可见爱者必痛苦，痛苦者却未必毁灭。

佛的智慧把爱当作痛苦的根源而加以弃绝，扼杀生命的意志。我的智慧把痛苦当作爱的必然结果而加以接受，化为生命的财富。

任何智慧都不能使我免于痛苦，我只愿有一种智慧足以使我不毁于痛苦。

18

我设想，一个人只要对自己的身外遭遇保持距离，始终坚持自己对它们的独立性，在内心深处做到不动心，那么，世上就没有任何苦难能够伤害他了。

这个我爱得如痴如醉的女人要弃我而去了？好吧，让我冷静地想一想，在茫茫人海中，她与我的相遇纯属偶然，我们完全可能在不同的人群中漠不相干地生活一辈子。既然如此，我又何必要为她的离去痛不欲生呢？

我的某个亲人快要死了？好吧，让我冷静地想一想，无论配偶、父母还是孩子，他们成为我的亲人也都是纯属偶然，我完全可能同另一个人结婚，父母完全可能不生我，我完全可能不生这个孩子，如此等等。既然如此，我为丧失这样偶然的一种关系而悲痛欲绝，岂不痴愚？

这样想时，除了直接施于我的肉体的打击之外，一切皆成为身外遭遇，我就可以做到刀枪不入，风雨如磐了。

可是，这样想时，我也就成为一个没有亲人、没有爱、没有心的东西，不再是人，而是一块石头了。

事实上，我哪里做得到。到头来我总发现，我所爱的人使我如此牵肠挂肚，我们之间的悲欢离合绝非我的身外遭遇，而恰恰是我的生命的基本内容。除去它们，我的生命便成了一个空壳，我也就不复是我了。

那么，就让我继续为爱而受苦吧，也胜似做这样一个任何苦难伤害不到的空壳。

19

黄昏，沿小河散步，看见情侣们依然缠绵，孕妇们依然安闲，牵着孩子小手的父母们依然快乐。正当灾祸笼罩着我的时候，他们头顶上的天空依然绚丽。在不幸者四周，生活在照常展开。

当然，这是正常的。

对于别人的痛苦，我们很容易借移情作用而产生同情，有时候旁观者的想象甚至会超过当事人的身受。但是，移情毕竟不是身受，所以真同情是很难的。

我们最爱的还是自己，最怕的还是自己的死。于是我勉励自己：就把我所爱的人的死当作我自己的死来对待吧，只要我能怀着自尊平静地面对自己的死，也就能平静地面对这个悲剧了。可是，我立即发现，我的自尊包含着自欺，因为这终究不是我的死，我无法真正感受这个即将死去的小生命的可怕解体。如果我真做到了平静，也只是对另一个生命的疾苦业已麻木了而已。

人们爱你，疼你，但是一旦你患了绝症，注定要死，人们也就渐渐习惯了，终于理智地等待着那个日子的来临。

然而，否则又能怎样呢？望着四周依然欢快生活着的人们，我对自己说：人类个体之间痛苦的不相通也许正是人类总体仍然快乐的前提。那么，我的灾难对于亲近和不亲近的人们的生活几乎不发生任何影响，这就对了。

20

幸运者对别人的不幸或者同情，或者隔膜，但是，比两者更强烈的也许是侥幸：幸亏遭灾的不是我！

不幸者对别人的幸运或者羡慕，或者冷淡，但是，比两者更强烈的也许是委屈：为何遭灾的偏是我！

不幸者对不幸者又会如何呢？

一个丧子的母亲获悉另一个曾与她比邻而居的母亲不久后也丧了子，同病相怜的悲悯敌不过幸灾乐祸的欢欣，她在屋子里又笑又闹，接着警觉到自己的失态，便大声问道："尽管我很同情她，但我还是感到高兴，我不应该吗？"

可怜的女人，当然不应该。不幸者理应互相同情，要不你们还能从哪里获取同情呢？何况别人的苦难并不能消除你的苦难，她的孩子死了，你的孩子难道能因此复活？

不对，即使杀死她的孩子就能救活我的孩子，我也决不肯这样做。但我说不清为什么，就是感到高兴。我是一个坏女人吗？

你不是坏女人。我明白了，不幸者需要同伴。当我们独自受难时，我们会感到不能忍受命运的不公正甚于不能忍受苦难的命运本身。相反，受难者人数的增加仿佛减轻了不公正的程度。我们对于个别人死于非命总是惋叹良久，对于成批杀人的战争却往往无动于衷。仔细分析起来，同病相怜的实质未必是不幸者的彼此同情，而更是不幸者各以他人的不幸为自己的安慰，亦即幸灾乐祸。这当然是愚蠢的。不过，无可告慰的不幸者有权得到安慰，哪怕是愚蠢的安慰。

21

我总是羞愧地躲开那些遭了不幸的人，因为我知道他们的悲伤不该受到搅扰，也因为一旦相见我不知道自己该说些什么。对于我来说，没有比向不幸者说同情话更难堪的了。

现在，我自己遭到了不幸，那些和我性情相似的人也躲开了我。在这小心翼翼的回避背后，我能感觉到那一份体贴和窘迫。

有一天，我把他们请到家里。

"什么也不用说，或者随便说些什么。"我微笑着说。

他们沉默了一会儿，渐渐活跃起来，说着平时关心的种种话题。

送走他们后，我感到一阵轻松。我终于把他们在沉默中分担的我的不幸全部收归己有了。

第九章

妞妞小词典

每一个被她掌握的词都和她息息相关,牵动着她的情绪,能使她笑,也能使她哭。在她的世界里,词不是概念,而是实体。

一

妞妞醒了。她侧着脸，睁着眼，一动不动。阳光照在窗户上，屋子里很明亮。她是个小盲人，已经看不见这一切。但是，这无碍她享受酣睡乍醒的安谧的快乐。她静静躺着，品味着复苏的愉悦，如同一朵花慢慢开放，情不自禁地喃喃自语起来。

孩子醒来的第一阵话语，恰似早晨的第一阵花香，多么清甜。我常常虔诚地守在她的床边，唯恐错过这个珍贵的时刻。妞妞觉察到我在场，轻声唤："爸爸。"然后甜甜地笑了。有爸爸迎接她返回人间，她感到高兴。

妞妞说话比较早。八个月，她会喊"爸爸"。九个月，会喊"妈妈"。一周岁，会自呼"妞妞"。一岁一个月，会说二三十个词，包括若干双音节和三音节词。一岁两三个月，会说包含二至四个词的完整句子，会说"不"，因而能够相当明确地表达自己的意愿了。一岁四个月，会准确地使用人称代词"你""我""他"和疑问代词"谁"，几乎能自由地表达她想表达的任何意思了。

"世界本身就体现在语言中。"对妞妞来说，当代解释学的这个抽象原理乃是她的最真实的生存境况。她一无所有，只有语言。生活在一个没有亮光、色彩、形象、表情的世界里，她从语言中听出了最明亮的亮光，最鲜艳的色彩，最生动的形象，最丰富的表情。每当她听到一个新词的时候，她是那样兴奋、快活、陶醉，一遍遍模仿和回味。正是对语言的这种不寻常的新奇感，使她有了几乎过耳不忘的记忆力。平时大人不经意说的话，她往往不知不觉地记住了，又出其不意地用上了。每一个被她掌握的词都和她息息相关，牵动着她的情绪，能使她笑，也能使她哭。在她的世界里，词不是概念，而是实体。她对词的这种关切和敏感比她的语言能力更使我吃惊。

我是一个贪婪的收藏家。从妞妞咿呀学语开始，我就时时守在她身边，恨不能把她吐出的每一个字都捡起来，藏进我的保险柜里。在追踪她的语言发展的过程中，我渐渐明白，所谓大人教孩子说话仅是事情的一个方面，更重要的方面是孩子更新了大人对语言的感觉。对孩子来说，每一个新学会的词都是有生命的。被成年人功利的手触摸得污迹斑斑、榨取得奄奄一息的词，一旦经孩子咿呀学语的小嘴说了一遍，就是一次真正的复活，重新闪放出了生命洁净的光辉。

就在妞妞视力趋于消失的时候，她的语言能力觉醒了，这使她的终被封死的屋宇透进了新的亮光。每掌握一个词，她的屋宇就多了一扇窗户。许多词，许多窗户。当我看到她越来越能够自由地表达她的意思时，我确实相信，她是生活在光明之中，以至于常常忘记了她是一个盲人。也可以说，每一个词都是她的一盏灯，当她自得其乐地哼唱着"灯灯亮了，灯灯灭了"这支她喜欢的歌谣时，她确实是沉醉在她的万家灯火的美丽世界中呢。

一岁半的妞妞，她的屋宇已经敞开许多窗户，点亮许多明灯。她生活在这个被语言之光照亮的世界里，自由快乐。我们走进她的欢声笑语的屋宇，流连忘返。可是，就在这所屋宇被照得通体明亮之时，它突然崩塌了。

妞妞只活了十八个月。一岁半的妞妞，永远闭上了她的伶俐的小嘴。

世上已经没有妞妞，没有她的明亮的屋宇。我眼前一片黑暗，我瞎了。

灯灯亮了，灯灯灭了……

二、亲人们和妞妞自己

[爸爸]

妞妞词典里的第一个词，并非按字母排列。

爸爸是一个抱她抱得最多的人，一个最卖力地巴结她的人，一个从她出生开始便喋喋不休向她自称爸爸的人。所以，她最早会说的词是爸爸，这并不稀奇。

妞妞八个月。那些天里她和我格外亲，一听见我的声音就娇唤，迫不及待地朝我怀里扑来。在她的娇唤中，"爸"这个音越来越频繁地出现，越来越清晰。我不太敢相信，心想也许是无意的吧。可是我终于不能不相信了，只要我抱她，往往一声接一声，一连十来声，她喊我应，其乐无穷。

　　若干天后，雨儿抱着她，靠在沙发上。我进屋，她似有觉察，身子动了一下。雨儿问："妞妞，爸爸在哪里？"她朝两边张望。我刚从雨儿怀里接过她，突然一声清晰的"爸爸"脱口而出。接着又喊了一声，咯咯笑了起来。

　　听到自己的孩子头一回清清楚楚地喊你一声"爸爸"，这感觉是异乎寻常的。这是造物主借孩子之口对你的父亲资格的确认，面对这个清纯的时刻，再辉煌的加冕也黯然失色了。我心里甜得发紧，明白自己获此宠赏实属非分。

　　"妞妞，花裤子是谁买的？"

　　不管怎么教她是妈妈买的，她的回答永远是："爸！"

　　深夜，妞妞醒了，我走近她，她立刻欢快起来，手舞足蹈，接着抓住我的手，一连喊了十几声"爸"。我怕她兴奋不再睡，故意不应。她毫不气馁，没完没了地喊下去。我忍不住笑了一声，这下糟啦，她又笑又喊，欢呼她的胜利。

　　醒来后，她精神十足，久久不睡。我实在困极了，有点儿急躁，把她放到小床上，说："妞妞，你再不睡，爸爸不管了。"

话音刚落,响起她的清晰娇嫩的声音:"爸爸。"

我一把抱起她,紧紧搂在怀里。她在我怀里又连声叫爸爸。

白天黑夜,我的耳边总是回响着妞妞喊"爸"的娇嫩的声音。她一喊总是一长串,每天要喊一百声,喊得我心潮澎湃,也喊得我心碎。

妞妞醒了。我凑近她,只见她睁大一双盲眼,炯炯有神。觉察到我,她眼中闪过笑意,说:"爸爸,小心肝。镜,镜!"说着伸手抓去我的眼镜。我说:"真可爱。"她马上接上:"喜欢得不得了。"

我抱她到走廊上。夜色朦胧中,她脸朝我,仿佛在凝视,然后突然连声喊道:"爸爸,好爸爸……"

"妞妞喜欢不喜欢爸爸?"我问。

"喜欢,"她答,又断断续续说,"爸爸,喜欢爸爸。"

她稳稳地站在大床上,我对她说:"喂,妞妞真棒!"她一边笑喊:"不得了!"一边朝我走来。我要去漱洗,说:"等一会儿。"她朝我背影喊:"找爸爸!"我洗毕回来,学她:"找爸爸!"她随即应道:"找到啦!"

她连连唱:"给爸爸吃,给爸爸喝。"我吻她的小肩膀,说:"真香,真香。"她从容答:"给爸爸。"

我抱妞妞抱出了腱鞘炎,手腕上敷着药。她摸着了,说:

"爸爸疼。"我问:"怎么办?"她答:"妞妞哭。"接着马上说:"好爸爸。"

"妞妞,妈妈抱,爸爸手疼。"雨儿说。

"爸爸疼,要爸爸不疼。"她懂事地说。

她站在阿珍身上跳,阿珍喊疼,让她下来,她偏说:"上!"阿珍说:"你到爸爸身上

跳。"她答:"不上,爸爸疼!"后来她在我身上跳,我喊疼,她说:"爸爸疼死了。"

这些天她老说:"爸爸疼。"说着就伸出小手来摸我。打她的小屁股,问:"疼不疼?"回答也是:"爸爸疼。"我笑说:"可不,打在妞妞身上,疼在爸爸心上。"

妞妞正发病,疼得无法入睡。我彻夜抱着她,在走廊里徘徊。

已是深夜,静极了,我们沿着走廊来回走呵走,父女俩都不吱一声。她躺在我怀里,睁大着眼,时而转换一下视线,仿佛在深思着什么。好久,她轻声告诉我:"磕着了。"我说:"爸爸心疼妞妞。"她说:"心疼爸爸。"又过了好久,她仍用很轻的声音说:"回家家听音乐。"我抱她回屋,听着音乐踱步,她依然十分安静。"磕着了。"她又告诉我。我说:"爸爸抱抱就好了,妞妞真乖……"她说:"爸爸办……办好了。爸爸想办法。"她相信爸爸永远会有办法的。爸爸是她生活中的一个必要而又无用的谎言。

"找爸爸,找爸爸……"无论睡着醒着,我总听见妞妞的声音,时而是欢快的,时而是哀切的,由远及近,飘荡不散。

"爸爸疼妞妞哭。"这是妞妞常说的一句话,一开始是游戏,后来成了病中对自己的安慰。在被病魔折磨得奄奄一息的时候,她在梦中也说着这句话。

爸爸疼妞妞哭。今生今世,妞妞是永远的哭声,爸爸是永远的疼痛。

[妈妈]

妞妞说话的兴致似乎有起有伏。在会说"爸爸"之后,她有一阵子不爱开口了。然后,又一个词在她的混沌语言中清晰起来。

当然是"妈妈"这个词。

她在床上玩,拱着小屁股,竭力想爬,但还不会挪动手,一不小心,向一侧翻倒,变成了仰卧。她真着急,嘴里直嚷嚷。一会儿,她又趴着,说了一串又一串话,最清晰的便是"妈妈",还有谁也听不懂的非常复杂的音节。

深夜,妞妞醒来了,把脸侧向睡在她旁边的妈妈,伸出一双小手,一声声呼唤:"哦,哦!"

这是四个月上下的妞妞,她渴望表达和交流。轻声对她说话,她会静静望着你,时而动动小嘴,似乎也想说什么,时而发出一声短促的呼应。她还经常"啊啊"独语,显然从自个儿发声中获得了快乐。

雨儿搂着妞妞，彼此开始用没有字符的声调交谈，你来我往，谈得十分热烈。她是一个和孩子说话的专家，擅长我所不懂的无字童语。她不像我，并不妈妈长妈妈短的。我相信这是妞妞喊"妈妈"比喊"爸爸"晚一个月的一个合理解释。

妞妞在床上翻滚，忽然自己玩起了组词游戏。这时她的词典里暂时还只有"爸爸"和"妈妈"两个词。她不停地喊："PA 爸爸！""PA 妈妈！"她一定觉得有趣，喊了又喊，上了瘾。"PA"是什么意思呢？我替她翻译：破爸爸，胖妈妈。

后来，妞妞真的特喜欢说"胖妈妈"，一遍遍大声说，脸上往往还带着狡猾的笑容，露出一种津津有味的表情。

有一回，雨儿对我说："我真累，又瘦了好几斤。"

话音刚落，只听见妞妞大叫一声："胖妈妈！"

她是否从妈妈的一串话中辨别出了"瘦"这个词，并且知道"瘦"和"胖"是反义词呢？当然不可能。由于她目盲，她甚至不可能懂得"胖"这个词的含义。但我相信，她从我们常常对这个词报以嘻笑而领会了它所具有的嘲谑意味。

我躺在床上，妞妞爬过来，摸到我的肚子，便喊："妈妈。"以前她摸到过妈妈的胖乎乎的肚子，所以以为凡肚子必是妈妈的。我笑了。她立即更正："爸爸。"

对于妞妞来说，妈妈是更肉体的。她常常摸着妈妈的身体做语言练习:"头发,鼻鼻,小嘴,丫丫……"她对我并不这样,我身上使她感兴趣的东西只是一副眼镜。

这是雨儿和妞妞共同的作品,妞妞时年一岁三个月。

雨儿:"从前有一只猫,它的名字叫——"

妞妞:"猫咪。"

雨儿:"它和妞妞是——"

妞妞:"朋友。"

雨儿:"有一天她们去花园——"

妞妞:"玩。"

雨儿:"花园里有——"

妞妞:"树——草——"

雨儿:"猫咪玩得真高兴,它走丢了,妞妞——"

妞妞进入角色了,瞪着盲眼,用焦急的声调嚷道:"真着急!"

雨儿:"她喊——"

妞妞:"猫咪!猫咪!"

雨儿:"猫咪听见了,回答——"

妞妞:"咪呜,妞妞,咪呜。"

雨儿:"妞妞找到它了,和它——"

妞妞:"握握手。"

雨儿:"她们一起——"

妞妞:"回家家。"

妞妞如此喜欢这个编故事的游戏,每次讲完,总是要求:

"再讲,再讲!"于是重来一遍,仍然兴致勃勃。

妞妞躺在床上,她拉着雨儿的衣服说:"找妈妈,妈妈在这儿呢。"雨儿说:"宝贝。"她问:"干吗呀?"雨儿坐起来,喂她吃西瓜。她吃得高兴,突然说:"妈妈好。"

后来,雨儿极困,把她放到床上,想走。她连连说:"妈妈坏!"

阿珍说:"让妈妈休息,妈妈太累了。"她说:"不怕,太累了,不怕,不累。"她在妈妈身边跳得欢。阿珍催她:"妞妞走。"她边跳边说:"不走,不走。"说着突然停止跳跃,爽快地大喊一声:"走吧!"让阿珍抱走了。

我和雨儿拌嘴,对妞妞说:"爸爸不理妈妈了。"
她喊起来:"理妈妈!"

[珍珍]

在妞妞的世界里,除我和雨儿外,阿珍便是最亲近的人了。她喊阿珍叫"珍珍"。

阿珍是一个多愁善感的农村姑娘,常常是寡言的。可是,和妞妞在一起,她总是有说有笑,妞妞词典里的好些语汇来自她。在她面前,妞妞又乖又淘气,有时甚至是任性的。

"妞妞,你很久没有叫我啦。"阿珍对妞妞说。

妞妞正躺在床上，这时便转过身去，背朝阿珍。我看见她窃笑了一阵，然后，又转过身来，清晰地喊道："珍珍。"

阿珍问："妞妞，我叫什么呀？"她认真地盯着阿珍，说："珍珍。"阿珍要求："再叫我一下。"她嚷起来："叫珍珍干吗呀！"

阿珍在厨房做饭，让妞妞坐在卧室的地毯上，说："妞妞，不要动。"她立即答应："妞妞坐好不动。"直到阿珍做完饭回屋，她果然一动不动地等着。

阿珍准备喂饭，她自言自语：吃——吃干干——珍珍喂——撒娇——小心摔跤——坐好不动——梨，苹果，谁爱吃呀，妞妞爱吃，珍珍爱吃……

阿珍用手绢替她擦嘴，她抓过去，含一小角在唇间，说："手绢，不咬，擦擦嘴。"

阿珍喂饭时，她用玩具敲阿珍的胳膊，一边说："给妞妞吃，珍珍疼……"阿珍问："谁干的？"答："当然是妞妞干的啰。"语气惟妙惟肖是阿珍平时逗她的腔调。阿珍假装哭，她劝："不哭。"阿珍说："偏哭。"她骂："瞎说八道。"

"瞎说八道"是她常用来反击阿珍的一句话，多半是因为阿珍常用这话逗她，她只是给以还报罢了。

阿珍要喂奶，妞妞说："不喝奶奶。"阿珍说："瞎说八道。"她反问："谁瞎说八道？"

阿珍在厨房里干活，和我开玩笑说："你们家一个老坏蛋,一个小坏蛋。"妞妞正站在厨房门外的学步车里自个儿玩,这时插话说:"瞎说八道!"我问她:"珍珍坏不坏?"答:"坏,不理她!"一会儿又自言自语:"理——理妞妞——讲——听懂。"

她对阿珍可真有点唇枪舌剑的劲头呢。

洗澡时,她抓住毛巾不放。阿珍说:"妞妞,给我毛巾。"她答:"不给,不理你!"

阿珍问:"妞妞,要不要妈妈抱?"答:"要。"雨儿抱她,她却说:"不要。"阿珍说:"你骗人。"她说:"骗珍珍。"我追问:"妞妞骗谁?"回答仍是毫不含糊:"骗珍珍。"

阿珍抱着她打电话,她不耐烦了,说:"不听——不打电话。"

阿珍不慎把水滴在她脸上了,她说:"下雨了。"阿珍说:"不是雨,是水。"她责问:"谁干的?"

[妞妞]

妞妞刚满一周岁。她躺在我的臂弯里,合着眼。"爸爸最喜欢谁呀?最喜欢——"她忽然睁开眼,领会地一笑,笑得那样甜,然后娇娇地说:"妞妞。"

这是我第一次听她自呼"妞妞"。

自从她会自呼"妞妞"后,每次发病,她总是哭呼自己的名字,"妞妞妞妞"一长串,仿佛知道哀怜自己似的。

三楼人家养了一条狗,我抱她下楼,经过三楼时,她必说:"狗狗。"

这些天她自我中心大发展,"妞妞"不离口,而且老把自己和狗连在一起,老说"狗妞妞"。有一天,终于把"狗妞妞"的含义阐明了,说了一个相当完整的句子:"看妞妞狗狗。"意思很清楚,就是带妞妞去看狗。

她喜欢自造词组:"鸡蛋妞妞""小狗妞妞"……把她宠爱的东西和自己的名字连在一起,以此将之占为己有。

雨儿教了她许多歌谣,她都能填空说出每一句的尾词。当她自言自语时,常常带出歌谣中的词句,还自己加以改造:"喔喔啼""眯眯笑哪""握握手——朋友妞妞"。

饭后,我带她外出。每回下楼梯,我们总要做数字填空游戏,我从 1 数到 10,其中故意空缺若干数字,让她填上。每当她填出最后一个数字 10 时,她总是那么快活地笑起来,大声欢呼:"10 妞妞!"我夸她:"真棒!"她立刻自豪地补上一句:"聪明。"

后来,她已能自己从 1 数到 10,我夸她聪明,她表示赞同:"聪明妞妞。"我问:"谁聪明?"答:"妞妞。"

阿珍逗她:"妞妞不香,不香。"她不满地哼哼,喊道:"香!"阿珍说:"好,好,妞妞香。"她满意了,不哼哼了。可是,吃饭时,她自己突然说:"臭妞妞!"

半夜,她尿醒了,自言自语起来:"臭妞妞,好妞妞,胖妈妈！"说完就朝躺在大床上的妈妈爬去。

我抱着她，故意骂一声："臭妞妞！"她扭了扭身子，又不满地哼哼。我说："好好，妞妞不臭，妞妞香。"她满意了，小身子服帖了。

是不是声调引起的呢？我试着用骂人的声调说："好妞妞！"她没有反应。我又用平稳的声调说："臭妞妞。"她立即哼哼抗议了，然后自己说："香。"好像是领会了词义的。

看她低着头专心玩的模样，我忍不住说："小宝贝，爸爸真喜欢。"她说："小心肝。"我说："小臭臭。"她说："瞎说八道。"

她一边拉屎，一边自言自语："真臭，臭极了，臭死了，臭得不得了……"她知道"臭"和拉屎之间的联系。

不过，她大约也知道"臭"的打趣意味。她躺在床上，逐个点名要她的玩具，到手一件，就潇洒地举手轻轻一丢。"不要了，玩的不要了，小算盘不要了。"她说。给她一本书，她又是一丢，"啊"地叫一声。我笑了，骂："臭妞妞！"她接茬说："臭妞妞臭死了！"

雨儿和妞妞在床上玩，妞妞话语不断。刮风了，下起了阵雨，我进屋关窗。妞妞觉察到，便朝我爬来，喊爸爸。我一把抱起她。

"不要出去，外面冷。"雨儿嘱咐。

"出去！出去妞妞！"妞妞叫。

"妞妞，跟妈妈在床上跳跳。"雨儿又说。

"不跳妞妞！"

她玩我的手表，说："给爸爸。"我从她手里取，她却又不肯，嚷道："不给妞妞！"于是我明白了她说的是倒装句，"给爸爸"即"爸爸给"，"不给妞妞"即"妞妞不给"。

我们争着亲她，边亲边说："再亲一个。"她大笑着呼应："再亲！再亲妞妞！宝贝妞妞！"

问她："妞妞乖不乖？"答："乖极了，乖乖。"

我抱她下楼，她一路欢语不断。她下令："去买西瓜，宝贝吃西瓜。"我问："宝贝是谁？"答："妞妞。"一会儿又想起来，告诉我："宝贝是妞妞。爸爸疼，妞妞哭。"她知道爸爸疼她与她是宝贝之间的联系。

我准备喂她吃西瓜，雨儿怕她不消化，说："宝贝不吃。"她喊："宝贝吃！"我问："吃什么？"答："吃瓜。"说完哈哈大笑。

我第一回注意到妞妞明确使用第一人称代词，是在她一岁四个月时，比常规早了将近一年。

她坐在地上，喊："积木！"我拿给她，她说："给我，给妞玩，给妞妞玩！"

她知道了从她嘴里说出来的"我"就是妞妞。

妞妞拿着那只带喇叭的摇铃，说："妞妞的，妞妞的，妞妞的喇叭！"得到一阵欢呼。于是，握着这只摇铃，她做起定语练习来了:"妞妞的喇叭,妞妞的铃铛,妞妞的房间。"其时她确实站在自己房间的床上。

她拿着我的眼镜,自个儿说:"给爸爸——谢谢妞妞。"

她手握一把可以开响的玩具冲锋枪,说:"大枪。"问:"要不要开响?"她喊:"不开,听妞妞的!"接着说:"谢谢你合作。"

三、妞妞的世界

[音乐]

"音乐"是妞妞学会的第一个非重叠双音节词,"听音乐"是她学会的第一个三音节词。

妞妞和音乐有一种缘分。早在开口言说之前很久,只要听到"音乐"这个词,她便会立刻安静下来,停下手中的一切,等候我们打开音响。

她通常是不肯让生人抱的。有一回,一个女友来我们家,抱起她,她又是号叫又是挣扎。"妞妞,听音乐。"雨儿说。她平静了,但仍然使劲向后挺身子,尽量拉开距离,瞪着眼,像在审视抱她的这个人。音乐声起,女友随乐曲跳动,她的身体很快服帖了,越来越亲昵地偎进了女友怀里。

还有一回,她在我怀里不安地躁动,身体不驯地朝后挺,脑袋和手一齐向地面伸。我不明所以,就让她伸,看她究竟要什么。她呼啦又起身,扑在我怀里,不满地苦笑,哼叫,皱眉。如是者再三。我以为她跟我逗玩,但又不像,她的表情明明是嗔怪而不快的。我突然明白了,她是要我开录音机!录音机位置较低,每回抱着她开都要往下蹲,所以她用身体朝地面使劲的动作来向我示意。

"噢,妞妞,爸爸开录音机,听音乐。"我说。

她果然马上安静了。抱着她在乐声中跳舞,始终是她状态最佳的时刻。她全身放松,脸朝外坐在我的手臂上,神情专注又陶醉,时而满足地叹息,时而欢欣地大笑。她的小手随音乐的节奏频频挥舞,小腿十分潇洒地摆动。她的小身体那么微妙地律动着,仿佛在指挥我跳舞。

常给妞妞放一盘儿童歌曲,其中有一首《找爸爸》。自从她会喊"爸"以来,每听到"我要找我爸爸"这句歌词,她就不断喊"爸"。后来,只要序曲一响,她就开始喊"爸"了,显然听懂了曲子。

她是否还保留着对亮光的记忆呢?一听"灯灯""亮亮""太阳"这些词,又使劲招手。有一回,听着歌曲,她突然挥手,原来是从歌词中听出了"太阳"这个词。

妞妞发病了,双目紧闭,软绵绵地倚在我肩头。

"妞妞,听不听音乐?"我试探地问。

她睁开了右眼，睁得大大的，说："音乐。"

我打开录音机。乐声一起，她不再哼哼了，抬起小脑袋，睁着右眼，专心地听，不住地喃喃自语："音乐。"而这时她的左眼部又肿又亮，像一颗熟透的杏子，渗着水。有时候，她转过脸来，使劲"瞧"我，突然喊一声："爸爸。"她的小手也有了生气，轻轻地拍我、挠我，仿佛在和我交流听音乐的快乐。她真的笑了几声，很用力，但脸上没有笑容。她实在喜欢音乐，音乐成了她病中最大的安慰。

给妞妞做放疗。开始几天，她眼睑发红，眼泪鼻涕不断，睫毛粘在一起，常常睁不开眼睛，又老用小手去揉眼睛和鼻子，把涕泪糊了一脸。可是，只要响起音乐，她便会欢快起来，硬是睁开被肿瘤和放疗毁坏的眼睛，咧嘴笑出声来。我真不忍看她的左眼，那已经不是眼睛，里面充塞着什么乌七八糟的东西呵，可是它就是在笑，而且笑得那么纯那么甜！

她常常突然想起了音乐，喊叫着："音乐！"迫不及待地扑向我，仿佛一分钟也不能耽搁。于是，我抱起她，打开录音机，合着乐曲起舞，进入一个令她最为惬意的天地。她频频挥手，喃喃自语，时而迸发出一声脆亮的笑，时而满足地轻声叹息："音乐。"

深夜，她睡意蒙眬，似将入睡。我悄悄关掉音量本来开得很小的录音,她还是觉察了,立即怒喊:"音乐!"我只好再打开。她受睡意折磨,颇不安,身子朝床沿拱,脑袋快伸出床外了。我关掉录音,以示惩罚。她又抗议:"音乐!"阿珍说:"妞妞回来,给开音乐。"她马上拱了回去。

我怕吵了邻居,尽量把音量开得小。她听不见,便喊:"音乐!"我问:"来了没有?"她有时听见,就答"来了",有时听不见,就答"没来"。音量毕竟太小,听不见的时候多。她突然又找到了表达:"大点儿!"示意我把音量开大。

她自个儿玩着,突然说:"奶!喝奶!快点!"果然饿了,喝得很急切。等奶时,她说:"好听极了。"我问:"什么好听?"答:"音乐。"接着命令:"下!音乐!"意思是把她放下,带她开录音机。听着音乐,她轻轻叹息:"好听。听听音乐,喜欢音乐,好听极了。"

喝完奶,她坐在床上玩玩具,突然喊道:"没了,没了!"这时她正从篮子里往外拿玩具,篮子里还有玩具。阿珍说:"妞妞骗人,还有!"她仍喊:"没了!"我们还没有明白过来,音乐声停止了。我这才悟到,她是指录音带快放完了,示意我们准备翻面。果然,她接着说:"音乐没了,找音乐。"我问:"怎么办?"她答:"办!爸爸办!"

电视在播放广告,乐曲和语白交替。她也交替着一会儿兴高采烈地欢呼:"有音乐!"一会儿惋惜地叹道:"音乐没了。"

广告播放完毕，接下来是新闻节目。她懊恼地说："听听音乐——音乐没了——就是没了——就是没了嘛。"

妞妞在我怀里，录音机播放着儿童歌曲。她点节目："小朋友找爸爸，妞妞找爸爸！"我不太有把握地换一盘磁带，刚放序曲，她高兴地喊道："是《找爸爸》！"当然是的，她对音乐几乎过耳不忘，新买回的磁带，听一两遍就能记住。每曲未完，她便预报下一曲的歌名，提示歌词，还常常加以发挥："调皮的小宝宝，淘气的小宝宝——淘气的小弟弟。""小朋友吃西瓜——妞妞也吃西瓜！"对于她喜爱的歌，她会要求："倒回来！"让我倒带重播，有的甚至连听十几遍才肯罢休。

一会儿，她说："换音乐。"我给换了一盘西洋进行曲。问她："是不是这个？"她说："要拍小手。"我又换《小手拍拍》，问："是不是这个？"答："是这个。"边听边说："真好听，好听极了。拍拍小手，妞妞也——"我感觉到她的小身子在使劲儿，她渴望说出她脑子里的这句话。"妞妞也——也拍拍小手。"成功了。她自个儿又连贯地重复一遍："妞妞也拍拍小手。"

接着她让妈妈给她弹琴，说："弹一个《生日快乐》。"听妈妈弹了一会儿，她又想回自己屋里听音乐，便向妈妈告别："晚安！"

然而，这个受她祝福的夜晚却是多么不安呵。就在当天夜里，她彻夜不眠，被突发的病痛折磨得不停地哭喊挣扎。

从她整夜张开的嘴里,我发现了可怕的异常肿块,次日便被确诊为癌症扩散。

[外外]

晚饭后,妞妞向我发出指令:去——门(出门)——走走——下(下楼梯)——外外。她要我带她去户外。

出楼门,我问:"妞妞,去哪里?"她答:"河。"那是离我家不远的一条运河,我带她去过一次。我问:"我们去花园,行吗?"她说:"行。"我抱她向宅际花园走去,一路上她不断地说"园"。

"园里有什么?"

答:花——草——树——狗狗。她在花园里曾经抚摸过一只小巴儿狗。

我给她摘一片树叶,她立刻扔掉,似乎害怕这陌生的触感。我说:"这是树叶。"她重复:"叶。"不怕了,紧紧攥在手里,一直带回了家。

她躺在床上玩儿,我坐在床沿,她一点点蹭到我身边,伸手摘去我的眼镜,命令道:"走!"

"妞妞呀,爸爸没有眼镜走不了,你知道不知道?"

"道——知——道。"

她把眼镜还给我,勾住我的脖子,继续发令:"走!"

我抱起她,在屋里转悠。她不满地哼哼,仍然说着"走"。

"去哪里？"我问。

"去！"

"去什么地方？"

"方！"

终于，她说出了她想要去的地方："河！"

每听到汽车马达声，她就说："车。"可是，夜晚，当我抱着她在户外散步，附近有一辆车启动时，我问她：

"妞妞，什么响？"

她答："花。"

我明白她把"响"听作"香"了。她没有看见过花，也未必闻过花香，一定是从大人的话中知道花是香的。

"妞妞说得对，花是香的。"我夸奖她。

每回带她去户外，一出楼门，她就不住地自语："外外，外外。"

"外外有什么？"我问。

"人。"

"还有什么？"

"人。"

几乎总这样重复。我们没有教过这个词，仅仅给她讲过故事："从前有一家人……"可她对"人"却有这么深的印象。在她的小脑瓜里，"人"究竟是什么东西呢？我猜想，那一定是陌生人的说话声，是除爸爸妈妈和家里人之外的一切人。

175

"想一想，还有什么？"我坚持问。

她想了一会儿，说："河。"

"对了，有河。还有什么？"

她想不出来了。我提示："树。"她低声重复，立即欣喜地大声补充："草！"

妞妞说话越来越连贯了。她要求："去外外。"一会儿又说："听音乐。"我问："听音乐还是去外外？"她想了想，说："不听音乐了，快点去。"

我笑着骂她："小捣乱！"她问："为什么？"

阿珍在一旁说："天黑了，下雨了。"她说："想办法。"

户外有风。"凉快吗？"我问。她答："凉快——舒服，舒服极了。"

院子里在演节目，许多人围观。我说："他们干吗呀。"她应道："干吗呀，讨厌！"

"妞妞，外外好不好？"我问。"外外好。家——家家好。"她答，自己把"外外"和"家家"对应起来，并表达了回家的要求。

我抱她出来时，她被路旁一根伸出的树枝碰了一下。转悠了半天，返回时，经过这个位置，她突然伸手一把抓住了那根树枝。

到了家门口，她说："家家到了，到家了，到家家了。"进屋，把她放在床上，她说："这是家，在家了。"我暗暗惊奇她把副词用得这么准确。

清晨，我抱妞妞在院子里散步。蝈蝈在叫，我问她："什么叫？"她迟疑了一下，答："狗。"显然她不熟悉这种声音，或者说，不知道相关词，于是作了一个自己明知没有把握的判断。她是熟悉狗的叫声的，想必也知道这不是狗叫，她的回答是不得已的权宜之计，因为她总得给我一个回答呀。

"不是狗，是虫。"我说。

"虫。"她说，像往常一样重复着这个新词。

白天，在公园里，树林里响起一片蝉声。我又问她什么叫，她不假思索地答："虫。"

来到另一处树林，树上挂着鸟笼，鸟语婉啭。我再问她，她不答。她知道不是虫叫。"妞妞，这是鸟。"我告诉她。此后，她一听鸟叫就连连说"鸟"，一听蝉鸣就连连说"虫"，自豪地向我表明她会辨别。

"妞妞，摸摸，这是什么？"

她伸手摸了一下，答："树。"

几步外，芍药盛开。我抱她走去，边说："妞妞，你再摸摸，那是什么。"

她转身扒在我肩头，说："花。"以此表示她知道，但她不愿摸。她对花瓣的那种湿润柔软的质地始终抱有戒心。

一个普通的秋夜。

深夜两点，宅院里树影幢幢，凉气袭人。四周静极了，只听见一片虫鸣声。妞妞在我的怀里，微皱着眉，目光闪烁，

177

久久不作声，似乎在沉思什么。我也不作声，低头凝视着她。这真是我的女儿呵，完完全全是我的女儿，从她的神态，我感到一种无言的沟通。

她终于开口了，用极轻的声音说："你听，听……"

远处依稀传来急救车悠长尖锐的笛声，然后又归于寂静。

妞妞在我怀里依然目光闪烁，若有所思。过了很久，她仿佛回来了，轻声告诉我："虫，虫。"

"虫叫好听吗？"我问。

"好听，好听妞妞。"

她确实回来了，开始不停地自言自语，说着："虫，虫。"四周不同调子的虫鸣声此起彼伏。

在一个夏末秋初之夜，我和妞妞，我们沉浸在清凉的夜色中。我们醒着，而周围的高楼都在沉睡，只有上帝和我们同在。

四、词与物

[水·雨]

古希腊第一个哲学家泰勒斯说：万物都从水中来。

"水"是妞妞会说的第一个普通名词。那时她刚满一周岁，她的词典上还只有"爸爸""妈妈""妞妞"这三个词。

我到厨房开水龙头。"妞妞，这是水。"她学："水。"一会儿，我又抱她去，开水龙头。她听见水声，立即说："水。"她学会了一个新词，那样入迷，自个儿不断地重复："水，水……"

有了相应的词，她对水更感兴趣了，洗脸时总用小手去探水，仿佛在体会水是怎么回事。可是，她怕水管里流下的水，抱她去够，她必定怯生生缩回小手。

我带她下楼，外面下着雨，我在楼门口停住了。

"妞妞，在下雨，不能去外外了。你伸手摸摸。"

她把小手伸出去，淋着了几滴雨，赶紧缩回。她怕垂直下落的水。

"雨，"她说，想了一想，补充说，"水。"她知道雨和水是同一种东西。

水从天上来，那水是妞妞控制不了的。她看不见，也摸不着，不知它何时来，来自何方，所以对它满怀疑虑。但她喜欢亲近摸得着的水，置身于其中。洗澡时，她不停地用小毛巾朝盆外甩水，快活极了，连连笑喊："好玩！好玩！"

要她从澡盆里出来可是一件难事。有一回，阿珍一再催促："妞妞，起！"

"不起！"她一再拒绝。

"珍珍不要你了！"

"不要你！"她回击，然后，出人意料又恰如其分地骂道："讨厌！他妈——的！"口气是怒冲冲的，完全领会了这两个词的感情色彩。

"爸爸带你去外外。"我劝诱她。

"不去！"

"带你听听音乐跳跳舞。"

"不听！"

简直一筹莫展。最后，阿珍说带她去找小妹妹，她犹豫了一下，也许因为不明白小妹妹是什么。趁她犹豫，终于把她抱出了澡盆。

她的耳朵对水的各种声响有极精细的分辨能力。

抱她经过厨房门口，她忽然喊："水开了！"一看，果然。听见灌开水的声音，又说："水，是水开了。"

厕所里传来冲马桶的水声。她说："水，冲尿，臊极了。"一会儿，雨儿在厕所洗手，又传来水声，问她什么响，答："水，妈妈洗小手。"能区分不同的水声尚可思议，不可思议的是她怎么知道妈妈正在洗手，比亲眼看见还真切。

[窗·门·风]

我抱着妞妞去开阳台的窗，一边说："爸爸开窗。"她重复："窗。"一会儿，我抱她到走廊里，她大约感觉到了开着的窗户，不停地说"窗"。

后来，她自己对"窗"和"窗口"作了区分。我忘了什么时候对她说过"窗口"了。有一回,抱她站在窗口旁,她摸到窗框和敞开着的玻璃窗,说:"口,口,窗,窗——口。"但是,只要摸到关闭着的窗户,她仍然说"窗",几乎不会发生混淆。

夜晚,我抱妞妞到屋门旁,她说:"门。"我把着她的手打开门,她说:"开门。"我把门关上,说:"妞妞开。"她立即把门拉开。开走廊门,迎面一股风,她说:"风。"

传来狗叫声。"小狗饿了,怎么办?"她想了想,答:"饿——饭。"

起风了,走廊的门嘭的一声。"妞妞,是什么?""风。"

抱她到户外,风真大。"风大不大?""大。""怕不怕?""怕。"说罢就把脸埋在我肩上,表示她真怕。

家里有许多房间,有许多门。她看不见任何一扇门,却知道每一扇门的位置。抱她在各个房间转,她能分别说出"客厅""厨房""厕所""妞妞的房间""爸爸的房间""爷爷的房间"等,方位感极好,从不出差错。

[雷]

雷声隆隆。我怕吓着妞妞,忙告诉她:"妞妞,这是雷。"

"雷。"她跟着说,兴致勃勃地重复了不下十遍。果然,凭借这个她掌握了的词,雷声已经属于她,她不再害怕隆隆的雷声，反倒要我带她去找雷。

"雷，雷。"她一再要求。

"妞妞，现在没有，等一等。"

后来，又响了一串雷，她立刻说："雷。"

"妞妞，告诉妈妈，刚才打什么了？"

"雷。"她很骄傲地回答。

[信·书·纸·本·报纸]

"信"也是妞妞最早学会的词之一。有一天，我给她一个信封，告诉她："这是信。"她不断重复："信。"以后，只要给她信封或折叠的纸片，她就说："信。"

在我居住的小区，信件是由值班的电梯工负责分发的。抱妞妞出入电梯多了，她便知道了，只要一进电梯，就朝电梯工喊："信，信。"可是，总有不来信的时候呀。好心的电梯工便准备了一些废信封，免得让她失望。

后来，她的头脑里有了与"信"相关的成组的概念，能够准确地区分"信"（信封）、"纸"（单张的纸片）、"书"（有一定厚度的书本）和"本"（杂志一类较大较薄的本子）了，很少发生混淆。

接着又知道了"报纸"。她以亲自从电梯取回报纸为荣，她总是举着报纸，自豪地告诉人们："妞妞拿报纸回来了。"

[玩具之类]

这些词无法归类。对于妞妞来说,除了食物之外,一切手边之物都是玩具。所以,我把它们统称为玩具。

这里所举的例子表明,妞妞对于语词是多么认真。

很早的时候,妞妞玩一只装胶卷的圆柱形塑料小盒,我告诉她这是"盒",她记住了。以后,不论摸到什么形状、什么质料的盒或盒形的东西,她都名之为"盒"。

有一天,她摸到了门锁,我教她:"锁。"她跟着说了几遍,然后,因为门锁是盒形的,她自己加上一句:"盒。"此后,摸到门锁她必喊:"锁——盒!锁——盒!"

她自己会给事物命名。在汽车里,她站在坐垫上四处摸索。摸着车窗的玻璃,她说:"玻—门。"摸着座后窗台上的一个盖状物,她说:"盖。"摸着一个泡沫纸质的盒状物,她说:"盒。"

雨儿递给她一只塑料小瓶,说:"盒。"她纠正:"盒——瓶。"

我值夜,困得不行,妞妞却极精神。我把她放在大床上,让她自己玩。她坐着,腰板挺得直直的,面前是一篮子玩具。"篮。"她说。从篮里往外拿玩具,一边自语:"车,嘀嘀嘟嘟——牙咬器,不咬,玩——电话,喂,找妞妞,是,吃了,

183

真棒……"她一件件取着玩具，报着名儿。那面带小镲的手鼓，她说"镲"，我一时不明白，教她说"鼓"，她自个儿重复了好一会儿。玩第二轮时，她拿到手鼓便说："镲一鼓"。我忽然明白了，"镲"一定是雨儿或阿珍教她的，她不愿放弃，便把它和我教她的"鼓"结合起来了。在她心目中，曾有的命名都是事物本身的财富，是不容丢弃的。

篮里有许多积木，她最不喜欢那两块三角形的，每次摸着就马上扔掉。我教她："三角。"她高兴地重复："角角。"知道了名称，她兴趣陡增，竟然爱不释手了。我不止一次发现，一样东西有了名称，她便多半会对它产生浓厚的兴趣。

每当篮子空后，她就等我放进玩具，然后再一件件取，一件件念叨。就这样，她坐得端端正正的，像大孩子似的，自个儿玩了很久。她略微低着头，眼睛盯着篮子，从侧面看去，几乎要忘记她是个小盲人了。最后，终于玩厌了，我又一次把玩具放进篮子后，她拎翻篮子，把玩具统统倒出来，说："倒了。"以此宣告游戏结束。

妞妞的玩具中，有一只会走会叫的电动狗，还有一只不会走不会叫的绒毛猫。这是她喜欢的两样玩具。她知道前者是狗，后者是猫。电动狗坏了，我们买了一只机制和形状相似的电动猫，放在她手里。

"妞妞，这是什么？"

"狗。"她答。

打开开关，电动猫动了，叫了。告诉她，这也是猫。她立即把手缩了回去，不敢再碰，因为它不符合她对猫的概念，她的概念拒绝它为猫。

她喜欢吃糖，可是，当我把一根棒棒糖塞进她手里，告诉她这是糖时，她也缩回手拒绝吃了，因为它不符合她对糖的概念。

阿珍在厨房里做饭，妞妞挺直腰板坐在地毯上，一动不动，等阿珍回来。我趴在她面前，她觉察了，伸手摸我的脸，摘走了我的眼镜。

"爸爸戴眼镜。"她说。

"对了，爸爸戴眼镜。妞妞戴不戴？"

"不戴！"

"把眼镜给爸爸，好吗？"

"不给！"

"爸爸给妞妞拿妞妞的眼镜，好吗？"

"不镜！"

她爱玩我的眼镜，就是不喜欢特意给她买的玩具小眼镜。

前些天答应给她买手表，她老记着，常常突然提起："走，买表去！"有位朋友便给她买了块玩具电子表。我抱她外出，她又说："买手表。"我说："叔叔不是给你买了吗？"她说："瞎说八道！"她仍要我的表，就是不承认那块玩具表是手表。

那串风铃由许多玻璃片组成，妞妞拿在手里，玻璃片叮叮当当，发出悦耳的声音。

"铃。"她说。

我暗暗惊奇，她以前从未接触过类似的东西，只玩过手摇塑料铃，形状和声音完全不同，真不知她是怎样由此及彼地推理出来的。

她坐在那里，低着头，表情专注，小手极其急切又灵巧地把摸风铃上的一片片玻璃。

阿珍抱着她，发现她一只脚光着。"妞妞，鞋呢？""鞋……妞妞拿在手里。"一看，果真是。

雨儿给我买了一双新皮鞋。她坐在床上，抚摸其中一只。雨儿问："妞妞，什么？"没有回答。一再问，她始终沉默，只是专心地抚摸。雨儿忍不住了，告诉她："是鞋呀。"可是她依然沉默和抚摸。她无法把这么一个庞然大物和自己穿的那么小的鞋统一起来。我把另一只鞋穿到脚上，伸给她，让她摸。她摸到了我的脚踝和穿着的大鞋，终于承认了，说道："鞋。"

屋里响着音乐。雨儿问："音乐好听吗？"答："告诉妈妈，好听极了。"《生日快乐》过门有叫唤声，她说："哦哦，虫叫。虫虫多极了，讨厌极了。"有一支歌唱到"小小礼物"，她便向雨儿要"小小礼物"。雨儿把玩具一件件递给她，她都不要，不承认是"小小礼物"。最后，雨儿拿一只她从未玩过的麻编茶杯垫给她，她接受了，同时也就接受了一个命名。

我悲哀地想,她对命名如此认真,而我们已经没有必要和机会来纠正这个错误的命名了。

[否定词]

刚刚学话的妞妞。

"妞妞,渴不渴?"

回答永远是"渴",哪怕并不渴。她不会说否定词,永远肯定,肯定一切。

有一回,阿珍问妞妞:"行不行?"妞妞答:"行。"

初学话时,她喜欢模仿大人问话的尾词。仍是这样吗?好像不是。因为打这以后,她表示同意就说"行",不同意则不吱声,或者背过脸去。

半夜,妞妞醒来,我抱她。"娃娃。"她指示。雨儿小声说:"不要给她拿,又该睡不着了。"她立即叫起来:"拿!拿!"

她显然是知道自己的意愿的。

妞妞一岁三个月。

去医院途中,在汽车里,她突然心烦,要我带她下车走路,不停地喊:"走,走!"雨儿哄她:"车在走呀。"她喊:"没,没!"这是我第一次听到她使用否定词。

十天后,她在澡盆里。问她:"起不起?"答:"不起妞妞。"在我的印象中，这大约是她第一次使用"不"这个否定词。

雨儿喂她吃酸奶和饼干，她更爱吃饼干，酸奶送到她嘴边，她叫："吃干！"吃饱了，说："抱抱妞妞——要狗（玩具）——去外外。"雨儿想先把她拉了屎再走，她喊："不拉！"

递给她一只玩具喇叭，对她说："妞妞，吹一个。"她答："不吹妞妞。"几次要她吹，回答都是"不吹"。她果真不吹，只是拿在手里玩。

准备喂药，阿珍让她躺在怀里，她不干，连说："不喝妞妞。"我想起有一天喂药，她是皱着眉头乖乖地咽下了，我们以为万事大吉，没想到她等候了一会儿，便嚷起来："糖！糖！"原来是带着期待才乖乖地咽下那口药的。于是安慰她："吃了药吃糖。"她答："不吃糖妞妞。"阿珍仍要灌药，她忙说："抱抱妞妞，走！"阿珍终于又跳又按地把她放倒在怀里了，她倒也乖乖地咽下了药。然后，给她吃糖，她当真不想吃，说："不吃糖。"

自从学会说"不"，她能够越来越准确地表达自己的意愿了。难怪哲学家们说，人的自由是从会说"不"的那一天开始的。

她的双脚并跳真是一绝，跳得那么轻松、灵巧、陶醉，往往一跳就是一二十分钟，好几百下，而且不喘一口气。

"妞妞,停一会儿吧。"阿珍看她出汗,劝道。

"不行,停不好呢,不停。"她答,继续跳下去。

五

1. 寻找表达

妞妞七个月。我把她举起来,骑到我的脖子上,带她到处转悠,名曰"看世界"。这是她喜欢的一种游戏。可是这回,当我像往常那样举起她,说:"妞妞,举高高。"她却乱蹬着两条小腿,死不肯往我脖子上跨。我只好放下她,一摸尿布,原来尿湿了,她是怕弄湿我的脖子。换了尿布再举,她就高兴地骑上了。

妞妞一岁两个月。雨儿困极了,一边拍她,一边自己睡着了。她安安静静地躺着。一会儿,她连声喊:"妈妈,妈妈。"雨儿闻声醒来,看她,还在身边安安静静地躺着。雨儿抱起妞妞,准备把尿,发现尿布里兜着一包屎,这才恍然大悟妞妞为何喊她,喊完为何又躺着不动。

妞妞一岁四个月。她躺在小床上,阿珍在厨房里听见她喊:"抱抱妞妞!"便赶紧过来,对她说:"来,珍珍抱。"她说:"不抱,拉臭!"阿珍说:"好吧,珍珍把妞妞拉臭。"她说:"不把,拉臭了!"一看,果然已经拉了一泡屎。

妞妞一岁四个月。我把她抱到沙发上,她俯躺着,脚朝地上伸,喊道:"下!"我说:"妞妞自己下。"答:"不下!"接着又喊:"下!"我仍叫她自己下,她仍答不下。躺了一会儿,她终于找到了表达:"爸爸抱抱下。"

妞妞一岁五个月。她坐在地毯上玩柜子抽屉,雨儿坐在她身边。"起!"她要求。雨儿把她扶起来。"妈妈起!"她明确她的要求。雨儿把她抱起来。我们夸她聪明。她听见我的声音,要我抱,然后下令:"走!"我问:"去哪里?"答:"去找抽屉。"我抱她到抽屉边,刚坐下,她立即说:"起!爸爸起!"原来是故意要重演刚才那一幕,以表演她的聪明。

2. 词趣

一个朋友和我讨论哲学问题,我们争论起来,我谈自己的看法,刚说完,妞妞发表意见了,拖长音调说:"是——呀!"说毕自个儿大笑起来。

我抱妞妞站在楼前空地上。有人从三楼窗口探头朝下面喊道:"小梅,别拿了,我们自己去。"

妞妞哼起来了:"哼,拿,要拿!"

我忍不住笑了。她对一切都有反应,世上没有不和她相关的事情。每一个她掌握了的词都属于她,不管从谁嘴里说出来。

"好吧,拿,我们拿。"我只好哄她。

她在地毯上欢快地双脚并跳,嘴里咿呀说个不停。我搀着她,一边和客人们聊天。正说到妞妞和一个小洋人会面时羞羞答答的模样,她突然叫起来:"羞羞答答!羞羞答答!"边叫边咯咯大笑,叫了又叫,笑了又笑,同时双脚仍跳跃着。她一定觉得这话逗人。她的笑极爽朗,极嘹亮,极痛快,完全放开,连续从她体内爆发出来,很像她妈妈。客人们都笑了。

若干天后,我逗她:"妈妈是屁。"她笑了。我再说:"妈妈是——"她窃笑一小会儿,然后接上:"屁!"马上加重语气说:"妈妈是屁答答!"又一个生造的词。她把"屁"和前几天听到的"羞羞答答"组合起来,想必是因为她觉得这两个词都具有可笑的性质。

"是写文章好,还是和妞妞玩好?"雨儿问我。
妞妞立即抢着替我回答:"玩!"

阿珍逗她:"妞妞没羞!"
她抗议:"哼——羞!羞!"

"妞妞,我是谁?"
答:"不是谁。"

她喊:"小弟弟!"我说:"给你生一个。"她说:"快点!"我说:"快不了,得九个月。"她说:"差不多——差多——多。"

夜晚,雨儿问我:"你还不去睡,在这儿闭着眼睛干吗?"

"我在想呢,妞妞知道。"我说。

"妞妞知道不知道?"阿珍问。

"知道。"妞妞答。

"想什么?"

"想小许。"

小许是住在楼下的一个姑娘。我说,妞妞真会开玩笑。我们一齐大笑,妞妞也大笑,边笑边跳边喊:"太不得了了!"

阿珍说:"珍珍抱。"她答:"不抱。"阿珍说:"不抱拉倒!"她反击:"不抱不拉倒!"

"妞妞是小坏蛋。"
"不是小坏蛋。"
"妞妞是小笨蛋。"
"不是蛋。"
"妞妞是小臭屁。"
她窃笑不语。

我说:"妞妞叫——"她报我的名字。"爸爸叫——"她报她自己的名字。我纠正:"周灵子是妞妞。"她说:"知道!"

她举起玩具小熊,一松手,掉在地上。我捡给她,她一边笑着说:"谢谢合作——谢谢妞妞合作。"一边又举起扔掉。我说:"真调皮!"她听了转头四顾,脸上有一种含蓄的得意表情,接着放声哈哈一笑。

她边说:"不吃手!"边把两只手的食指一齐塞进嘴里,对着我极为得意地笑了。

"开大点!"她命令。我把音量拧大了点儿。"太大了!"她又叫道,叫完便笑。

电梯工给她报纸,她大声说:"谢谢!"电梯工正高兴,她接着喊:"谢谢妞妞!"电梯工一怔,随即大笑。

她站在地毯上尿了,尿湿了裤子,懊恼地说:"他妈的!"

她站在小屋的床上,阿珍抱起来,她不乐意,在阿珍怀里挣扎。阿珍训她:"你淘气,珍珍不管你了!"把她放进停在屋门口的学步车里。刚放下,只听见她气愤地骂道:"他妈——的!"

她午睡醒来,用手摸摸光脚丫,说:"鞋掉了。"想一想,又纠正:"袜子掉了。"抓一抓躺在旁边的阿珍,说:"拍拍妞妞睡觉觉。"又说:"珍珍爱妞妞。"阿珍逗她:"不爱!"她骂:"他妈的!"玩着那只袜子,自言自语:"不爱,不给,瞎说八道……"

第十章

紫色标记

  一个小生命的病痛和毁灭,对于这个世界真是什么也不算。可是,当我揣着这几片治头痛脑热的药片往回骑时,心中还是充满委屈,仿佛受到了愚弄。满街是大人孩子的笑脸,妞妞正在一点点死去,我揣着几片无用的药片奔波其间,这世界是怎么回事?

一

我带妞妞去医院做 CT 扫描。扫描室是一座简陋的水泥平台，中央有一口井。一个穿黑衣服的蒙面修女把妞妞放进一只铁桶里，然后吊到井下，置于一个密封装置内。按照程序，妞妞将随同这个装置被传送带送往另一个出口。我赶紧奔向那个出口，一个猥琐的小老头把守着不让我进，而我也不见妞妞出来。我突然想到，那个密封装置在传送过程中要经过冷热处理，妞妞必死无疑。我知道自己受骗了，心急如焚，没命地奔返平台，跳下井口。

这时我发现我是在一间停尸房里，妞妞已经死了，搁在尸床上。她模样酷似生前，眼珠又大又黑，小手朝前伸着，但已僵硬，像剥制的标本。雨儿穿着平时常穿的那件绿色鸭绒衣，正扒在妞妞的尸体上，握住僵硬的小手，伤心恸哭。她看见我走进，突然大声尖笑，抓起身边一只铁桶朝我甩来，我认出就是吊妞妞下井的那只铁桶。我也大笑着把铁桶甩回。我们俩疯狂大笑，互相对甩。周围很快聚集起了一群看热闹的孩子，我发现妞妞也在其中，站在这群孩子的前列，我伸手可及，她的额上缺了一块皮，淌着鲜血。我一把抱起她，突围而逃。我知道，如果不及时逃跑，她就会和尸床上的那个妞妞合为一体，一块儿死去。同时我又惦着尸床上的妞妞，因为尸体一旦腐烂，我怀里的妞妞也同样会死掉。我就这样跑几步，又返回去看尸体，往返不已。尸体无可避免地腐烂了，我和雨儿哭成了一团。

醒来后发现，我的泪水湿透了枕巾。妞妞呵妞妞，真要了我的命了。

雨儿从来不问天下事，这些天却热心地牵挂着海湾战争会不会打起来，这牵挂又和对妞妞的牵挂搅在了一起，幻入梦中——

我们在伊拉克旅游，打仗了，飞机狂轰滥炸，游人四逃。空袭过后，我发现我已经同你和妞妞走散。我急死了，到处找你们，在路边看见一张布告，画着你和妞妞的头像，头像上打了叉叉。这表明你们已经被捕并判处了死刑。我揭下布告，继续奔走，见人就出示布告上的头像，打听你们的下落。一个士兵模样的人看见布告，便随手一指，我顺着这方向望去，只见一辆军用卡车在驰行，你和妞妞五花大绑并排站在车上，正被押往刑场执行枪决。我拼命追赶，一心追上你们，和你们一同就义。

"我真着急，生怕追不上你们。"

"追上了没有？"

"快追上时，梦醒了。当时真有一种轻松的感觉，心想总算全家在一起，就此了结。"

那个又脏又瘸的小老头在玩一大把蛇，有一条蛇从他手中滑脱，正向妞妞爬来。我急忙抱起妞妞，没有看清蛇是否咬着了她。回到家里，她的小脸蛋渐渐变青而透明。我把嘴贴在她的小嘴上吮吸毒液，觉得自己正在和妞妞一同死去……

睁开眼，天已蒙蒙亮。那边屋里传来妞妞短促的哭声，夹杂着雨儿的叹息。我一跃而起，推开那边的屋门，却发现妞妞好好地睡着。雨儿躺在妞妞身边，睁大眼，质询地望着我。

我又推开门，屋里黑着灯，没有人，只有妞妞。她大约醒了一会儿了，趴在床上，抬着脑袋，正呜呜地哭。我冲过去，把她抱在怀里。

妞妞的哭声真是牵动我的五脏六腑，因为她轻易不哭，也因为她命太苦。

这是除夕之夜，无数家庭聚在电视机前兴高采烈地百无聊赖。我独坐在黑屋子里，怀里是妞妞。她小手紧勾着我的脖子，小脑袋紧偎着我的肩膀，似睡非睡。我搂着她，也似睡非睡。在这朦胧中，我忽然异常清晰地感觉到岁月正飞快流逝，带走妞妞，也带走我自己，一眨眼生命已到尽头。我自己的喊声把我惊醒：人生真是一个骗局！

新年的钟声响了。

二

一下，一下，又一下……我清醒地感觉到沉重的打击接二连三地落在我的头颅上和脸上，但分不清是棍棒还是拳头，好像两者都有。奇怪的是不感到痛。每一次打击，只觉得头颅内翻江倒海，像打开了闸门一样，鲜血从嘴和鼻孔涌出。恍惚中还感觉到，一种铁器生生插进我的嘴里，我本能地伸手去抓，是一根弯曲的粗铁条，建筑工地上常见的那种。一颗门牙被撬落了，另一颗被撬断，挂在牙龈上摇摇欲坠。还在打，血还在涌。

今天是完了。

我很清醒，心中并无太大的恐惧或悲哀，主要的感觉是窝囊，完得太窝囊。

一个春日的夜晚，我无端地倒在一个陌生城市的偏僻街道上。背后是一堵断墙，断墙后是昔日的古都，今日污浊的市场。千里之外，有我的那个正在遭灾的小小的家，现在活着但很快会死去的女儿，明知徒劳却仍然全神贯注地抚育着女儿的妻子。

我倒在墙脚的土坡上，地上潮乎乎的。一共是三个凶手，围着我。灯光幽暗，我只能看清其中一人的脸。他们都很年轻，像是郊区的农民。那张露在微弱灯光中的脸不断地用陕西话骂骂咧咧。他们的殴打和吆喝仿佛离我很远很远，此时此刻，我明白自己是一个孤儿，已被世界抛弃。我脑中闪现劳伦斯笔下的那个被黑人活活献祭的骑马出走的女人，昆德拉笔下的那个被柬埔寨流氓杀死的法国数学家。一个孤零零落在野蛮人手中的文明人只好任凭宰割,没有任何语言和法则可以解救他,甚至连恐惧和愤怒也都成了太奢侈的感情。当然,我不无遗憾地想到了雨儿和妞妞,想到我死了,妞妞在所剩不多的有生之日里将失去父爱,这父爱对她是很宝贵的,雨儿将独自承受妞妞之死的最后苦难,这负担对她未免太沉重。不过,管不了的事就不必去管了。真正死到临头时,人是很冷静的,冷静得不存丝毫浪漫的感情。死了也就死了,死是多么简单的一件事,死简化了一切,结局反正都一样。

然而,盗匪们终于住手了。他们开始搜身。收获实在不大:一块精工手表,一百多元钱。从我的裤袋里搜出一包红梅牌香烟。

"你就抽红梅?"一个暴徒不屑地问。

"穷书生嘛。"

"我们完全可以把你剐了,看你是个穷书生,饶了你。"

"你们还算有点儿良心。"

不知是在演戏,还是真动了恻隐之心,那个蹲在我左边的家伙责备道:"干吗把他打成这样?"接着要我把脸上的血擦掉,我没带手绢,他又让右边那个脸蛋暴露在灯光里的家伙把自己的手绢给我。

"你坐在这里不准动,三十分钟后再走。"

他们跳上一辆出租车走了。

其实,无须他们威胁,我也不想马上起来。只有我自己了，冷清的街道，幽暗的墙角，我坐在自己的血泊中。湿软的泥地凉凉的，真舒服。坐一会儿，再坐一会儿。有一回我喝醉了酒，躺倒在街面上，也曾体味到了这种冰凉的快感。那个时刻我心明如镜，看清了周围行人脚步匆匆的无谓。当一个人倒下的时候，他便获得了一种新的眼光。

自从妞妞出生以后，整整一年了，我没有一日和她分离过。这次有一个方便的机会到西安，雨儿力劝我出来散散心，说好飞机往返，连路程三天，我狠狠心就来了。没想到大难未了，又遭此小祸。真的是小祸。人倒霉到了极点，也就懒得去和命运斤斤计较了。

拨通了北京的长话，那头是雨儿的声音。听到她的声音，我立刻觉得自己不是孤儿了。听说我被打掉了两颗门牙，她惊叫一声，随即又忍不住笑了起来。她说她想象不出，我没有门牙是什么模样。她还让妞妞从电话里听我的声音，妞妞听了高兴得连声欢呼"爸爸"。

飞回北京，雨儿在机场接我。回家的车上，她温情脉脉，春风满面，还不断转过头来看我，露出好奇的神情。在她眼里，好像这件事整个儿是喜剧。她告诉我，阿珍闻讯评论道："大哥就这两颗门牙漂亮，还被打掉了，真可惜。"女人们的反应令我心旷神怡。

到家了。妞妞和我那个亲呵，扑到我的怀里，紧紧搂着我的脖子，笑个没完，喊爸爸喊个没完。

三

妞妞死后，雨儿还常常念叨那位李气功师，一再说他是好人。李的确是好人，他与我曾有一面之缘，当他听说妞妞的病时，便托人转告我，说如果我真想救女儿，就该诚心诚意去找他。我们闻讯，立即抱着妞妞登门。

李气功师年届中年，面容和善。他见了妞妞，喜欢极了，连连说妞妞与他有缘，并且用法眼看出妞妞是观音身边的童女下凡，又算出妞妞命中有五官之疾和夭折之灾，但有贵人相助，可保无虞。当即他就点燃一支香，面壁肃立于三幅印刷的佛像前，口中念念有词。祷毕，他坐在椅子上，双目微合，双手的拇指和食指弯成两个圆圈，悬在胸前。

"我看见了病根，在左眼球的左上方。不过，我也看见了治病的方法，可以用法术把癌细胞'调'出来烧死。我清清楚楚听见一个来自三维世界之外的声音告诉我：无碍。"他睁开眼睛后平静地说。

"太好了，妞妞有救了！"雨儿兴奋地喊道。

在场还有另一个气功师，是李的一个年轻的同伴。他朝妞妞瞳孔里看了许久，然后发布惊人之言："那是肿瘤吗？不，那是她的业，从眼睛发出来。她在观音身边犯了错误，被罚到下界，这就是她的业。我看她的眼睛与众不同，能睹常人之未睹，将来一定有特异功能。"

归途上，雨儿心情很好，笑着对我说："妞妞真是不凡，带爸爸妈妈游历奇境，进入四维空间。"

李气功师上门给妞妞治病。他念咒,焚香,对着一尊观音瓷像默祷,然后一边放大悲咒的录音,一边施行法术。在施行法术时,他让在场的我、雨儿以及雨儿的母亲也闭目静坐。

事毕,他问我们:"你们看见了什么?"

雨儿说,她看见妞妞在笑,一边徐徐从眼睛里朝外扯着什么东西。

雨儿的母亲说,她先后看见四个图像:黄瞳孔;许多黑点;白色的矩形;最后是水天一色。

我什么也没有看见。

"我知道你什么也没有看见。"李说,"她俩头上都有光。你头上没有光,天目未开。"

他说起了他的天目所看见的东西:"妞妞的病非同寻常,关系到一段因缘。她的左眼里黑烟弥漫,其中盘着一条金色的小蛇。刚才我想把小蛇调出来烧死,马上觉得我的左眼一阵剧痛。我知道不好,这小蛇非同小可,万万烧死不得。所以,我就把它请到东海,放了它一条生路。伯母看的是对的,看到了妞妞病的发展过程。白色的矩形是观音,有观音保佑,妞妞一定能好。我最后看见的也是水天一色的大海。"

接着,他摊开左手,把掌心对准妞妞的头顶,给她发功。发功时,妞妞很不安。功毕,她安静了,雨儿发现她的小脸蛋无比光洁,为前所未见,惊喜地叹道:"多像小童女!"

可是,我的确是俗界中人,有完全不同的感受。夜晚,屋里熄了灯,只有窗外透进的微光,若明若暗。录音机放着南无阿弥陀佛咒。我抱着已经入睡的妞妞，站在观音瓷像前，突然凄凉地感到，面对主宰命运的神秘力量，我和我怀里的小女儿是多么弱小无助。

那个四川人是气功协会特邀来京的，据说功力极高，三天前向六百名企业家做示范表演，当场把一个病人的结石击得粉碎。在一群崇拜者的簇拥下，他走到妞妞身边扫了一眼，立即说："左眼，圆形的瘤。"说罢，弯曲拇指和食指，比画了一下。

我悄声向他解释，圆形是瞳孔的形状，不是视网膜上肿瘤的形状。他撇一撇嘴，脸露不快。

然后，他左手端一碗水，右手蘸水在空中又划又甩。片刻工夫，他再看妞妞，得意地说："你们看，小了，小多了！还是有缘呀！"

雨儿怯生生地问："你看有希望吗？"

他嚷起来："明明好多了，还说有希望吗！"

北京南城的一个独门独院里住着一位老中医，治癌很有名气。一进门，但见满墙锦旗字匾，都是他治愈的癌症病人敬献的。桌上摆着病人登记册，翻开看，多为慕名而来的海外华侨，足见名声远扬。

老中医是个和蔼的老者，见了妞妞，不住地夸她长得可爱，然后说："母细胞瘤，是吧？我开个方子，吃我几副药，瘤就慢慢缩小了，没了。"

接着他用拉家常的口气说出了一个可惊的事实：两年前他治好过一例这种病的患者！

"得这种病的孩子都很聪明，"老中医继续拉家常，"那个孩子才两岁，就能认几百个字了。治好后，还常来我家玩，把我的葡萄干都吃啦。"

"我们这孩子是不是很严重？"雨儿担心地问。

"有什么严重的？那个孩子更严重，两只眼睛都是猫眼，肿瘤覆盖了一半。"

"现在那孩子在哪里？"我问。

"他家是外地的，回去了。"

闲谈中知道，老中医早年在一所名牌大学学西医，毕业后又师从某名医学中医。

"中医理论是胡说八道，中草药是好东西。"他如此总结自己的经验。

此公好像胸中颇有见识，谈吐不俗。对于妞妞的病，他至少说了些在行的话。多少天来，雨儿脸上第一回有了笑容。

妞妞病情稳定，雨儿打电话向李气功师报喜。李说他已经知道，他在自己家里行法术时看见妞妞通体透明，左眼里的黑烟已经消失，缩成了一个小黑点，说明病在好转。他还说，他已在妞妞身上铺满了莲花。

北京某大学教师，新闻媒介誉为神医，在京郊办了一个气功诊所。他给妞妞望诊，第一个判断："右眼有病。"第二个判断:"智力也有问题。"第三个判断:"神经系统、心血系统都有问题。"然后宣布,此病非他治不可,别人肯定治不好。

可是,妞妞明明左眼也有病,而且显然比右眼严重。

我对妞妞的智力充满信心。

妞妞病情突然恶化,左眼完全失明。

李气功师说:"别担心,这是发功把病气发了出来,证明病在好转。我用天目看了一年后的情形,看见她扎了两个小刷把,正向观音磕头。她会活得好好的。"

老中医沉吟半晌:"天气太热,暂时不要吃中药了,等天凉再说。"

各种气功和中医治愈绝症的神奇故事依然不断传来,可望而不可即,奇迹永远在别处。

雨儿终于也失去了信心,骂道:"操,还是毛主席说得对,唯心主义最省力气。"

四

妞妞睡在小床上,一直未醒。小床紧挨大床,其间用垒起的被子和枕头阻隔着。屋子里有一小会儿没有人。当我再进屋时,发现她已醒来,自己越过了障碍,爬到大床上,正趴在被垛上哭。我赶紧把她抱起来。

她软软地偎在我身上,双手搂着我的脖子,病眼流着泪。我对她说:"爸爸心疼。"

她仰起头,应了一声:"疼。"然后把脸凑近我的脸,分明在"看"我。由于凑得很近,她的小脸蛋仿佛拓宽了,五官清晰极了,眉宇间有一种既专注又茫然的神情。她"看"了一会儿,喊道:"爸爸。"

"妞妞,你看见爸爸了吗?"

一个几乎觉察不到的微笑掠过她的脸上,但她马上又垂下头,靠到了我的肩上。

她又发病了。第二天,她整天闭着眼睛,不进饮食,趴在大人肩头呜咽不止。有时哭得浑身抽动,来回变换姿势,却摆脱不了那疼痛。哭喊中,偶尔蹦出几个她学会的词:"发""水""信""饭"……更多的是喊自己的名字,"妞妞妞妞"连成串。

"妞妞疼,是吗?妈妈还从来没有这么疼过呀……"我听见雨儿对她说。

六一儿童节,街上很热闹,父母们把自己的孩子打扮得漂漂亮亮的,带他们出游。我骑车穿过闹市,到医院去为我的女儿取药。当别的孩子享受着节日的欢乐时,我的女儿正躺在病床上,经受着癌症的折磨。而我取的又是些什么药啊,无非是止痛药、消炎药之类,甚至不能真正减轻她眼前的痛苦。

我当然明白,世上任何一人的苦难都丝毫无损人世间欢乐的总量。哪怕皇上驾崩,领袖逝世,黎民百姓该乐还是乐。一个小生命的病痛和毁灭,对于这个世界真是什么也不算。可是,当我揣着这几片治头痛脑热的药片往回骑时,心中还是充满委屈,仿佛受到了愚弄。满街是大人孩子的笑脸,妞妞正在一点点死去,我揣着几片无用的药片奔波其间,这世界是怎么回事?

我们决定给妞妞补过儿童节。这天风和日丽,我们带着妞妞,沿小河朝公园走去。妞妞在我怀里,把脸蛋枕在我的肩上。

"妞妞,这是什么地方?"

她头不抬地回答:"河。"一会儿,她仿佛突然想起似的,说:"草,草。"我在路边折了一片草叶递给她,她紧紧握在手里。

公园里,夕阳无限美,西边的湖面和天空一片鲜红。面对这景色,我心中充满哀愁。我该怎样向我的女儿讲述大自然色彩绚烂的故事呢?

儿童乐园,形形色色的娱乐设施,孩子们在纵情嬉戏。雨儿抱着妞妞,坐在一条石凳上歇息,兴奋地放眼环顾,眼中闪烁着喜悦的光芒,显然被这欢乐气氛吸引住了。可是,不一会儿,她的眼光暗淡了下来。

我们来到一个娱乐设施前,那是两个同心圆,内圈是一口盛满彩色小球的大盆,外圈是一张富有弹性的绷网。孩子们玩得多欢,一会儿在绷网上蹦跳,跳得老高,一会儿跃入大盆,深深埋进小球堆里。

雨儿痴痴地看着,我的耳旁响起她的声音,宛如在说一个美丽的梦:"赶明儿我们给妞妞也做一个这样的网,让她在上面跳。"

"那她该高兴死了。"我附和,回想起妞妞双脚并跳时那陶醉的神情。

妞妞手里始终攥着那片草叶,已经被她攥得皱巴巴了。

出门前,雨儿给妞妞戴上粉红色小绒帽,穿上粉红色披风。妞妞静睁杏眼,颇有风度地领受我们的夸奖。汽车里,我轻轻扶着她,她稳稳地站在我的腿上,转动脑袋,向前后左右车窗外张望,显然对光亮和街上的声响感到新奇。

如果我们是带妞妞去游玩,该多快乐。可惜不是,一次次出门,都是朝医院跑。每隔一段时间,我们就带她到胡大夫那里做一次 B 超检查,不是查看病情有无好转(绝无可能好转),而是查看病情有多大发展。当然在发展,每次检查,肿瘤都比上次增大。其实不查也知道,何苦来的,干吗要清醒地测量死亡的距离。

妞妞在玩一张硬纸卡,纸角戳到了眼睑,她马上用小手捂住眼睛,没有哼一声。

"妞妞真坚强。"我说。

"小孩痛就是痛,不痛就是不痛,谈不上什么坚强。"雨儿反驳。

"人有天性,天性就是有不同……"我和她争了起来。

妞妞嫌烦,拼命挥动两只小手,哇哇叫着,表示抗议。

"让你一说,反正妞妞什么都好。"阿珍把妞妞抱走后,雨儿对我说,"不过,现在她听得懂我们的话了,我们说话得注意。你记得吗,有一回我们当她面讨论动不动手术,我说不动,动了也活不长,这以后她整整一天不理我。"

"我也注意到了,最近只要说起她的病,她就嚷嚷,不让我们说。"

"我们立个规矩:当她面不要再说她的病。"

"一言为定。"

"这几天她老从睡梦里哭醒,醒来还哭,喊自己的名字。"

"她好像有预感。"

"婴儿没有这么复杂吧?"

"那可没准,潜意识里有多少我们不知道的神秘。"

"妞妞是个小人精。"

"也许婴儿都是小人精,糊涂的是我们大人。我们满以为能糊弄孩子,其实只是糊弄了我们自己。"

"真是好玩死了。"她说,给我表演妞妞吃东西的样子,一边津津有味地鼓动腮帮,一边悠然自得地摇头晃脑。

"她爱享受,上午吃蛋羹,吃着吃着笑出声来,喷了我一身。这可像你。"

"她平时的神态倒像你,太像了,做什么事都那么专注。真是奇了,神态也会遗传。她看不见你,没法模仿。"

"瞎子都是这种神态。"

"你也是瞎子？"

"我这人做什么事都专心，目不旁视，跟瞎子差不多。"

"那倒是，爱起人来也这样，好像全世界就这一个人。"

"如果我是瞎子，我会爱得更专一。眼睛是一个坏向导。你看妞妞，摸那张折叠凳，弯着腰，顺着次序，把凳子的正面、棱角、边沿、反面和反面的每个构件摸了一遍又一遍，摸得那么仔细，一边摸，一边口中还念念有词，像在给摸到的每一样东西命名。我们能这样细心地对待一个人、一件东西？"

"今天给她穿上花衣服，扎上小辫子，看去真是女孩模样了。"

"也是女孩性情。那天阿珍喂她吃饭，阿珍坐着，她站着。每喂一口，她就把脸蛋伏在阿珍腿上一会儿，呜呜假哭，等阿珍抚摸她的小胳膊，然后抬起头来再吃一口。还有一回，她和阿珍都坐在大床上，她为什么事生阿珍的气，背朝着阿珍，目光下垂，一动不动。阿珍求她，她就是不理。"

"我拍她睡觉，她也总是伸出小手拍我，好像也在哄我睡觉。"

"她这么可爱，我们还是得想想办法。这回发病，我以为是肿瘤穿破了角膜，幸亏不是。真穿出就太可怕了。你没看见书上那张照片，肿瘤从眼里穿出十几厘米，像一根香肠挂着。我们不能让这样恶心的事情在妞妞身上发生。"

"有什么办法吗？"

"我想试一试,把'天仙'胶囊的量增加一倍,说不定会有意想不到的效果。"

"不行,我怕影响她的胃口。"

"你这是二重标准,一面认定她必死,一面又想要她健康。"

"你以为你的药能救她不死?你可真是浪漫啊。"

"那就试一试放疗吧,我问过胡大夫,她说放疗可以促使肿瘤缩小,阻止它向眼外生长。"

"给妞妞做放疗,她能好吗?"

"好就别指望了,最多延长几年生命吧。"

"那我们还做不做?"

"我就怕并发症。"

"你跟大夫商量一下,要做就早做。"

五

北京医院放疗科,来这里求治的都是挣扎在死亡线上的癌症病人。他们中有男有女,有老有少,每人身上都带着紫色油墨的印记,标示出需要接受放疗的区域。那些暴露在头颅、脸颊、颈项等部位的标记格外引人注目。一个穿粉红色长裙的少女,剃了光头,光头上画着一个大大的紫色方框。一个文质彬彬的中年男子,那个紫色方框画在鼻梁正中,宛如小丑的化装。

在旁人眼里，这个紫色标记不啻是死亡标记。可是，所有这些病人似乎都已经习惯了自己的命运，或者因相同的命运而缓解了个人的悲伤。所以，他们在走廊上或候诊室里三五成堆，互相交谈着各自的病情，平静得如同交谈天气和物价。

在这些就诊者里，年龄最小的是一岁两个月的妞妞。在她双眼两侧的太阳穴上，画着两个醒目的紫色方框。这么一个刚刚来到人世的鲜嫩的小生命竟也加入了这支死亡之旅，不由得引来了她的同志们的同情的目光。如果我自己带着这个标记在这里出现，就会显得自然多了。

一个多月里，每周五次，我们抱着妞妞到这里来接受放疗。当医生第一次把这个紫色标记印在她脸上时，我感到深深的屈辱。回到家里，我用心给她洗脸，想把这个标记洗去。然而徒劳，只要它稍稍变淡，第二天医生就会给她重新印上。这个标记始终鲜明夺目，无情地暴露了一切，如同革出教门一样把妞妞革出了健康人的世界，无论我们抱她走到哪里，人们一眼就能看出她是一个死症患者。

那位和善的放疗科主任一边用油墨在妞妞的脸上画记号，一边告诉我们，她曾在大街上见到一个病孩，肿瘤垂挂几乎及地，一个乞丐用他作乞讨的工具。她免费收留了他，经过烤电，肿瘤缩回了眼内。不过，由于治疗过晚，病孩还是死了。

我注意到她言谈中从不说"放疗"，只说"烤电"，还说

"烤烤电就舒服了",说时带着很亲切的意味,给人一种温暖无害的感觉,仿佛闻到了刚出炉的烤面包的香味。

给妞妞灌了一勺速效安眠药水,她已入睡。但是,为了把她摆成所需要的姿势,还是费了一些劲儿。一开始,主任让人搬来一只木盒,形似小棺材,是从前某个病孩的家长特意制作,用后弃留的。我们在木盒里铺上妞妞的被褥,一边铺,我一边想到那个病孩一定已经死去,这只为放疗制作的木盒的真正含义就是小棺材,妞妞也必将死去,而我们如同那个病孩的家长一样也必须经历眼前这个步骤,就像执行一种死亡的预备仪式。然而,当我们试图把已经入睡的妞妞安置在这个木盒里时,她突然挣扎反抗,继而大哭起来。我们只好放弃这只她所拒绝的木盒,直接把她放在放疗台上。妞妞太敏感,在睡梦中仍然不安动弹了一阵,但终于躺成所需要的正卧位了。

主任安排好以后,低喊了声:"快跑!"大家便跟随她跑步从现场撤离。

一次又一次,只有妞妞独自留在那间空旷的放疗室里。从荧光屏上可以看到她那暴露在 X 射线直接照射下的小身子是那样孤立无助,充满凄凉之意。我凝神屏息,目不转睛地盯着屏幕,始终悬着一颗心。她稍一动弹,这颗心仿佛就要从喉咙滚出。我怕辐射会照偏,怕她那没有遮拦的小身子会从放疗台上翻落。照射只持续了几分钟,可是我觉得那么漫长。照射一结束,我便飞奔回她身边,把她紧紧抱在怀里,如同经历了一回生离死别。

北京医院对面有一个公园，放疗期间，我们经常带妞妞在那里逗留，有时是放疗前等她入睡，有时是放疗后等车来接。

这天放疗完毕，我们又带妞妞在公园里玩。她大约感觉到了树香、鸟鸣和新鲜的空气，渐渐从治疗的萎靡中活泼起来。为了逗她高兴，我抱着她沿小山坡的石阶奔跑下来。她喜欢由此产生的快速的坠落感，那样快活，咯咯大笑，还不停地喊叫："跑，跑！"

我们正这样高兴地嬉玩着，我听见一个母亲对她的孩子解释道："那是个瞎子，你没看见她一只眼睛全是白的？"

我的心被突然刺了一下。我怀里的妞妞，脸上画着紫色标记，由于辐射的伤害，睫毛已渐渐脱落，两只眼睛明显缩小，模样儿整个变了。

我想起这些天她坐在床上玩玩具的模样，坐得端端正正的，眼窝塌陷，眼睛朝上翻，小手朝下一件件摸索玩具，的确完全是盲人的神态了。

六

黄昏，我们从下榻的卧佛寺饭店出来，沿山间小道散步，在一片水泊旁停住了。这是樱桃沟上游的一个小水库，堤坝一侧有一个小平台。一年前，我们带妞妞来玩，我和雨儿下水游泳，阿珍带着妞妞就坐在这个小平台上。

那是做完放疗后不久，妞妞瘦了，脸色发黄，但病情稳定，精神很好。这是她第一次也是唯一的一次出远门，在外面过夜。本来担心她不适应陌生的环境，结果吃睡都顺当，平安无事。她显然喜欢野外，很兴奋，在雨儿怀里话语不断，大用最高级，山谷林间回荡着她的甜亮的嗓音："舒服极了！""好吃极了！""好听极了！""好极了！"……

雨儿指一指小平台，说："真像梦一样。"

有两个人在平台边垂钓。我转过身，把目光投向堤坝的另一侧，那里沟壑幽暗，绿荫浓密。

做完放疗的日子，正值炎夏，天气异常闷热。夜里，妞妞睡在铺着凉席的大床上，枕着低温药枕，仍出汗不止。雨儿整夜坐在她身旁，替她擦汗摇扇。我不停地用冰箱制作冰块，一块接一块，盛在盆里，放在她的头侧给她降温。我的眼前出现二十多年前的一个夏天，一个少年沿着狭长的弄堂跑来，他只穿裤衩，光着的胳膊上汗水淋漓，脚下的木屐踢踏踢踏响了一路。到了弄堂口的小店铺，他急匆匆抓起公用电话的听筒，那边传来他的一位消息灵通的同学的声音，向他报告了他被北京大学哲学系录取的消息。我看见这个少年朝我跑来，他的年轻的日子如同一片片枯叶飘落在他的身后，此刻他就在我的面前汗流浃背地忙碌着。顷刻间，我忽然疑惑床上睡着的患了绝症的幼女同这个向我跑来的少年有什么关系，她如何会是他的女儿。我也不明白我是谁，我身在何处。这时我的耳边响起了雨儿忧心忡忡的话音："妞妞第一次发病就是在夏天,今年夏天这么热,不知道她能不能熬过。"

这些日子里,妞妞半夜总是从梦中大哭而醒,伤心地喊:"抱抱小妞妞!抱抱小妞妞!"娇嫩的声音在黑夜里令人倍觉凄凉。

她独自在房里,我在客厅,听见她突然懊丧地叫道:"好了,掉了!"我的心一下子收紧了。什么,什么掉了?

她一次次带着焦急的表情喊道:"A——NA——XI——DI!"这句神秘的隐语究竟是什么含义?

为什么她一听到"小世界"这句歌词就伤心大哭,哭得泪眼汪汪?我赶紧换磁带,但她依然自言自语说着"小世界",说着说着,又垂下眼帘,噘起小嘴,哀泣起来。在她的小脑瓜里,"小世界"究竟是一个怎样悲伤的世界?

她常听的磁带中有一支儿童歌曲,前奏中有敲击声。每听到这里,她就不满地抗议:"不敲门!"可是,敲门声依然不止……

第十一章

无可选择

　　一个错误的选择使我失去了妞妞,妞妞失去了生命。承受最悲惨后果的正是妞妞。我活着,妞妞却死了。我对妞妞的死负有不可推卸的责任。

一

妞妞死后，我心底时常翻起一股强烈的悔恨。我后悔没有及早给妞妞动手术，否则她至少现在还活着，也许能活很久。她开朗，聪明，体质好，虽然盲了，照样会活得快快乐乐的。

悔恨的前提是假定有选择的自由。一个人在可以做出正确选择的情况下，却做了错误的选择，并且身受其祸，便会感到悔恨。如果无可选择，即使祸害发生，感到的也不是悔恨，而只是悲伤。悲伤面对的是单纯的事实，悔恨却包含着复杂的推理，它在事情发生之后追溯其原因，审视过去的行为，设想别种可能性，而它的全部努力就在于证明已经发生的事情原是可以避免的。

再进一步，当一个选择的后果不仅关涉到自己，而且关涉到他人尤其是自己所爱的人的命运时，悔恨中必定还包含着内疚，并且被这内疚强化。内疚是因为意识到自己对于选择及其后果的伦理责任而感到的痛苦。如果只是自食其果，与他人无干，就只会悔恨，不会内疚。

我的情形正是这样：因内疚而更悔恨，因悔恨而更悲伤。一个错误的选择使我失去了妞妞，妞妞失去了生命。承受最悲惨后果的正是妞妞。我活着，妞妞却死了。我对妞妞的死负有不可推卸的责任。

我不断自问：为什么一开始我没有果断地下决心给妞妞动手术呢？我竭力回想她的病确诊那一瞬间我的真实想法。当时，眼科主任签署了医嘱："左眼摘除，右眼试行放疗和冷冻。"然后让我去向有关部门询问，一个月的婴儿能否承受住手术所必需的全身麻醉，以及能否承受住放疗。我立刻到手术室找麻醉师，答复是肯定的。可是，我到此止步了，没有接着向北京医院询问放疗事宜。医嘱的执行被无限期地拖延了下来。

为什么呢？唯一的解释是我并不当真想给妞妞做放疗和手术。事实正是这样！当我从麻醉师那里返回时，我并未受到鼓舞，毋宁说我本来暗暗希望答复是否定的，使我得以免去选择的烦恼。扪心自问，在确诊那一瞬间，我的潜意识中已经作了放弃的决定。

我说潜意识，倒不是为自己开脱。当时我并未意识到我作了这样的决定。直到后来，当我不顾一切地痴恋这个小生命时，我才反省到一开始我对她的爱还远未到不顾一切的地步。我是有所顾忌的。我不肯接受我有一个残疾女儿的事实。小生命毕竟出世不久，放弃她似乎并非不可思议。在我内心深处回响着的是一个我自己没有勇气说出口甚至没有勇气谛

221

听的声音：全或无！或者要一个十全十美的宁馨儿，或者一无所有！

全或无——一个多么简明的公式，又是一个多么幼稚的公式！在这个非此即彼的公式中，生命固有的缺陷、苦难、辛酸被一笔勾销了。一个自命对人生有相当觉悟的人怎会有这等幼稚的信仰呢？"全"只是理想，现实总是不"全"的，有缺陷的。凡不能接受这缺陷的，自己该归于"无"，为什么我仍在世上苟活？

所以，全或无表面上是一个多么骄傲的公式，其实是一个多么自私的公式。在这个貌似英雄气概的公式中，我始终是出发点和中心，而一个有缺陷的小生命的生存权利却被彻底剥夺了。它的直截了当的表达是：既然我得不到"全"，那么就让她"无"！更有甚者：让她"无"，以成"全"我！结果，我活着，妞妞却死了。

那时我确实不懂得，一个残疾的生命仍然可以有如许美丽，如许丰盈。只是后来，妞妞已经成了一个小盲人，却以她的失明使我睁开了眼睛，看到了我以往的浅薄和自负，也看到了一个纵然有缺陷但依然美好生动的残疾人世界。妞妞本来可以成为这个世界中出色的一员，是我把她挡在了这个世界的门外，挡在了一切世界的门外……

悔恨是一种事后的聪明。在悔恨者眼里，往事是一目了然的。他已经忘记了当初选择时错综复杂的困境和另一种可能的选择的恶果。此时此刻，已实现的这种选择的恶果使他成了那种未实现的选择的狂信者。他相信,如果允许他重新选择,他将不会有丝毫犹豫。

如果现在让我选择,我当然会毫不犹豫地给妞妞动手术。这是因为我亲身经历了不给她动手术的后果。但是,我没有也不可能亲身经历给她动手术的后果了。选择的困难在于,一个人永远不可能依靠自身的经验来对不同的选择作比较。无论当时,还是事后,比较都是在想象中进行的。一旦做出一个选择,即意味着排除了其余一切可能的选择,从而也排除了经验它们的可能性。在作出选择之后,选择的困境丝毫没有消除,迟早会转化为反省的困境再度折磨我们。关于这一点,克尔凯郭尔说过一句很准确的话:"在反省的海洋上,我们无法向任何人呼救,因为每一个救生圈都是辩证的。"所以,当一个人面临不可逃脱的厄运时,无论他怎么选择,悔恨已是他的宿命。所谓两害相权取其轻,这轻重怎么衡量?只要你取了,受了,那身受之害永远是最重的!

二

摘自《眼科肿瘤》一书:"视网膜母细胞瘤约有 10% 病例为遗传所致,属显性遗传疾病,主要见于早发性双侧患者,预后不良。即使摘除双眼,在 30 岁前仍有 50% 患其他癌症的概率。加上癌细胞未消灭干净导致的转移的可能,放疗造成的发生第二肿瘤的可能,这个概率还要增大。"

来自某医学权威的忠告："不要动手术，活下来后患无穷，后悔也来不及！"

一位眼科专家的答复："冷冻和放疗往往不能根治，试一试吧，不行就再做摘除手术。"

各方朋友熟人纷纷报告见闻：某甲、某乙、某丙有一个孩子，也是患这种病，动了手术，无一例外都是活到二十几岁死了。

当时的情况就是这样，我所面临的不是全或无、好或坏之间的选择，甚至也不是最坏或次坏之间的选择，而是要在两个最坏之间作选择：或者让妞妞早早夭折，或者让她在经受手术、失明、癌症复发之苦后仍在青少年时代夭折。既然都是最坏，选择还有什么意义？

所以，你不作选择，选择被拖延下来了。你给这种拖延找到了一个表达，叫做顺其自然。这当然是自欺，因为不作选择已经是一种选择，拖延意味着丧失手术机会，顺其自然就是听任疾病一点点发展并终于夺去妞妞的生命。

这就是说，我实质上已经作了选择：放弃手术，让妞妞在命定的时刻死去。其实这是唯一正确的选择。与其让妞妞在懂得留恋生命时死去，还不如让她在未谙世事时就离开人世。长痛不如短痛，好死胜过赖活。

可是，这是另一种自欺，因为你事实上仍在逃避选择。选择是意志的主动行为，而你的意志却始终是被动的。你甚至不曾真正拒绝选择，因为断然的拒绝也是意志的主动行为，因而不失为也是一种选择。选择的两难困境使你的意志极度紧张而疲惫，把你置于毫无作为的被动状态中了。

凡是在命运重大关头逃避选择的人，自欺是必有的心态。他既不能承认自己放弃了选择，因为他的命运处在千钧一发之际，他必须相信他正在作出重大决定。他又不能承认自己已经作了选择，因为他面临一失足成千古恨的危险，他必须相信事情尚有回旋的余地。他在不同的选择之间游移，甚至究竟是否作了选择也始终是模棱两可的，借此保持一种自由的幻想，如果这幻想破灭，则保留向决定论撤退的权利。

事实上，在逃避选择的同时，你一直在为自己制造一种正在作出选择的假象。

例如，一开始，你拒绝手术的理由是暗怀一种侥幸：难道万分之一误诊的可能也没有吗？你对自己说：既然上帝掷了一回骰子，把万分之一的厄运降于我，那么，现在让我也掷一回骰子，把万分之一的侥幸抓在手上。可惜的是，你抱着妞妞，跑了一家又一家医院，求了一位又一位专家，诊断无情的一致，你的希望迅即破灭了。

于是你又盼望奇迹。奇迹是苦难之子的梦幻，绝望者的希望。当科学无能为力时，人们只好相信奇迹。你对自己说：医学是落后的，生命是神秘的，所以奇迹是可能的。一个多月里，当你带着妞妞走遍大街小巷，到处寻访气功师和中医师时，你便仿佛觉得自己正在试探一种比手术更可取的方案，尽管成功的希望极小，但一旦成功，就会出现奇迹，妞妞不但能保住生命，而且能保住眼睛了。

随着妞妞病情恶化，你不再相信奇迹，可是你仍然带她寻访气功名师，并坚持给她服中药，这又是为了什么呢？原来，尽管希望已经破灭，自欺的需要依然存在。哪怕治疗是无效的，你仍然需要维持一个正在治疗的假象。你不能什么事不做，坐等妞妞死。做着什么事，就不是坐等了吗？在感觉上似乎不完全是了。回过头看，其实你一开始就在这样自欺着了，只是这种自欺被希望掩盖着罢了。希望仅是自欺的浪漫形态，自欺还有其不浪漫的形态——习惯。当一个人不怀任何希望地延续着一个明知毫无意义的习惯时，他便如同强迫症患者一样，仍是在以自欺的方式逃避现实。如果说希望的自欺是逃向未来，那么，习惯的自欺就是逃向过去，试图躲藏在一个曾经含有希望的行为之中。

三

给妞妞动手术始终是我的一个时隐时现的念头，在妞妞八个月时一度试图付诸实现。

某杂志报道：上海癌症俱乐部里有一个十九岁的女孩，小时候患视网膜母细胞瘤，现双目失明，但仍健康活泼。

来自上海的电话："我们去她家啦。她爸爸说，她三个月时就发现单眼病灶，立即摘除。十个月时，另一只眼又出现病灶，用放疗、中医等方法保守治疗，到三岁时近于失明，才又摘除。后来没有做任何治疗，至今安然无恙。小姑娘长得很漂亮，可活泼了，在家里走动自如，假眼可以乱真，看不出是盲人。她在读盲校，擅长朗诵，还在学英语，准备最近去美国上学。性格很开朗，她说，爸爸说她苦，有什么苦呀，她一点也不觉得……"

我大受鼓舞，得到消息后立即带妞妞去做 CT 扫描。在安眠药的作用下，妞妞睡着了，小小的身躯摆在铺着白布的长长的检查台上，没有一丝生气，像一具小尸体。检查持续了二十分钟，我一直守在她身边。检查结果表明，右眼肿瘤已经侵蚀到球壁外侧。这意味着如果动手术，右眼必须做眶内容剜出术，妞妞将严重破相，而结果仍是凶多吉少。胡大夫沉吟良久，又一次规劝我们放弃手术。

走出医院，雨儿泣不成声："我们总是后悔！早动手术就好了。这么可爱的小妞妞，今天上午我抱她，她贴我这么紧……"

可是，当我和她商量是否还动手术的问题时，她足够冷静："我倾向不动，动了她还会死。"

若干天后的一个晚上，我抱着妞妞在钢琴前坐下。我忽然想让她玩玩钢琴，看她有什么反应，便把着她的小手按琴键。她注意到琴声了，立刻自己用手敲打琴键。一开始，她敲打不力，琴未发声，我就配合她的动作按琴键，使她以为是她敲出声来的。她笑了，敲打得越来越有力，真敲出了声。她兴奋极了，一会儿敲打琴键，一会儿异常急切地抚摸键盘，直向上抚摸到打开的琴盖，不停地大笑，还常常抬起头来看灯，仿佛在寻找声音的来源。

我也极为兴奋，立刻把雨儿叫来。雨儿见状，脱口说道："明天就去联系住院！"

在此之前，尽管CT扫描显示肿瘤已向眼外侵润，我仍不肯死心，已经悄悄开好了住院证。所以，第二天很顺利就带妞妞住进了医院。

让我们在这里停留一下。妞妞乍接触钢琴就表现出了不寻常的兴趣，我们不妨假定这是音乐天赋的一个征兆。你在动不动手术的问题上犹豫了整整八个月，一发现这个征兆，就立即结束犹豫，岂不证明你事实上是把才能的价值置于生命的价值之上？如果一开始就有人担保她将是一个音乐天才，你是否会不失时机地挽救她的生命？

我当然懂得，才能仅是生命的一种可能性，唯有在生命的过程中才可得以展开。可是我还是这样做了，我说不清楚……而且我仍然在犹豫……

我仍然在犹豫。小小的病房里四张床，母女俩挤在一张小床上。妞妞睡着了，小身子可怜地蜷屈着。我心中暗下赌注：鉴于肿瘤已扩散，手术难度很大，成功与否取决于执刀医生的水平，那么只要请不到那位在眼外科领域负有盛名的眼科主任执刀，就仍然不动手术。

我马上找到眼科主任，向她提出请求。她十分冷淡，责备我下决心太晚,贻误了手术时机,又说她不管病房,不能答应我的请求。

我决定打退堂鼓。和雨儿一说,她也有此意。我们在病房里静候事态发展。一会儿,来了两个年轻的女医生。未待我们开口,她们便你一言我一语地劝开了。

"都到眼外期了,还动什么手术呀,动了也活不到五年。"

"动了手术也是不死不活,你们有的是罪受,那时候想不要也不成了。"

她们说,没见过我们这样的,到这地步还不死心。有的家长来就诊,把孩子扔在门诊处,自己一走了之。有的家长把病孩送到乡下,花钱雇人照看和送终。她们劝我们也采取类似办法,以免受精神折磨。

我喃喃说:"我们要自己承受。"

既然她们力主放弃手术,我们正好顺水推舟,当天下午就叫出租车回家。断了动手术的念,心里反而平静了,并无悲剧感,倒有喜剧感。妞妞精神也很好,一路上笑声不断。

可是你的平静多么短暂呵,因为你无法摆脱那深入骨髓的悔恨。手术越是不可能,你就越是后悔没有及早手术。

是的,怀着这深深的悔恨,我给眼科主任写了一封信,请她最后一次认真考虑手术的可能性。她很快就回了信,信中说,她与眼科病理专家商量,结论是:"现在即使右眼做眶内容剜出的大手术,亦难避免转移而丧生,并不能延长生命,因此不主张手术。"几乎与此同时,我曾托朋友请教天津一位眼眶内肿瘤权威，答复也来了："百分之百不能救活，无必要动手术。"

一失足成千古恨，你注定要遗恨终生。

接踵而来的一个消息在悔恨的天平上加了最后一个沉重的砝码。拖延了整整一年的遗传学检查结果终于揭晓了，在妞妞和我们身上均未发现基因异常。当初不敢下决心手术，不正是怕妞妞的病是遗传所致，因而后患无穷。不说了，不说了，一步步由不得我，一步步全是我自己走出。妞妞的生存权利被一系列偶然因素剥夺了，而使这些因素起作用的正是我自己。

妞妞死后，我在报纸上读到，上海那个十九岁的女孩已经顺利地赴美国留学。

公共汽车上，一个双目失明的青年男子站在车门口，微仰着脸，仿佛正在凝望远方。尽管他的眼窝深陷，但是鼻梁轮廓端正，嘴唇线条细腻，神态十分高雅。雨儿示意我看他，悄声赞道："真美！"

下车后，我说："妞妞要是能长他这么大，一定也很美。"

雨儿忽然坚决地说："不能让她长大！"她提起做放疗的那个穿粉红色长裙的姑娘，接着说："妞妞长大了会比这姑娘更惨，她是个瞎子，完全不能自理。现在她小，有我们的爱护，长大了不定怎么受欺负呢。"

在妞妞由生到死的整个过程中，雨儿所经历的苦难绝不比我少，但她的思路是一以贯之的，并不像我陷于反复的犹豫和悔恨之中。

那么，悔恨是否一种源于性格弱点的情感，而这种弱点在男人身上更为常见？

我确实发现，在面临人生灾难和重大抉择的时刻，女人往往比男人理智。她们同样悲痛难当，但她们能够不让感情蒙蔽理智。这也许是因为，男人的理智是逻辑，与感情异质，容易在感情的冲击下溃散；女人的理智是直觉，与感情同质，所以能够在感情的汹涌中保持完好无损。

也许可以说，男人站得高些，视野宽些，所以容易瞻前顾后，追悔往事，忧虑未来。但是，女人的状态是更健康的，她们更贴近生命的自然之道。当男人为亲人的去世痛心疾首时，女人嘹亮地抚尸恸哭，然后利索地替尸体洗浴更衣，送亲人踏上通往天国的路。

四

在孩子生下来之前，要是有人对我说："你将有一个双目失明的女儿。"我一定会喊道："不要，一万个不要！"

孩子生下来了，她有一双美丽的眼睛，这双眼睛注定要瞎。我多么爱她，但我心中仍有一个冷静的声音在劝导我："这孩子不能留。"

现在，孩子已经双目失明。可是，如果再有人对我说："这个盲女将跟随你一辈子，你要终身照看她，伺候她，为她牺牲你的一切享乐和事业。"我该如何喜出望外,毫不迟疑地回答:"愿意,一万个愿意!"

孩子出生前,我想要一个十全十美的宁馨儿,我的所求是抽象的,只是一串形容词。孩子刚出生时,我的态度还多少是客观的,实际上把她看作我可能有的孩子中的一个,一个普通名词。只是到了现在,她对于我才真正成了不可代替的专有名词,不管她怎样残疾,我要的就是这一个。爱她爱得刻骨铭心了,就无论如何要救活她,绝对不能坐视她走向死亡。爱把我们的生命融为了一体,我不是为她考虑,她就是我,她的求生本能在我的躯体里发出了不容置疑的呼喊。

总是在同一个地点停住。然而,场景已经改变,岔路渐渐重合,选择越来越没有意义了。

让她瞎,还是让她死?

事实上,无论摘不摘除眼球,她都必定失明。无论动不动手术,她都难保性命。

死是可以想象的,因为我们人人都难逃一死。可是,我不能想象我的女儿被剜去双眼,仍不免受尽病魔摧残,最后悲惨地死去。与其让这种特殊的厄运渐渐展示,还不如一下子接受人所共有的命运。

不,我已经适应她的残疾,却不能适应她的死,那万劫不复的永别。

可是,她必瞎,她必死。

既然上帝蓄意要夺去她的眼睛,就让上帝自己动手吧,无须医生代劳。既然医生不能挽救她的生命，就让医生休息吧，且待上帝动作。

再坚持一下，一切终将过去，连同我自己。

五

死亡如同一个卑鄙的阴谋，一步步向妞妞收紧罗网。人人知道这一点，唯独妞妞自己不知道。看她如此毫无戒心，我时常会产生一种罪恶感。也许，从发现疾病那一天起，我一直无所作为，坐视疾病一点点夺去她的生命，实际上是充当了这场阴谋的同谋犯？

是的，你是同谋犯。在这个世界上，任何人都无权替别人决定生死，哪怕那是自己的孩子。你面临的情况有些特殊，妞妞太小，她自己不能选择，这个决定只好由她的父母来做。可是，你真有这个代她选择的权利吗？

我知道我没有这个权利，但她自己又不能选择，决定究竟由谁来做呢？

尽一切可能挽救她，让她活下去，活到她自己能作选择的年龄。这是你义不容辞的义务。如果她长大了，有一天不堪目盲或疾病之苦，决定自杀，那是她的事情。这个决定应当留待她在经历了一番人生之后由她自己来做，你无权提前推断。

不，那岂不更加残忍？让她在豆蔻年华遭遇死亡，其痛苦远甚于幼年夭折!

但是,死在浑然不知之时,死就不是不幸了吗?或者说,与清醒的死相比,糊涂的死就是较小的不幸吗?我们人人都注定要在某一天死去,并且多半不是无疾而终,而是病死,在病后死前将经历一番肉体和精神的磨难。然而,有谁因此宁愿趁早在睡梦中被不知不觉地杀死呢?

再说,疾病的最后发作,婴儿和成人一样要遭受肉体上的痛苦。而且,我们没有理由不设想,精神上的痛苦,那濒死的恐惧,生命解体时突然坠入深渊的恐怖,婴儿同样会感受到,只是说不出来而已——成人也说不出来。

最后,即使晚死要经受更多的痛苦,也不能得出晚死更加不幸的结论。用大限的眼光看,活长活短当然是一回事。但是这眼光在衡量一个具体生命时未免大而无当。站在一个具体生命的立场上看,早死总是更大的不幸。就算妞妞动了手术也活不长,譬如说只能活二十年,你有什么权利不让她活满这二十年,而是只让她活一年半呢?难道活到青春岁月不比幼年夭折更是一种人生?

那个健壮的东北汉子躺在手术台上,这是他生平第一次上手术台。医生打开他的腹腔,把他的脾脏切下五分之四,移植到了他的儿子腹中。他的九岁的儿子从生下来就受着血友病的折磨,身体各个部位经常流血不止,九年来一直靠输进这位父亲的血活着。他不肯听从医生的劝告,放弃对患有不治之症的儿子的治疗。现在,儿子生命垂危,唯一的希望寄于这个活体亲属脾移植手术。这是一个双重的冒险，很可能他的儿子并不能因此获救，而他自己却死于手术引起的大出血。但是，他毅然躺到了手术台上。

结果怎么样呢？十天后，他的胃发生大出血，被切除三分之一。一个月后，他的儿子死去。

可是，他不后悔，因为他与死亡做了宁死不屈的斗争，而没有做死亡的同谋犯。

我是在妞妞死后读到这个故事的。

面对死亡同谋犯的指控，我无言可辩。

六

人生有种种选择。对于幸运儿来说，选择是面对诸多机会的主动进取。对于冒险家来说，选择是孤注一掷的赌博。对于苦难者来说，选择却是不可自拔的困境。

山谷里的路分成几股，每一股都通往一座宝山，区别只在于宝藏的多少。在这种情况下，我选路时也许颇费斟酌，也许不假思索，我的心情也许兴奋，也许放松，都谈不上选择的困境。

我站在悬崖上，对面是一座宝山，中间隔着无底深渊。悬崖离宝山只有一箭步之遥，如果纵身一跃，可能跳上宝山，也可能跌下深渊。在这种情况下，我也许冒险一试，也许转身走开，仍然谈不上选择的困境。如果背后有追兵断了我的退路，我不跳必死，跳有一半希望跃上对面的山头获救，则我多半会跳。这已是一种困境，但不甚严重，选择毕竟是容易的。

我仍然站在悬崖上，背后是追兵，面前是深渊，但并无可供我冒险一跳的另一座山。我要逃避追兵，就只有葬身深渊。我若拒绝跳崖，就只有死于追兵之手。这时我才真正陷入了两难之境。

由此可见，选择的困境包含两个要素：第一，选择不可逃避；第二，可供选择的方案均不能接受。也就是说，这是一种既不能逃避又无法进行的选择。欲作选择，进退维谷，欲不作选择，又骑虎难下。由于诸方案在同等程度上不可接受，使选择失去了实际意义。然而，不作选择则意味着诸方案之一仍将自动实现。在这样一种困境中，命运的概念便油然而生。由于选择的权利是虚假的，人们就拒绝承担选择的义务，听天由命，把选择的困境还原为一种命定的厄运了。苦难者不再摆出选择的夸张姿势，宁愿神情麻木地站在受难的高冈上，因为麻木就是他的本来面目。

大卫王获罪上苍，耶和华便命他在饥荒、瘟疫、战祸三种灾难中选择一种。仁慈的耶和华并不直接降灾于他，而是先把选择作为一种更严厉的惩罚强加于他。选择意味着责任，耶和华借此把本该由他自己承担的责任转嫁给无辜的人类了。聪明的大卫王拒绝承担这个责任，他说："我很为难。我宁肯落在耶和华手里，因为他有丰盛的怜悯，不愿落在人手里。"

他用谦卑的奉顺堵住了耶和华的嘴，巧妙地把选择之球抛回给了耶和华，即抛回给了冥冥中的命运之神。于是，有着丰盛的怜悯的耶和华便降瘟疫于以色列国，使七万人死于非命。当然，这七万冤魂是没有理由责备他们的国王的，因为这灾祸乃是天命，而非大卫王的选择。

事实上，大卫王还是作了某种选择，他不愿落在人手里，从而排除了战祸。《圣经》以此讽刺人类的残忍往往要超过无常的大自然。一个恰当的例子是在《苏菲的选择》中，法西斯匪徒抓住了一个母亲和她的两个孩子，决定当着她的面杀死两个孩子。在行刑前最后一刻，匪徒突然允许她留下其中一个孩子，命她作出选择。她当然无法选择。但这个选择是不允许拒绝的，如果拒绝，两个孩子都要被杀死。于是，选择转换成了这样的形式：是丧失一个孩子，还是丧失两个孩子？对于任何一个有清醒理智的人来说，在这两者之中作出选择都并不困难，保存一子总比两子皆死要好一点。可是，选择丧失一子的前提是必须决定丧失哪一个孩子，问题又回到了前面的那个两难选择。这位母亲出于本能死死抓住两个孩子的小手，一个也不肯放弃。枪响了，两个孩子应声倒毙。可以想象，这位母亲事后会悔恨不已，懊悔自己当时不够冷静，否则至少可以保住一个孩子了。时过境迁，她忘记了那个绝对无法选择的困境。

让妞妞瞎，还是让她死？一个父亲的本能的反应是：不，都不！他紧紧搂住他的女儿，既不肯交出她的眼睛，也不肯交出她的生命，结果是两者俱失。他的确极不明智，可是让我原谅为人父母者在这种情境中唯一可理解的态度吧。苦难者有权拒绝荒谬的选择。

第十二章

磕着了

妞妞不明白为什么世界总是磕着她,磕得越来越疼,疼得受不了。她不明白为什么有爸爸妈妈领她通过这个世界,还总是让她被磕着。

一

妞妞感到疼。嘴里，鼻子里，头颅里，到处都疼。右侧脸蛋疼成一片。尽管她的嫩小的生命已经饱受病痛折磨，还是不曾这样疼过。她想忘掉疼，竭力想些平时感兴趣的事，可是她发现她现在并不感兴趣，因为她疼。她不停地哭喊："找抽屉，不找抽屉，喝水，不喝水，珍珍抱，不要珍珍抱，听小晶晶，不听小晶晶……"她不知怎么是好，没有一样东西能使她不疼不难受。

"磕着了！"她一遍遍哭诉。很久以前，有一回，她磕在床架上，哭了。妈妈一边抚慰她，一边问："妞妞磕着了，是吗？"她记住了这个词。她不明白她的疼是肿瘤造成的，这肿瘤在她出生时就已经埋伏着，现在正凶猛地向整个头部和身体扩散。她太小了，不可能明白。她认定她又是被什么东西磕疼了。绝大多数成年人至死也不曾经历的癌症的剧痛，她在短促的生命中都遭受了，可是她只会说："磕着了！"

也许她的理解并不错。打一生下来，她就是一头受了致命伤的小鹿，被抛在悬崖上，在嶙峋的岩石堆里磕磕碰碰。

此刻她正掉下悬崖,向深渊跌落,一路被崖壁的利石刮得血肉模糊。

我伸出手掌,一只小鸟飞来停在我的掌心上。她是一只被毒箭射中的小鸟。她扑闪着稚嫩的翅膀,渴望飞向蓝天,却一次次跌落在地上。毒性发作,最后的跌落。

生命从无中来,通过这个世界,又走向无。脆弱、敏感、稍纵即逝的生命,坚硬、冷漠、亘古永存的世界。生命和世界,多么不同的东西。当生命通过世界时,怎么能不被磕着呢?愈是纯粹的生命,就愈容易被磕着,愈遭到这个世界的拒斥。妞妞不明白为什么世界总是磕着她,磕得越来越疼,疼得受不了。她不明白为什么有爸爸妈妈领她通过这个世界,还总是让她被磕着。她太疼了,紧紧抓住爸爸的胳膊,忽然想起爸爸说过想办法,于是哭喊道:

"妞妞磕着了,好爸爸想办法,想想办法!"

我搂着她,无言流泪。面对她的无法解除的疼痛和无可逃避的毁灭,我羞于重复这谎言。

二

放疗之后,妞妞的病情只稳定了两个月。从九月中旬开始,她越来越频繁地哭诉:"磕着了,磕着了!"

这天夜里,她几乎通宵不眠,刚睡着就立刻哭醒,不停地喊:"磕着了!"雨儿觉得她有低烧,想给她量体温。她挣脱，喊道："不行！"然后仍诉说："磕着了。"皱着眉，闭着眼，神情极为痛苦。有时使劲揉鼻子。

第二天仍是这样，不肯喝奶和进食，哭叫着："磕着了，谁干的！他妈的！"时而安慰自己："磕着了，没事——没关系。""爸爸疼小妞妞——好妞妞——心肝妞妞。"

中午有一小会儿的平静，吃了几片桃。一边吃，一边自言自语，夹着"勇敢""真棒""高兴极了"等词语。可是，马上又喊"磕着了"，呻吟不止。

我一直抱着她，她轻声对我说："爸爸疼，妞妞哭。"

她好几次喊："怕！怕！"我说："妞妞不怕。"她哭得更凶了："怕！妞妞怕！"我不禁也放声哭了，她便大喊："勇敢！勇敢！"

此后，她的情况时好时坏。好的时候，仍是伶牙俐齿，笑声欢语。但是，隔四五天便要发作一次，哭喊"磕着了"。经过放疗，眼睛的情况一直稳定，因此我们无法判断她哪里疼。有时候她自诉："肚肚疼。"我们怀疑是肿瘤转移到内脏所致。带她去请眼科、儿科、肿瘤科专家检查，却又均没有发现转移的迹象。

我的可怜的妞妞，她精神萎靡，流着鼻涕，哭得那么伤心。我抱着她，她把小身子紧紧贴在我身上，听着我的温言细语，渐渐平静了，忽然有了呼应，自怜地说："娇。"我说："是呵，妞妞娇，妞妞是爸爸的命根子。"她听到"命根子"这个新词，笑了，连连喊"命根子"，高兴了一小会儿。

我们俩带着妞妞 CT 扫描的片子，登门拜访一位退休的老专家。尽管 CT 室在诊断书上明确写着"未见扩散迹象"，我们仍不放心，希望听取更加权威的意见。老专家非常仔细地看了这些片子，然后告诉我们："已经全部钙化，看不到活的肿瘤组织了。"

多么高兴呵，一出老专家的家门，雨儿笑，我也笑，妞妞能够活下去了！

可是，我心中仍有疑虑。这些日子来妞妞总哭喊"磕着了"，是怎么回事呢？

当天晚上，我在妞妞左侧脖子后摸到多个肿大的淋巴结，坚硬而不可推动。我知道，这是癌症转移的典型征兆。

两天后的那个不眠之夜，我从她始终张开号哭的口腔里发现了大块的隆肿，上有白色的覆盖物。翌日驱车去医院，她在车里极不安，自个儿哭喊："一二三四五，站起来！"硬要雨儿抱她站起来，走出这辆正在飞驶的汽车。我抱着她在医院的院子里踱步，等候宣判检查的结果，她仍然极不安，不停地扭动身子抽泣。

希望彻底破灭了，破灭得不留一丝一毫。医生诊断，癌症沿颞下向口腔内大面积转移。

善良的胡大夫远道而来，给妞妞做检查，诊断同样确凿无疑。

视网膜母细胞瘤的转移和致死可有三种方式：脑组织受累；肿瘤侵犯鼻咽腔引起吞咽困难和窒息；向远处转移到肝

肾和骨骼。其中，第二种在外观上最惨不忍睹，事实上也最受折磨。

妞妞的命真苦。

此刻她紧锁眉头，闭着眼，软绵绵地躺在雨儿怀里。屋里响着音乐，她在听，断断续续轻声说着短句。有时是报节目：蓝精灵——生日快乐——鸟叫了——草地上。有时由歌词产生联想：啦啦啦——啦啦好。大街上传来汽车喇叭声，她说："车响。"立刻想起了什么，说："阳台，舒服极了，暖和极了。"雨儿没有明白她的意思，她急了，抬高声调说："去阳台！"雨儿抱她到阳台上，她欣慰地说："太阳，舒服极了。"向窗户的方向使劲招手。

胡大夫走后，雨儿哭成了泪人儿。

"现在只能想，她活着也是受苦……"我试图开导她。

"我都明白。就是眼前——她还热的哪，抱在怀里，牢牢抓住你，怎么也不能想象就凉了。"

那边，阿珍守在妞妞身边，也在流泪。妞妞却坐在床上玩着玩具猫和狗，忽然叫了起来："咪呜，汪汪！"

三

在疼痛的间隙，妞妞仍有生动活泼的时候。阿珍抱她来找我，我听见她的声音由远及近："找爸爸，找爸爸……"

在我面前站定。阿珍哄她："爸爸不在家。"她脱口而出：

"珍珍瞎说八道！"

我一把接过来，问："是不是爸爸？"她骄傲地说："这是爸爸。"又摇摇手里的书，告诉我："妞妞的书。"然后要求："出去走走。"我抱她到走廊上，自言道："天凉下来了。"她马上搭话："下雨了，天晴了，天黑了，灯灯亮了。"

又想起了音乐。我抱她回屋，一进门，她立即说："妞妞的房间。"拿着磁带盒，自问自答："谁的音乐盒呀？妞妞的盒。"边听音乐，边预报节目，还随时插入对自身感觉的通报："放屁了，妞妞放的屁。"突然细声细气地喊起来："是呀，太高兴了！"原来是《小晶晶》曲首的诵词，她预先说了出来，语气惟妙惟肖。

我把音量开大了点，她出声地笑了，然后说："喜欢，喜欢开大点！"我叹她聪明，要去告诉雨儿。她马上说："告诉妈妈，喜欢开大点。"我问："听不听弹琴？"她答："听，给妞妞去弹琴。"

这时候的妞妞，右侧脸蛋已经明显膨大。由于鼻咽腔内充塞着肿瘤，呼吸艰难，总是张着小嘴。喂一口健儿粉，往往要喘一两口气，方能下咽。说话也艰难，话音吐出来，气接不上，又重新说，有时一句话要开好几次头才说出来，分几次才说完。尽管如此，只要疼得不太厉害，她仍然兴致勃勃地说呀说。然而，我看得分明，她不时用小手揉右侧的耳朵、鼻翼、腮帮。有一回，她正玩得高兴，突然举手使劲揉鼻梁右部，脸上表情陡变，哭了，喊道："痒，鼻鼻磕着了！"

磕着了！磕着了！这一声声喊叫如同节日晚宴上响起的丧钟，清楚地提示着欢宴即将结束，死神正在破门而入。

妞妞醒了，静静地躺在小床上，伸着小手把玩床栏。她自言自语："啊呀，小宝贝。"揉一揉脑袋，说："痒，磕着了。"雨儿凑近她，她闻到气息，说："妈妈抱。"雨儿抱起她，她说："听音乐。"一边听，一边念念有词："妞妞太不得了了……世上，世上有妈妈好。"话音刚落，响起《世上只有妈妈好》。"妈妈唱，"她要求，"跳跳舞，拍拍妞妞。"雨儿说："妞妞真好。"她说："喜欢。"窗外传来汽车喇叭声，她告诉妈妈："车叫了。"她还无端地笑了几回，笑出声来。雨儿说："笑得真好。"她冲着妈妈又哈哈一笑。

趁着暖和，阿珍张罗给她洗澡。自发病以来，好几天没有洗澡了。我担心她不肯洗，没想到她的状态好极了，坐在盆里玩积木、碗、毛巾，不停地说话。她知道是阿珍和妈妈在给她洗澡，便说："晚安，珍珍晚安，妈妈晚安。"我照相，闪光灯咔嚓一声，她说："照相机。"洗完澡，她漂亮极了，白净的脸，眼睛睁得大大的，很精神，又像是一个健康孩子了。可是，给她穿衣时，我摸到了左侧颈部的肿大的淋巴结和右侧脸颊的硬块。

下午，阿珍带她，她自个儿在床上玩。忽然，她弯下腰，脑袋顶着床，小身子弓在那里，一动不动。阿珍一个劲儿问："妞妞干吗呢？"她不理，继续弓身子，接着又趴下，脸蛋埋在被褥里，久久不动。阿珍以为她要睡觉，不再理会。突然，她大哭起来。我冲过去，抱起她，只见她的鼻孔外满是夹带着血丝的鼻涕。

"磕着了！"她哭着告诉我。

夜里，雨儿带她，我被她的哭声惊醒，从雨儿手中接过她。她流着鼻涕，大哭，喊："疼，疼，疼死了！"又喊："想办法！"还夹杂着一些我听不懂的话。她张大着嘴，我看见上颌的肿瘤长得更大了，呈乌青色，令人毛骨悚然。

妞妞在我怀里睡了一夜。她侧着身，一只小手始终攀在我的胸前。灯光下，我端详她的半边膨大的脸蛋，发现右鼻孔内侧已经明显增厚。难怪她呼吸越来越艰难，吃力地张开小嘴，屋里响着她的重重的呼吸声。

亲骨肉呵，我的亲骨肉。爸爸的至亲至爱的骨肉。我的骨肉正在被大块大块地销蚀。多么好的妞妞，疼得死去活来，却在爸爸怀里放心安睡了。好妞妞，病成这样还常是高高兴兴的。谁干的呀？妞妞干的呀！珍珍瞎说八道，妞妞也瞎说八道！给爸爸吃，不吃算了吧！阿珍说，妞妞实在太好，这病不该妞妞得。

这么好的妞妞，马上要走了。可爱的声音，转瞬就会沉寂，再也听不到了。最后的生命欢乐，连同那不可忍受的剧烈疼痛，都将同生命一起结束。人生真他妈的是一个梦，甚至连疼痛也是虚幻的。当生命消失之后，这曾经把人折磨得死去活来的疼痛又在哪里？既然如此，它有什么要紧，忍受它又有什么必要？磕着了，磕着了！妞妞磕着了，爸爸磕着了，妈妈磕着了，我们一家都他妈的磕着了！谁干的呀，他妈的谁干的？妞妞那么信赖地躺在我的怀里，我却不能救她，我是他妈的什么爸爸？这么好的妞妞非死不可，这是他妈的什么世界？打雷了，下雨了，天塌下来了！咪呜，汪汪，小羊儿乖乖，把门儿开开，妞妞要进来。开大点，妞妞喜欢开大点。找呀找呀找呀找，找爸爸，爸爸在这儿呢。喂，喂，妞妞给爸爸打电话，妞妞给爸爸写信。太不得了了！妞妞哭，爸爸疼，爸爸心疼妞妞。好爸爸想想办法，快点想！去外外，不去外外，妞妞不去外外！妞妞不去，就是不去嘛！爸爸抱抱小妞妞！抱紧点！好妞妞，不怕，爸爸抱着呢，谁也夺不走。夺不走，谁他妈的也夺不走！夺不走，死了，夺不走，死了，死了，妞妞死了，爸爸死了，一具大尸体搂着一具小尸体，白色的双桅船，飘起来了，飘起来了。爸爸和妞妞在一起，谁他妈的也夺不走，夺不走了……

四

我穿上那双著名的红舞鞋，抱着妞妞从早到晚跳个不停。妞妞喜欢。这是她最后的快乐时光。我能给她的只有这个了。

伴随着西洋进行曲的音乐，我踏着节奏明快有力的步伐。妞妞坐在我架起的胳膊上，静静地享受音乐和身体的律动。一会儿，她躺了下来，脸蛋枕着我的手臂。"躺在娃娃身上。"她要求。我把娃娃给她，她说："妞妞的娃娃。"摸着娃娃的腿，说："娃娃的尾巴。"她枕着娃娃，躺在我的臂弯里，四肢随意地荡悠着，一副逍遥自在的样子。

换放一盘西洋古典名曲。近来妞妞特别喜欢听乐曲，胜过听歌。她听得很专注，很投入。有一段华彩，她每听必笑，连连说："真好听。"雨儿说，一个飞跃。不过，无论听音乐听得多么入神，远处传来车笛声，她都不放过，必自言："车。"

跳累了，我抱她坐下弹琴，弹了一个《找朋友》。她又点《小机灵》，我不会，乱弹一气。她说："不听弹琴了。"我问："爸爸弹不好，是吗？"她说："弹不好，妞妞不弹钢琴，妞妞喜欢听音乐。"

好吧，再听音乐。突然喊："磕着了！"但不哭，喊一下就算。常咳嗽，诉说"打嗝了"，想必是咽喉部难受。我看见她口腔内肿瘤已经遮住了一半以上的喉孔。她在我怀里不住地喘气。渐渐瞌睡了，吃小手，把本来已很狭窄的通道堵住，呼吸更艰难了，带着重重的擦破音。好像已经睡着，正准备把她放到床上，她闭着眼不满地喊起来："赶快去换音乐！"果然，那盘音乐已到尾声……

一觉醒来，那边房里传来妞妞娇亮的嗓音："小狗叫汪汪……"我进屋，看见她正和妈妈玩。雨儿坐在地毯上，她站在雨儿面前，活泼极了。一会儿弯下腰，摸雨儿的脚和拖鞋，说："鞋，丫丫。"一会儿朝后跷起腿，跨到小椅子上，终于踩了上去。雨儿逗她："啊，干什么呀！"她也调皮地拖长调子"啊"了起来。

我凑近她,她抓住我的头发,说:"头发。"雨儿问:"谁的?"答:"妞妞的——妈妈的。"抓着我的眼镜了。雨儿又问:"谁的镜?"仍答:"妞妞的。"雨儿说:"再想一想。"她答:"知道爸爸戴镜。"然后双手搂住我,说:"不要镜盒,爸爸抱。"每回她抓去眼镜,我都用镜盒换,她不想换,所以先发制人说不要镜盒。

我抱起她,她故意把身体朝后仰。我说:"好家伙!"她模仿我的语气说:"坏家伙!"然后大笑。

放到床上,她并脚蹦跳起来。床板不响,我说:"怎么搞的?"她跟着喊:"怎么搞的!怎么搞的!"挪个地方,床板响了,她越跳越欢,欣赏床板的震响。阿珍进来了,问她:"妞妞,什么响?"答:"小肚皮响。"

"要玩的!"她下令。给她玩具小熊,小熊脖子上套着玩具手表,她边摸边说:"小熊戴手表。"眼中笑意盈然。灵巧地摇响手铃,自个儿说:"妞妞摇摇铃响。"抱着玩具兔,说:"爸爸疼小妞妞,妞妞疼小兔兔。"

妞妞终于睡着了。现在她越来越难以入睡,服了镇静药,也只能睡一小会儿,常常突然就哭醒,喊"磕着了"。

雨儿打亮手电,让我看她的口鼻腔。上颌肿瘤日日见长,快塞满口腔了。右鼻孔被肿瘤堵塞,只剩下了一个小孔。由于使劲用嘴呼吸,上嘴唇开裂,渗着鲜血。

小宝贝多能忍呵,别的孩子不定怎么哭闹了。今天晚

250

上，她和爸爸妈妈玩，还那么快乐，笑得那么甜。我哄她睡，她故意逗我，突然"啊"的一声，狡猾地一笑。随即疼痛就发作了，不停地喊"磕着了"。我说："没关系，跳跳舞就好了。"她跟着说："磕着了，跳跳舞。"我伴随音乐跳舞，她笑了，笑出声来，立即又转成哭声，喊"磕着了"。我赶紧夸她，说她乖、好、可爱，爸爸喜欢极了，她吃夸，渐渐安静下来，自己说："吃吃小手睡觉觉。"我抱她到走廊里踱步，直到她睡着。

我外出半天，去医院取药。妞妞在家里不停地喊："找爸爸，带妞妞找爸爸！"时而对自己说："找爸爸，爸爸没有，不在。"我回到家，她听见动静，又喊："带妞妞找爸爸！"我悄悄进屋，不作声，她从床那头爬过来，摸到我，一转身扑在我身上。

"爸爸疼妞妞，爸爸疼妞妞哭！"这是她脱口而出的第一句话。

我一把抱起她，她多高兴呵，双眼放光，笑盈盈的，在我怀里骄傲地挺直身体，四处张望。我连连说，宝贝，真是爸爸的小宝贝啊。她把脸转向我，盲眼盯着我的脸，一字字清晰地说："小心肝。"再加上一句："爸爸的心头肉。"然后放声而笑。

"心头肉"是昨天才听到的词。当时她刚睡醒，精神不振，一再哭诉"磕着了"，流了许多鼻涕。我抱她跳舞，她渐渐平静了，不时轻声说："跳跳。"看她这么乖，这么能忍，我情不自禁地说了一大串夸奖她的话。她躺在我怀里，"望"着我，静静听着。我说，妞妞真是爸爸的小乖乖，小娇娇，小宝贝，小心肝，心头肉，命根子。她抬高嗓音，唯独重复了一个词："心头肉。"这个词新鲜，引起了她的注意，而她果然记住了。

"撒娇娇，妞妞撒娇娇。"她告诉我。

我问雨儿："阿珍呢？"雨儿答："在看电视。"妞妞立刻说："妞妞也看电视。"我抱她到厅里，电视里正演歌舞，她说："唱歌，真好听。"跟着唱起来："跳啊跳啊。"话特多，不断出声地笑，真是高兴呵，因为找到了爸爸！

深夜，整座大楼都沉睡着。大楼的正中，十八层楼梯在黑暗中默默地盘旋而上。我怀抱妞妞，气喘吁吁，爬上一级级梯阶，然后快速奔下，再爬上⋯⋯

夜里雨儿带她，她哭醒了。她疼，疼极了。她的小手紧紧抓住妈妈的肩，哭得喘不过气来。口腔里的肿瘤已经有鸽蛋那么大，使她几乎不能合嘴。由于哭喊和挣扎，干裂的嘴唇流了许多血，一排整齐的小牙齿浸在鲜血中。

她听见了我的声音，哭着对自己说："爸爸在这里呢。"在我怀里，她渐渐止哭了。她实在是哭累了。我抱她到走廊里。

"下，下！"她在我怀里不停地喊。

她马上就要进入不醒的长眠，在长眠之前，还必须痛楚万分地走过这些不眠的长夜。当我抱她奔下楼梯的时候，也许有一种轻盈欲飞的感觉转移和缓解了她的痛感。下，下，不停地下，但愿这楼梯永无止境，可是它在底层突然停住了。我立即抱她重新往上爬……

一、二、三……十，妞妞！妞妞真棒！妞妞聪明！然而妞妞再也没有精力数数了，我也不数数，只是不停地爬上，奔下，在这深夜，在黑洞洞的十八层楼梯上，像一条长长的气管里的一块咳不出来的血痰。

"去外外。"她要求。

外面冷，我停在底层大门内，哄她："已经在外外了。"

她知道没有，重复说："去外外。"

我只好真的抱她到外面，但外面实在太冷，我立即回到楼里。

"回外外，回外外！"她生气地叫。她不怕冷，冷能镇痛。我听从。她靠在我肩上，头不抬地说："这是外外，外外好，外外真好。"

起风了。她抬了一下头，说："风，风大，真大呀。"我问："回家好吗？"她同意："回家家听音乐。"

她软绵绵地躺在我怀里，眨巴着眼睛，静听音乐。半响，轻声说："唱歌，妞妞爱唱歌。"又半响，轻声叹道："真好听。"连叹三次。

一面的录音快放完了，她说："音乐没了，知道没了。"有一种自豪感。雨儿翻面。她说："又响了。"我没有听懂，她可真着急，说了又说。雨儿听清了，向我复述一遍，她才满意。她是这样渴望交流，每回我们听不懂她的话，她都非常焦急，一再重复，直到我们听懂了，复述出来，或作出应答，她才松弛下来。

正听着音乐，她又被一阵剧痛袭击，哭喊起来："磕着了！头头磕着了！"我往返快走，百般哄她，也不能使她止哭。可是，疼成这样，她仍关注着音乐和外界的各种声响，不断有所反应。正哭着喊着，她会突然停一下，预报下一个节目，提示某一句歌词，或者告诉你："车响""门响"……

真的，大街上车笛声多了，走廊里传来了门的开关声，天亮了。我们和妞妞一起度过了又一个凄苦的不眠之夜。

五

"我们得想个办法。"我对雨儿说。

"我想过了，还是不给她做放疗吧。"

前些天，我们已经带妞妞去过北京医院，询问再次放疗和做化疗的可能性。医生认为，放疗只起局部控制的作用，化疗太痛苦，且存活期也不会长，力劝我们放弃。但我没有完全死心。也许有一天，我们回顾往事时会说，当初妞妞癌症扩散，我们都绝望了，没想到她放疗化疗全扛过来了，活到了今天……然而，连我自己也觉得这幻想太离奇，没好意思说出口。

"她还那么可爱。"我说。

"可爱是可爱，但你不能看不清总的形势。我知道你是想和她多待几天。你想想，有这几天没这几天，过后看都是一样的。"

"我是想减轻她眼前的痛苦。"

"这一关是躲不掉的，现在减轻了，以后还会重。我们迟早得面对这一关。"停顿一会儿，她轻声说："还是让她早升天堂吧。"

"你成了哲学家了，我只是诗人。"

"有时候你是哲学家，而我们是——市民，不是诗人。"语气极平静，可是我看见她眼中已经噙满了泪水。

我的妞，一个顶好顶好的女人。

沉默良久，我吃力地说："往后她会越来越痛苦。我们不能不做任何治疗，又拖着，让她带着最悲惨的记忆到那个世界去。"

雨儿哭出声来了："作决定是最难的，一切都不可挽回了……"

"我们一定要挺住，向前走。"

她点点头。

音乐没了，爸爸想办法。爸爸办，办好了。天黑了，下雨了，爸爸想办法。妞妞磕着了，爸爸想办法。好爸爸，赶紧想想办法。妞妞相信，既然爸爸说过"想办法"，他就一定会有办法的。她在剧烈的疼痛中记起这个词，抓住这个词，多次重复这个词。这个词给了她希望。

爸爸是在想办法。爸爸对妈妈说："我们得想个办法。"这办法已经有了，它在那里，人人心里都明白。这是唯一可以使妞妞摆脱疼痛的办法。这个办法将使她再也不会被磕着，同时再也不会有音乐了。妞妞哪里知道世上还有这种所谓办法，她的好爸爸竟会想出这样的办法。

六

妞妞站在床上，双手紧贴墙壁，屏息合目，一动不动。无论谁叫她，她都不理，抱她，她都不让。

一会儿，她自个儿躺下，仍然不让人碰她动她，像在使劲儿。

"妞妞，是不是要拉臭臭？"雨儿问。

她仍不吱声。雨儿要给她上开塞露，她哭拒。三天前，雨儿给她上了开塞露，很费劲地从她肛门里抠出一个带血的屎块。她不愿再受这个罪，于是自己使劲儿，终于靠自己的力量拉出了一块硬屎。

这些天来，由于口腔内病变，吞咽困难，她只吃牛奶、酸奶和豆沙，造成了大便干结和排便困难。其实，她还是有食欲的。有一回，我们吃饭，她听见碗筷声，闻到菜香，便说："吃扁豆，妞妞也要吃扁豆。"雨儿赶紧把扁豆剁碎，拌在糊里喂她，可她吃一口就不要了。她的有病的咽喉已经不能接受哪怕是剁碎的蔬菜。

但是，妞妞想吃，什么都想吃。"吃瓜子。"她要求。过去爷爷经常剥瓜子给她吃，她很爱吃，病中又想了起来。又干又硬的瓜子，她的咽喉怎么受得了？我只好把瓜子放进自己嘴里，咀嚼成糜，然后喂她。没想到她爱吃极了，不停地说："还吃，还吃。"我灵机一动，把蔬菜、笋片、瘦肉都咀嚼成糜喂她，她也都爱吃。我们一直很注意她的饮食卫生，但现在还有什么可忌讳的呢，她的生命已经短促得不可能从我这里感染任何疾病了。

"还吃，还吃，还吃……"我担负起了给妞妞喂食的工作，陶醉于她这一声声富有节奏的呼唤，这如歌的呼唤证明她依然热爱人间的一切享受。她在世上本该还有许多享受，但都来不及得到了。

我的方法很快见效。两天后的傍晚，她坐在我的腿上，我照例吐脯喂她，吃了好些蘑菇。"不要了。"她说，接着闭目用力，我也不由自主地屏息配合。她拉得很艰难，一定感到疼痛，不时哭喊："拉——不拉——拉——不拉！"终于成功了，拉出许多先硬后软的屎来。

妞妞醒了，在和雨儿说话："烫奶奶给妞妞吃。"我坐在书房里，竖起耳朵听她的娇嫩的话音。这种时候，我的心总是疼得厉害，鲜明地感觉到这个招人疼爱不已的小生命正在离我远去，不久以后，那间屋子将不再传出可爱的童语。

有人开寓所的门。我听见妞妞说："开门。"接着是雨儿的歌声："小羊儿乖乖，把门儿开开。"接着又是妞妞的嗓音：

"快点儿开开,让妈妈进来。"

我已经悄悄站在她们的屋门口。妞妞正在玩一只小球和一只小圆盒。她把小球塞进圆盒,用手挡住圆盒开口的一面,摇晃起来,欣赏小球滚动的声音。球滚落了,雨儿"啊"了一声,妞妞马上说:"珍珍干的呀!"雨儿问:"是不是妞妞干的?"她答:"不是。"想了想,补充说:"妈妈干的呀!"

阿珍进屋,抱起她。她说:"找爸爸去。"然后又加上一句:"看爸爸干吗呢。"我笑了,开口应道:"爸爸在看妞妞干吗呢。"我抱她去琴房,在走廊上绊了一下。她骂道:"他妈——的!"告诉我:"骂人了。"我问:"谁骂人?"答:"妞妞骂人。"问:"怎么办?"答:"打小屁屁。"我在她屁股上拍了三下,她不满足,说:"还打。"

在钢琴前坐下,弹了两支老曲子。她又点《小机灵》,立刻想起来了,说:"爸爸不会弹。"我问:"爸爸笨不笨?"答:"笨,笨极了。"

她坐在我怀里,右眼奇大,说明眼内肿瘤已经死灰复燃。病灶正在势如破竹地朝各个方向扩展,头颅后侧、右眼上方都出现了硬性隆起。鼻咽腔病变使她流涕不断,因为疼,她不让擦脸,鼻下结了厚厚的涕痂。她必定很难受,但依然乖乖地坐在我怀里,打起精神和我玩。这么好的妞妞,都怪我不早下决心治疗,使她落到今天的地步。

"是的,爸爸笨极了。"我含泪说。

半夜,妞妞不断哭醒,在阿珍怀里哀哀切切地说:"找爸爸。"她的哭声真是牵动我的心呵，无论睡着醒着，我总听见。她在我怀里渐渐入睡了，还说了句梦话："爸爸疼妞妞哭。"一会儿，又突然懊丧地说了句："音乐没了！"我忙打开音响，她立刻又睡着。就是放不下，只要我有放的意图，她就使劲抓住我。

又醒了，说："吃豆沙。"我想让她继续睡，不理睬，她就执着地重复说，语气平静，态度坚决，说了十多遍。只好喂她。她真饿了，边吃边不停地说："还吃，还吃。"吃了不少。呛了一下，我说："呛了吧？"过一会儿，她自己说："又呛了。"说完故意咳一下，用动作复习一个新词。

吃完豆沙，她说："听音乐，轻轻地走走。"近来她常说"轻轻地"这个词。她的意思是免去我跳舞，只要我抱她走走即可，话语中包含着一份体贴。

阿珍想让我休息，要抱她。她牢牢抓着我，喊："珍珍不抱妞妞，爸爸抱。"阿珍哄她，说带她去看大花猫。她睁开眼，想了想，咪呜咪呜地叫了起来。阿珍趁势抱了过去，带她去走廊，她一路还咪呜咪呜叫着。

还是不行，她在阿珍怀里哭个不休。我再次起床抱她。她喊痒，不住地抓摸右耳、右腮和脑袋。全身奇痒是晚期癌症的症状之一。可怜的妞妞，我几乎不敢朝她口腔里看，那灰黄色凹凸不平的癌块越来越大，败坏了齿根，原来雪白的牙齿正在变质发黑。她的声带可能也已受累，说话声和哭声有些嘶哑，音量明显减弱。可是，尽管如此，到了我怀里，她还是渐渐止哭，平静下来了。

她告诉我:"妞妞难受了。"我含泪说:"爸爸知道。"她跟着说:"爸爸知道。"明显有放心的意思,仿佛爸爸知道了,她的难受就有希望解除。我抱她在走廊里走,她好像睡着了,突然又说话:"喂,喂。"我不理,她喂个没完了,我只好搭腔:"是谁?"答:"是妞妞,给爸爸打电话。"问:"做什么?"答:"回家家听音乐。"好吧,干脆来一盘兴奋的。我放她近来爱听的那盘探戈曲,她说:"好听,真好听。"边听边说出她的理解,不时告诉我:青蛙叫,猫叫,炮响了,打雷了,下雨了,狗叫,鸟叫,铃铛,鼓掌……我惊讶她形容之贴切,我自己是想不出来的。

第十三章

艰难的诀别

人间一切离别中,没有比与幼仔的诀别更凄苦的了。无论走的是自己还是孩子,真正被弃的总是这幼小的生命,而绝望的怜子之情也使做父母的强烈感觉到了自己面对上苍的被弃。

一

持续的剧痛，妞妞大哭，嗓子哭哑了，哭不出声了。爸爸抱她下楼，在院子里走。她伏在爸爸肩上，紧闭双目，皱着眉头。爸爸疼，妞妞哭。要爸爸不疼，妞妞不哭。可是，就是疼呵。她轻声说："回家家听音乐。"也许听听音乐就好了。爸爸快步朝宿舍楼走去。刚上台阶，又是一阵剧痛。

"不回家家，回家家，不回……"她哭喊起来。

爸爸硬着头皮冲上楼，然后不停地进屋出屋，快速走动，想借此转移她的注意力。

毫无用处。妞妞大哭不止，夹杂着一声声喊叫："干吗！宝贝！磕着了！干吗！"

妈妈给她灌下一勺溶开的止痛安眠药，她呛了。不，不是呛，咽喉的病变已使她失去了吞咽的能力。她恶心，哮喘，撕心裂肺地嘶叫着。妈妈哭了，爸爸也哭了，母女三人哭成一片。

屋里响着那盘探戈曲。妞妞大哭着喊："真好听！"又大哭着模仿乐曲中类似猫叫的声音："咪呜，咪呜……"那模样可爱极，可怜极。她听见爸爸也在哭喊："妞妞啊，爸爸心疼死了！"

由于安眠药的作用，她终于睡着了一会儿，醒来告诉爸爸妈妈："妞妞磕着了。"然后让妈妈弹琴，用暗哑的嗓音点节目，偶尔还唱一句。突然咳嗽了，不停地咳，每咳必至于恶心和哮喘，发出嘶鸣声，气管和喉咙里呼噜不止。可是，她不哭，也许是没有力气哭，也许她觉得不值得再为这点小难受哭。在剧咳的间歇，她自个儿轻描淡写地说了一句："咳嗽了。"

磕着了，咳嗽了，如此而已。她尽量忍。从出生三个月开始，她就学习忍受身体的病痛。她相信像以前一样，忍一忍就会好的。她不知道世界上还有死这回事。

可是，我们知道。我们不但知道妞妞已经死到临头，而且，时至今日，还希望她适时而死，不要在死前遭受太多的痛苦。

对于身患绝症而又不堪忍受长时间临终折磨的人来说，安乐死是一个明智的选择。我甚至要说，它是一颗定心丸。不管最后是否实施（这要根据具体情况来决定），有了这个后备方案，病人及其亲属便会感到一种放心。事实上，自从妞妞癌症扩散以来，这个方案便已不言而喻地存在着，我们在沉默中对此心照不宣。

然而，作为后备方案容易，真正付诸实施却何其困难。由于缺乏有关的立法，医生们都视此为畏途。尽管他们一致断定妞妞的生命不可挽救，任何治疗手段均已无济于事，但是，一谈及安乐死，无人愿担当干系。当然，这完全可以理解。这也无大碍，我们可以自己承担。自己承担就不牵涉所谓复杂的法律问题了吗？报纸上曾披露这样的事例：一个肝癌晚期病人实在忍受不了病痛的折磨，恳求他的妻子为他施行安乐死，妻子照办了，结果这个为丧夫悲痛欲绝的可怜女人竟被判了刑。据说法律以此维护了生命的权利。可是，当生命的延续已经成为纯粹的痛苦之时，结束这种痛苦岂非也是生命的权利？我在这个案例中看到的，与其说是法律对生命的权利的维护，不如说是法律对生命的权利的嘲弄和剥夺。我们面临的是一个最直接的事实：妞妞正在遭受无法忍受的痛苦，而且由于不存在一丝复元的希望，遭受此痛苦已经毫无意义。面对这个事实，做父母的因为怕承担责任而袖手旁观，不是太自私了吗？

　　至少对于我们来说，真正的困难并非来自法律，而是来自情感。癌症正在肆意破坏她的各个感官，但尚未彻底毁掉她对这个世界的感觉。看到她痛苦不堪，我希望她早走。可是，只要她不死，痛苦总会有暂时缓和的时候，尽管历时越来越短。在那样的时候，她又有了听、说、交流、活动的愿望，即又有了生的愿望和乐趣，于是我又希望她活下去，哪怕多活一天也好。诚然，早走晚走对她来说区别不大了，尤其是对那个不久以后不再存在的她。对我们来说区别也不大了，尤其是对不久以后必定要失去她的我们。然而，人生岂非只是早走晚走的区别吗？延长她的生命，缩短她的痛苦，这两个动机水火不容。要确定一个让她走的准确时间是多么难呵。而最难的是，做父母的对自己的亲骨肉如何下得了手！你不能救人活命的医学，难道不能教我一种使人真正安然死去的方法，当我的女儿醒来痛苦太甚而快乐太少时，让她多睡少醒，而当她醒来只有痛苦没有快乐时，就让她不再醒来？如今我只剩下了一个卑微的愿望，唯求我的女儿能以最平和的方式逐渐进入不醒的长眠……

妞妞把脸蛋埋在床褥上，俯身躺着，一动不动。刚才她又有一阵剧烈的发作，拼命咳嗽，喘不过气来，嘶哑喊叫，想把咽喉里的痛涩喊出来，清除掉，可总也清除不掉。妈妈默默流着泪，她在妈妈怀里哀哀地哭，哭声微弱。她已经没有力气哭了。最后，她从妈妈怀里挣脱，自个儿趴下。她觉得这样好受些。她一动不动，俯躺了很久。

屋里响着音乐，她在听。听到一段吹奏乐，她笑了一笑，自语："虫叫。"她继续俯身躺着，但把脸蛋转向了录音机的方向，更专心地听。她开始按照她的理解低声解说音乐："青蛙，呱呱呱——猫咪叫，咪呜，咪呜——拉臭臭，给猫吃……"她真的想拉屎了，翻过身来，仰躺着。妈妈在旁边嗯嗯地助威，她使劲儿，慢慢地拉出了十来颗屎粒。出了一身汗，她自己说："湿透了，出汗了。"

现在她感到舒服些了，有了玩的愿望。她逐个点玩具的名，让妈妈给她拿，都玩了一遍。抓到一张纸条，把它撕碎，说："撕啦。"伸出小手拉下袜子，说："袜。"忽然喊痒："丫丫痒,手痒,猫咪痒,小狗痒,妈妈给挠挠。"

终于又难受起来了,喑哑地哭,喊着:"要玩的——小圆板!"那是从一件玩具上掉落下来的一个绿色的塑料小圆片,成了她的宝贝,几乎等于贾宝玉的通灵宝玉。每当她难受时,她就会想起它。睡觉时,她也要它,握在手里,就容易安心入睡。现在她要得很急,一声声嘶喊:"你们快点!快找!"还有一块形状质地完全相同的黄色小圆片,她不要。她能摸出区别来,只有那块绿的是宝贝,而这块黄的只是一件普通玩具罢了。妈妈和阿珍一阵好找,终于在妈妈的衣袋里找到了。

妞妞手握小圆板,渐渐平静。她闭目躺着,不时举手把小圆板从床栏上方扔下,掉落在妈妈手中的玩具上,发出撞击声。她重复着这个动作,静听那响声。

爸爸在一旁久久望着这个场面,想起了很早以前在一本书上读到的一句话:"看病孩在临终前仍然依依地玩着手中的玩具,这是何等凄楚。"

二

"你看她口腔里的肿瘤长得飞快,吞咽越来越困难,再往后,安眠药也喂不成了。"

"我们是得果断些了。"

"我怕她一下子过不去,受更大的苦。"

"我真不敢想。这太荒谬……"

"谁都说想开些,其实,我们所经受的,只有我们自己知道,旁人绝不可能体会到。"

"从现在起,让我们做木头石头,把感情挤干净,一滴也不要剩。"

"这事有我们两人撑着,就好多了。以后你去了,我一个人再遇到事情怎么办呀。"

"再生一个孩子。有孩子,你会好得多。"

"我们一起经历了这一场,真是刻骨铭心,别的都是浮光掠影罢了。"

"就是太苦了你了,你还是剖腹产的呢。"

"哟,我都忘了。不过,主要还是你俩,你和妞妞。她那么小,你又那么敏感。"

"我学了一辈子哲学,就这一点好处,使我这个敏感的人也能达观起来。"

"你是敏感吧?同一件事,我受一分,你就受二分。"

"妞妞受十分。不说了,我们一定要迈过这个坎……"

三

深夜,万家灯火已灭,这间屋子照例亮着灯。妞妞沉睡着,她的蜷曲的小身子在灯光下萎缩了,显得可怜巴巴。墙上挂满她的活泼可爱的相片,但她不再是相片中的那个妞妞了。她的鲜活的生命源泉已被疾病彻底玷污，使她生机萎靡，肤色灰暗，毒瘤从头脸各个部位接二连三地窜出。最可怕的仍是口腔内，肿瘤已把下排牙齿顶得移了位，肿瘤表面溃疡，散发着一股恶臭。

妞妞呵，我的香喷喷的小宝贝，她身上的乳香味使我如此迷醉。

看着眼前这个面目全非的妞妞，我知道，是到让她走的时候了。听任她继续遭受这样丑恶的摧残，简直是她的奇耻大辱。

当我这样想着的时候，我忽然意识到，生命是多么无情，它本能地排斥死亡着的躯体，哪怕这躯体是自己的亲骨肉。无论你怎样爱恋你的亲人，为她即将死去悲痛万分，可是一旦她事实上处于垂死状态，而你又不准备立刻与她同死，你的生命本能就会促使你撒手让她离去，在生者和死者之间拉开距离。我无意指责这种十分自然的态度，就像有朝一日当我弥留之际，我也不该指责爱我的人们采取相同的态度一样。

可是，正因为如此，我的妞妞呵，此时此刻她是多么孤立无助。医学——这个世界关于生死问题的权威——已经判定她死，没有人出来反对这个判决。所有的人，包括她的父母，都只等待着一件事，便是她的死。她是一个被这个世界遗弃的小小的生命。甚至我也站在这个世界一边，加入了遗弃她的统一行动。如果说我尚可宽谅自己，唯一的理由是我迟早也要被这个世界遗弃，因此我已经预先接受了惩罚和救赎。我活着是暂时的，我失去我的孩子也是暂时的，岁月之流终将荡尽我的微不足道的存在和悲剧。

四

"还吃,还吃……"妞妞躺在小床上,闭着眼,不停地说。爸爸把咀嚼过的豆沙裹上溶开的安定,一口口塞进她的嘴里。尽管吞咽困难,她仍然吃得津津有味。她的确饿了。有时爸爸的动作有些迟疑,她便会着急地抬高声音喊"还吃"。

"给了。"爸爸流着泪说。

"给了。"她也说,表示理解和放心。

她吃了好些豆沙。多日来,她的胃口从未这么好。吃完后,她的精神也是多日来从未有过的好,在床上兴致勃勃地玩了三个半小时。

"打牌。"她要求。爸爸递给她一块麻将牌。"和爸爸打牌,和妈妈打牌。"她说。

音乐在响。她要求:"妈妈唱,爸爸唱。"自报曲名,说:"妞妞唱。"笑着重复一句歌词:"都爱我。"妈妈听了,悲哀地望爸爸一眼。

挣扎着站起来,在床上跳,跳了几下,倒下了,说:"爸爸疼。"

"要报纸。"挥舞报纸,欣赏那响声。然后撕揉,撕成好几块。

"玩抽屉。"抱她到抽屉旁,小手真有劲,把抽屉开开关关,玩了好一会儿。

"鞠躬。"妈妈把她扶起,她边鞠边自己报数:"一鞠躬,二鞠躬……"

"要玩具。"把玩具篮给她,她伸手取玩具,一件件取,玩玩扔到一边,最后挥舞空篮子。

"要兔兔——兔兔掉了——找着了,找着兔兔了。"

"拿音盒。"她握在手里,用指甲抠盒面,听摩擦声,双手不停地摸索各个棱面,然后举起来挥动。

"要球。"一手握一个,边敲击边说:"两个球球。"把小球放进小圆盒,摇呵摇。

"拿小圆板。"这时她有倦意了,握着心爱的小圆板,在爸爸怀里渐渐入睡。爸爸噙着泪,抱她走了很久很久,回想她临睡前把所有玩具都玩了一遍,宛如最后的告别……

可是,三小时后,她半醒了,睡意蒙眬地说:"拿玩的,听音乐。"六小时后,完全醒了,又有了玩兴和食欲,但身体的不适感觉也渐渐恢复了,开始喊痒喊疼。

一万三千五百片安定,可以放倒二十七头大象,二百七十个成人。妞妞得到的却是许久未有的长达十小时的安适。

不可能,绝不可能!

他妈的有什么不可能!你们全都瞎了眼,看不见最明显的事实:妞妞就是不想走。

妞妞躺在床上,始终闭着眼,不让人抱,也不让人碰。她感到浑身乏力。有时候,她自个儿低声哀哀地哭泣一会儿,但并不呼唤爸爸妈妈,仿佛知道爸爸妈妈已经不能救她。

现在,每次喂食,都在食物里掺入一些安眠药,以求减弱病痛的发作。但是,这同时也损害了她的生机。事到如今,还能怎么样呢?

这天,刚喂完食,她仍然没有睁眼,但轻轻唤了声:"妈妈。"

"妈妈抱抱好吗?"妈妈问。

"不抱。"

妈妈真想抱呵,两三天没有抱了,老觉得怀里空空的。妈妈伸手试探,她挺小身子拒绝。

"痒。"她说。

妈妈伸手想给她挠,她用小手拨开。一会儿,她又哀哀地哭了起来。

"妞妞怎么不舒服,告诉爸爸。"爸爸凑近她耳边问。

"磕着了。"

"爸爸抱抱好吗?"

"不抱——啊?"她哭着说,声音微弱,口齿不清,却是用令人心碎的商量口吻。

终于似睡非睡地沉寂下去了,很快又醒,又哀哀地哭,不住地低呼:"爸爸,要爸爸,找爸爸……"伸出两只小手想抓摸爸爸。爸爸俯身,她摘下爸爸的眼镜,握一会儿,丢开。爸爸含泪逗她:"啊——"她欲呼应,但太难受,哭把她的应

271

答噎住了,于是又重新努力喊出:"啊——"爸爸再也忍不住了,一把抱起她。她在爸爸怀里艰难地哭喊:"不抱——啊?抱抱吧……"一阵剧咳,挣扎着躺回床上。

安静下来后,她又唤:"找爸爸。"爸爸应答。"找大象。"她说。声音含糊,爸爸听不清,她吃力地重复,被一阵剧咳打断,然后坚持说:"找大象。"爸爸听懂了,拿给她。"皮球。"爸爸给她塑料小球,她不要,仍重复:"皮球。"拿皮球敲爸爸,说:"爸爸疼。"说完挺几下小肚子。

开始有玩兴了,马上又被剧咳打断。咳得精疲力尽,刚止,忽然说:"音乐没了。"话音才落,音乐声果然停止。这盘摇篮曲是她初生时常听的,后来几乎不听,却依然记得。她乏力地哭泣着。

"爸爸抱抱,行吗?"

她侧身躺着,但爸爸听见她用极轻微的声音说:"行。"

爸爸抱她,换音乐。乐声一起,她止哭,说:"探戈。"

的确是那盘探戈曲。许多天前妈妈告诉过她一回,她记住了。在生命最后的日子里,她的头脑仍然非常清醒。

露露送来了一些杜冷丁,以备不时之需。人人都觉得,这不时之需已经迫在眉睫了。神秘的是,每到这种时候,妞妞的生命力就会出现暂时复原的迹象。

全家人正在吃饭,妞妞醒了,轻声自言自语:"猫咪呀,爸爸呀。"爸爸放下碗筷,走到她身边。

"吃。"她说。爸爸没听清,她又重复。

"吃菜行吗？"

"行，赶紧喂。"

爸爸用吐脯的方法喂她吃瘦肉、栗子、青菜、豆腐，她很爱吃，不停地说"还吃"，后来简化为"还"。吃得真不少，几乎恢复了发病前的食量。吃完，挣扎着站起来，想跳跃，摇摇晃晃地跳了几下，毕竟无力，躺下了。

"爸爸抱抱，行吗？"

"抱抱，快点。"

爸爸抱她，她听着音乐，不满意，下令："换音乐！"音乐里有敲击声，她解说："敲敲门，谁呀？"

由于皮肤触痛，好些天没有洗脸洗手了。趁着她精神好，阿珍给她洗，小脸蛋重现光洁。接着，阿珍又替她扎辫子，问："妞妞，我在干什么？"答："扎辫辫。"

要甜麦圈，那是一种比戒指小的婴儿食品，她不吃，握在手里玩，两只小手灵巧地互相传递，玩了一会儿，朝地上一扔。

"妞妞把甜麦圈掉地上啦？"妈妈逗她。

"妈妈掉的呀！"她也逗妈妈。

一会儿要求："看书书。"妈妈递给她一本书，她动手撕，这就是她的"看"。小手真有劲，撕下一页，又把这页三下两下撕成碎片，再把一张较大的碎片一撕为二，一手拿一片，说："两个。"用动作表明她懂一变为二的道理。

她不但爱说话了，而且嗓音也在恢复，又变得响亮。呼吸道症状似也有所减轻，不大流涕咳嗽了。

晚上情况更好。"听弹琴。"她要求，并且点了节目。听了一会儿，竟自告奋勇："妞妞弹琴。"坐在妈妈腿上，小手拍打琴键，兴致勃勃地玩了好久。

面对此情此景，爸爸悄悄把那几支杜冷丁藏了起来。

五

屋里静极了，只有我和妞妞。她侧身合眼躺在小床上，左手攀着床架上端的铁栏，铁栏是凉的。有时手松了，又立刻重新攀住。右手从铁栏空当伸出，搁在床侧。我坐在她身旁，轻轻抚摸她那只攀在床栏上的手。

她始终一动不动。静极了，在这静中有一种撼人心魄的东西。

仿佛过了很久很久，她慢慢收回两只手，一齐抓住我的一根手指。她把我的手拖往她的脸颊，停在一侧耳朵上。

"痒。"她轻声说。

我伸出食指按摩她的耳轮。她右手握住我的拇指，左手握住另三根手指，仍然闭目静静躺着。有时候，她轻轻喊一声"爸爸"，我也轻声应答，然后又是寂静。轻微地一呼一应，宛若耳语和游丝，在茫茫宇宙间无人听见，不留痕迹，却愈发使我感到了诀别的分量。人间一切离别中，没有比与幼仔的诀别更凄苦的了。无论走的是自己还是孩子，真正被弃的总是这幼小的生命，而绝望的怜子之情也使做父母的强烈感觉到了自己面对上苍的被弃。这也是最寂寞的诀别,生者和死者之间无法有语言的安慰、嘱托和纪念。

可是我又听见了妞妞的轻声呼唤:"爸爸。"

我俯下身,她伸手抓摸我的脸和嘴唇,把小手伸进我的嘴里。

"爸爸心疼。"她说,声音很小,但我一字字听得分明。我流着泪舔吻她的小手,那只沾满我的泪水和唾沫的温柔的小手。

六

妞妞睡着了,我守在床边瞌睡,朦胧中看见一个穿黑衣的高大男子,后面跟着穿白衣的雨儿。他们走到藏杜冷丁的柜子旁,开锁,取出药剂。那男子一支接一支划破小玻璃瓶,把药水吸进针管里。我忽然明白他们想干什么,惊恐欲喊,却喊不出声来。雨儿满面泪水,褪下了妞妞的裤子。一只大手哆嗦着把针头插进小屁股里,针管里的药水空了。

妞妞哭了一声,戛然而止。接着,她开始抽搐,挺身子,艰难地大口吸气,咽喉部发出尖锐的擦音。她接不上气了,嘴唇霎时发白又变乌,小手也呈灰白,很快变成了一具小尸体。

我终于喊出声来了:"不,不要!"

"不要什么?"雨儿的声音。

我睁开眼，她正站在我身边，披着淡紫色的睡衣。妞妞仍躺着，有点儿醒了，小手动弹了一下。

"不要安乐死。"我说。

"你怎么还不明白？安乐死是最好的，那样她就幸福了。"

"不，根本就没有安乐死。"

我想起刚才看到的妞妞临死前挣扎的惨状，不再相信死可能是安乐的，也拒绝让她变成那样一具小尸体。尽管疾病已经把她摧残得面目全非，但她的小身子仍是温热的，抱在怀里还能匀帖地偎依，她的血管里仍流着活的血，使她还有生命的颜色和光泽。一旦死去，这一切都没有了，她会变得冰凉、僵硬、灰白，而那就不再是她了。生与死没有任何共同之处。我看不得尸体，尤其看不得我的亲骨肉变成一具尸体。我也看不得我自己变成一具尸体，幸亏我是不会看见的。人生如梦，却又不如梦那样来去轻盈洁净，诞生和死亡都如此沉重，沾满着血污。为什么生命不能像一团气瞬息飘散，一束光刹那消逝，偏要经历从肉身中强扯出来的过程？只要这个过程无法避免，死就不可能是安乐的。

"我到时候肯定安乐死。你自己肯不肯，还是个问题。"远处传来雨儿含有批评意味的话音，我漠然地点了点头。

七

妞妞病情急剧恶化。口腔内右侧肿瘤奇大，左侧也隆起了肿瘤，那颗被肿瘤挤歪的牙齿不知何时已脱落不见，肿瘤在流血化脓。她躺在那里，张大嘴，锁着眉，紧闭的双眼糊满分泌物，鼻下结了厚厚的咖啡色涕痂。

最可怕的是疼痛，发作起来真是令人万般无奈，心碎欲狂。发作越来越频繁，使她无法入睡。事实上她已经没有真正的睡眠，只有萎靡的似睡非睡，那是疼痛发作后的疲惫和衰弱。每日大多数时间都醒着，而醒着便只是痛苦，不复有快乐。

但是妞妞仍然多能忍呵，她总是锁紧眉头忍着那必定是持续的疼痛，只在忍无可忍时才哭叫一下："疼死了！痒死了！""磕着了！打它！打！"

奇怪的是，她的嗓音突然变得格外洪亮，仿佛是她那可爱的声音在永久沉寂之前的一次回光返照。

病成这样，她仍不忘音乐。"听探戈。"她要求。音乐声起，她说："探戈来了。"爸爸赶紧不停地夸她聪明，每夸一句，她就嘿嘿一笑。其实她几乎失去了笑的能力，脸部肌肉已被肿瘤绷紧，但她仍然努力动一下嘴巴，表示她在笑，领会和接受了爸爸的夸奖。

有时候，她甚至还想像往常那样逗一逗爸爸妈妈。"小圆板。"她要求。递给她，她一松手，然后喊一声："啊——"语气不乏往常那种调皮的意味，但脸上却是皱眉闭目的痛苦表情，这种怪诞的结合愈发令人断肠。

由于肿瘤堵塞，进食越来越困难。连日来，只是用吸管往她嘴里滴一点儿汤水，借以维持生命。服药当然已不可能，而一般的止痛药也已止不住发作得越来越频繁剧烈的疼痛，也许是到动用那几支杜冷丁的时候了。

"我们还是找人帮忙吧。"

"这个忙谁也不好帮，还是自己解放自己吧。"

"我们都没有打针的经验，我怕打不好。"

"总有一个第一回。现在我练练，以后你生病时没准还用得上呢。"

"我不放心你，我心细，还是让我来吧。"

"光心细有什么用？还需要胆大和灵巧。你那么优柔寡断，那么笨拙。"

"这倒是。你可要小心一些。"

"到时候你最好回避。你不在旁边，事情就好办得多。"

"你也别太小看我了，我能经受住，说不定还可以做你的助手呢。"

这天深夜，在一次剧痛即将爆发之时，她给妞妞打了第一针。打完针，妞妞使劲朝她怀里钻。她把妞妞放到床上，给她穿衣，妞妞又站起来扑向她。她禁不住流泪了。

但止痛的效果是明显的，妞妞不一会儿就睡着了。早晨，全家人围在她身边，她逐渐醒来。

"谁？——小心肝。"这是她醒来后的第一句话。

不久，药效过去，她又开始疼痛，不停地哭喊："找妈妈，快去！赶紧去！"又喊："到哪儿去啦？去哪儿啦？在哪儿？"变换着句法表达同一个意思。她仿佛知道妈妈能给她止痛。妈妈赶来，又给她打了一针。

珍珍要下楼，她听见妈妈对珍珍说："顺便把晚报拿来。"就跟着喊："拿来，拿来！"妈妈问："拿来什么呀？"她答："报纸。"

药性发生作用，她睡着了，小手始终举着珍珍拿给她的那张晚报。这可怜的小生命，病得奄奄一息，还留恋着世上的一张纸片。

你们着什么急呀，背着我又弄来十盒杜冷丁，一共一百支，一次全注射进了妞妞的小身体里。你们瞒不了我，你们那鬼鬼祟祟的神色已经暴露了一切。你们怕我发现，把用毕的小玻璃瓶都扔进了那条小河里，我嗅到了从那个方向飘来的刺鼻的药味。可是你们再一次失败了，妞妞只死过去了五个小时。正当你们以为她这次必死无疑，准备料理后事时，她轻轻地说了声："爸爸。"又醒来了。我早就告诉过你们：妞妞不想走。

可是你们是铁了心了，一不做，二不休，立刻打电话，查医书，要寻找新的万无一失的药物。尽管你们把嗓音压得很低，我还是听见了，你们在说着什么苯巴比妥。没用，全都没用。既然我知道妞妞不想走，你们就别想再下手。

八

妞妞在睡梦中笑了又笑。她的嘴角微微颤动，笑得很艰难，时常酷似抽泣状，但的确在笑。她梦见了什么？

那个穿黑衣的高大男子举着针管进来了，身后依然跟着穿白衣的雨儿。他们小声商量了一会儿。雨儿接过针管，开始注射。妞妞没有完全醒，她撅着屁股，不停地哭喊："好了——噢？好了——噢？"像在商量，又像在求饶。

雨儿拔出针头，妞妞喊："找爸爸。"我迷迷糊糊地站起来，抱起她。她说："跳跳舞。"我的耳旁响起摇篮曲，不由自主地随乐曲荡漾起来。我发现我是在一间宽敞的白色房间里，屋里排着一只只精致的小摇篮，一律罩着白纱。原来这就是妞妞降生的那所医院的育婴室，真漂亮呵，我还从来没有进来过呢。我在摇篮之间的空地上舞蹈着，妞妞在我怀里，小手插在我的腋下，轻轻抠弄我的身体。我知道我不能停止舞蹈，否则妞妞就会死去，于是越来越狂热地跳着。可是妞妞抠弄我的动作越来越迟缓，终于停住了。我也停下来，低头看，发现怀里已经没有妞妞。一阵风吹开窗户，掀开墙角那只摇篮的白纱罩，妞妞的小尸体躺在里面，苍白透明如同一具小蜡人。

音乐仍在响着，但摇篮曲已经换成安魂曲。

墙角那只摇篮离我最远，中间还隔着许多只摇篮，它们的白纱罩遮得严严实实的，纹丝不动。我越过这些摇篮，朝妞妞的摇篮跑去。在我快要到达的时候，摇篮忽然升悠起来，向窗户的方向飘荡。我猛扑上去,一把抓住摇篮。这时我发现我仍在自己的家里,妞妞也仍在我的怀里,她已经睡着了,呼吸十分微弱。

走廊里的电话铃毫无必要地响了,我把妞妞放到床上,毫无必要地去接。返回时,却找不到屋门了,原来是屋门的地方已被厚厚的墙壁代替。我一头朝这面墙壁撞去,墙塌了,我撞在雨儿身上。她使劲挡住我,大声哭喊:"你出去!你出去!"我把她推开,冲到床边。妞妞仰躺着,已经停止呼吸。

雨儿趴在妞妞身上恸哭:"我干吗要生她呀,干吗要生她呀……"

我从她身下夺出妞妞,抱着这小尸体冲向阳台,纵身跳入窗外的暗夜中。

一片寂静,没有安魂曲。

九

我把那些杜冷丁锁进柜子里,自己把着钥匙。只在妞妞剧痛发作时,我才开锁拿出一支,让雨儿注射。

"好吧,我听你的。"雨儿泪光闪闪。

一次注射时,她不小心把妞妞的屁股扎出了血,伤心地哭了。她竟然觉得这个小过失比妞妞正在死去的事实更为严重。

又一次醒来时,我发现妞妞说话已经极为艰难,她的头脑仍然清醒，但已经力不从心。

"要WA……要WAWA。"她低声说。我知道她想说要爸爸妈妈，但这两个音都发不出来了。

我抱她到琴房，她说："弹——"就是发不出"琴"这个音。我弹一个曲子，问她是什么，她动一动嘴唇，算是回答。我赶紧说："妞妞真聪明，是《找朋友》。"抱她到各个房间，问她是哪里，她也都动一动嘴唇，说不出话来。

一次次发作，一次次注射，药力递减，对机体的破坏却在积累。与此同时，肿瘤仍在发展，终于堵塞住食道，无法再进任何饮食。妞妞逐渐进入了衰竭状态。

每回她深睡过去之后，我总是寸步不离地守在她身边，数着她的脉搏和呼吸。"妞妞，去吧，去吧……"我对她轻轻耳语，希望她听见我的叮咛，安心离去。可是，看到她终于慢慢醒来，我又如释重负，大舒一口气。

现在，人人都在等待那个注定的结局，心中交织着冷静、焦虑、期待和恐惧。唯独妞妞没有等待，她只是昏睡和疼痛，忍受着疾病和药物的双重消耗。然而，那个结局却正是她的、唯独属于她而不属于任何别人的结局。

结局终于到来了。

妞妞已经两天没有醒来。她睡在小床上，身子缩得很小，面色苍白，呼吸微弱。我和雨儿昼夜守在小床边，不时摸摸她的小手。小手仍是温热的。她睡得很沉，似乎不再被疼痛搅扰，她那衰竭的身体已经无力感受疼痛了。

屋里静极了，只有街上不时传来的汽车声打破这寂静。窗户遮着帘子，光线幽暗。人人踮着脚走路，仿佛怕惊醒正在沉入永恒睡眠的小生命。其实她是不会被惊醒的了。毋宁说，人人都意识到了死神已经来临，此刻它是这间屋子的唯一主人，而一切活着的人反而成了理应销声匿迹的影子。

时近黄昏，妞妞忽然动了动嘴唇，我和雨儿同时听见她用极轻微的声音说："开开……"

没错，她想说"开开音乐"。我去打开音响，把音量调到最低限度，屋里回响起摇篮曲的旋律。

妞妞突然伸出手，紧紧抓住挨近她的雨儿的手腕，轻轻叹了一口气。接着，她的手松弛了，全身猛烈抽搐了一下，停止了呼吸。

汽车毫无必要地向医院飞驰。妞妞在我的怀里，她的小脑袋无力地垂到了一侧。

妞妞死于一九九一年十一月七日下午五时。

第十四章

应该有天堂·札记之四

　　有人说,你是天使,回到上帝身边了。有人说,你是玉女,回到观音身边了。我不相信上帝和观音,但是,为了你,是应该有一个天堂的呵。

1

疼痛突然消失，你的身子变得出奇地轻盈。你发现你坐在爸爸的手臂上，面朝无碍的空间。爸爸像往常一样抱着你跳舞，但比任何时候跳得出色。往常，爸爸也能挥动手臂，把你送到半空，停留片刻，你便快乐地咯咯大笑。现在，爸爸的手臂像一对翅膀，载着你盘旋飞翔，愈飞愈高。这是你从未有过的感觉，你不明白是怎么回事，只觉得非常舒服。

"妞妞，飞吧，飞吧……"你听见爸爸在你耳旁低语。

原来这就是飞。你知道小鸟会飞，那么，你是变成一只小鸟了。做小鸟多快活呀，一点儿也不疼了。你听见过小鸟唱歌，你就唱了起来，还让爸爸也唱。歌声真美，比你听过的任何音乐轻柔，像一朵朵白云，飘在你四周。

"妞妞，去吧，快到家了……"你又听见爸爸低语。

你睁开眼睛，看到一团明亮的光。很久以前你见过它，知道它叫"亮亮"，后来就找不到了。原来它在家里，家真好，你咧嘴笑了。

可是，就在这时，你眼前一黑，亮亮没了，爸爸也没了，你突然从爸爸的手臂上跌落,坠入无底的深渊。

你什么也不知道了。

我坐在黑暗中,怔怔地盯着窗外的夜,一支接一支地吸烟。我后悔没有把你抱紧,千古之恨化作永远的沉默,竖立在我和世界之间。

2

你穿一身天蓝色的毛衣裤,静躺在医院的白色床单上。浓密的黑发匀帖地披向一边,天庭光洁饱满,额际的小茸毛清晰可辨。一切痛苦都已从你的脸上消失,你合着眼,眉宇清秀,神态安详,仿佛沉入一次深酣的睡眠。唯在你的左眼角,隐约含着一颗小小的泪珠。

我最后一次抚摸你的小手,它仍是柔软的,但已经逐渐变凉而松弛,不再能用灵巧的抓握应答我的触摸。

妈妈流着泪叹息:"看她多美!"

我在心里默念:孩子,你多好!在给了我们这么多快乐,又独自忍受了这么多痛苦之后,你就这样静悄悄地离去了。有人说,你是天使,回到上帝身边了。有人说,你是玉女,回到观音身边了。我不相信上帝和观音,但是,为了你,是应该有一个天堂的呵。

3

你的小小的躯体,曾经承担了成年人也不敢想象的痛苦,现在竟又承担起老年人也不肯接受的死亡。

你痛时,我感到的只是焦虑,疼痛仍然落在你的身上。你死了,我感到的只是悲伤,死亡仍然落在你的身上。

为什么一切都落在你的身上,都要你的无辜的小身躯受着?

他们说,现在你解脱了。可是,为什么别的孩子正在阳光下快乐地嬉戏,你却必须解脱?

他们来慰问我,因为作为你的父母,世上没有人比我们更加哀痛你的死亡。可是,我们的哀痛算什么,既然我们还活着,死去的是你,仅仅是你?

有谁能告诉我,为什么世界还在,我还在,而你却不在了?

4

世界曾经充满你的甜亮的声音,现在沉寂了。但我分明听见它仍然在某处飘荡,一声声那么急切:"找爸爸,找爸爸……"

爸爸在这里呢。

可是,我的孩子,你又在哪里呢?我举目寻视,不见影踪，伸手欲抱，抓了一空。

你的声音扑闪着折断的翅膀，一次次徒劳地撞在世界的玻璃窗上。这窗户无人知道所在，无人能够开启，却确然存在，无情地隔绝了阴阳。

于是我在寂静中枯坐，绝望地倾听你的呼唤。直到有一天，我的魂魄循着这呼唤奔你而来，那时我一定会听到你像从前那样宽慰地自语："找到了，爸爸在这里呢。"

5

柜子里藏着你的相册、录像带和录音带，有一天打开它们，我还能看到你的形象，听到你的声音。可是，我如何还能触到你的温暖的小身体，闻到你的喷香的气息呢？在一切感觉中，唯触觉必须来自活生生的接触，最不可复制。

你在时，我抱你抱不够，因而觉得时间太少。你走了，我的怀里空了，突然发现时间毫无用处，我不知道拿这么多时间来做什么。也许时间只有一个用处，它会帮助我——不是帮助我忘却，而是帮助我一天天向你走近。

从今以后，死还有什么可怕？由于曾经拥有你，一个比我好无数倍的小生命缘我而存在过，我的生命已经圆满了，不再有什么缺憾。由于失去了你，我生命中最有价值的珍宝已经丢失，使我的生命成了一个空盒，却也因此不会再遭受更严重的损失。

我承认我是一个非常恋生的人,一切哲学或宗教的理念都不能使我完全超脱。那么,命运给我安排如此残酷的悲剧,莫非是为了彻底清算我对人世间的眷恋,割断我的太缠绵的尘缘?想想生命是如此虚妄的东西,我竟活到了今天,真是有些不可思议呢。

6

我当然知道,我曾经有过一次诞生,所以现在我活在世上。可是,对于那次诞生,我是什么也忆不起来了。

我当然知道,我迟早会有一次死亡,所以现在我活在世上。可是,对于这次死亡,我是什么也想不明白了。

世上的神秘,莫过于生和死。每个活着的人,都有过一次诞生,终有一次死亡。然而,没有一个人能目睹自己的诞生和自己的死亡。上苍把两个神秘都向我们隐瞒着,只把中间的一小截平凡展示给我们。我是活在两个神秘之间的一个糊涂,除了知道自己此刻活着,我还知道什么呢?

你来了,目睹亲骨肉的诞生差不多就是目睹自己的诞生,我好像再生了一回。

你去了,目睹亲骨肉的死亡差不多就是目睹自己的死亡,我好像已死了一回。

在短短的时间里,你使我重温了诞生,又预习了死亡。为了前者,我感谢上苍。为了后者,我诅咒上苍。

上苍对我的感谢和诅咒均沉默无言。

于是我惭愧地自问：对于把我的孩子送来又带走的神秘，对于我和我的孩子由之而来又向之归去的神秘，我究竟知道些什么呢？

7

做父母的都知道，世上没有比孩子更让人牵挂的了。现在我又成了一个没有孩子的人，又好像回到了无牵无挂的岁月。

对于死者，我们不复牵挂，只是怀念。

然而，我怎么能把你想象成一个死者，我对你的怀念多么像一种割不断的牵挂。

那天夜晚，是我亲手抱着你的小尸体，给它裹上殓尸布，放进了医院太平间的冰柜里。在踏上归途的瞬间，我突然惊恐地想到，你被孤单单地遗弃在永恒的黑暗中了。你那么弱小无助，从未离开过爸爸妈妈，我们竟让你一个人出远门，你那双还没有学会走阳间的路的小脚丫，竟要独自去走那条阴森的冥路了。

这些天，妈妈连日不眠，流着泪对我说："妞妞不知怎样了，我们去看看她，好吗？"

我明白了，世上没有什么东西能割断父母对孩子的牵挂，连死亡也不能。这牵挂的线团系在你的远逝的小躯体上，穿透生死的壁垒，达于另一个世界。我们明知你不复存在，仍然惦记你犹如惦记一个失踪的游子。

8

小床空了，屋子空了，我逃向外面的世界。可是，无论我逃到哪里，笼罩我的总是无边的空。

世界也空了。

这个世界曾经是我所熟悉的，其中充满着我追求和我唾弃的事物。自从你出生后，我淡忘了这一切。我沉浸在你的世界里，不追求而已经满足，不唾弃而已经洁净。你走了，我被抛回到从前的世界，却发现自己在其中成了一个陌生人。

曾经因为你的存在而相形见绌的一切，由于你的不存在而更加微不足道了。

人生的路是不可逆的。我不可能再回到未曾生你的那种生活中去，想回也回不去了。你不是一个插曲，你永远改变了我的生命的旋律。

那么，就像从前守住你带来的欢乐，让我守住你留下的悲哀吧。我不再逃避，我的心因此而平静了。

9

妈妈和珍珍在低语,悄悄商量给你穿什么衣服,仿佛是要带你去做客。

过了几天,她们又埋头整理你的玩具和衣物,收拾得整整齐齐,藏进你专用的柜子。于是我觉得,你只是出了一趟远门,等你归来,我们就会打开这个柜子,里面的玩具和衣物将重新派上用场。

我在屋里低头读书,突然听见妈妈在客厅里喊珍珍。刹那间我想,一定是你醒了,妈妈让珍珍给你穿衣;你饿了,妈妈让珍珍给你喂饭;你尿了,妈妈让珍珍给你换尿布。

远处传来孩子的话音,可是我觉得,这话音就在近旁,是你在隔壁屋里说话。

妈妈路过平时给你买食品和用具的商店,不由自主地往里走,想着又该给你添点什么了,却猛然停住,怔怔地站在商店门口。

电话铃响了,我冲过去,怕尖锐的铃声把你吵醒。准备接电话的手又缩了回来,让它响吧,如今你不会再被吵醒,而我也没有非接不可的电话了。

10

在未尝有你时,我曾经问自己:有孩子和没有孩子,孰利孰弊?每一回我都答道:各有利弊。这问题和这答案都是抽象的,因为那个尚不存在的孩子是抽象的。

自从有了你,事情变得具体而明确:有你是多么好,没有你简直不可思议。你的活生生的存在已经和我的生命融为一体,成为我不可或缺的呼吸和脉搏。

现在,我又没有了你。人们劝我:再生一个吧。我无动于衷,仿佛又重新面临从前那个抽象的选择。对于我来说,有没有孩子并不重要,重要的是必须有你,不能没有你,而你却永远不会死而复生了。

可是我听见妈妈哭着说:"我一定要再生一个妞妞,我知道代替不了,但我就当她是妞妞,是妞妞投的胎。我要让妞妞在今生今世复活,双眼明亮,看一看世界……"

11

我对自己说,你是上帝向我许下的一个美丽的谎言,命运给我设下的一个致命的陷阱。你的昙花一现的生命只是一个梦幻,我不能为了一个梦幻毁掉自己。

可是,父亲的本能在我的胸中呼叫:不,你的活生生的存在是绝对的真实,如果我们之间的骨肉之情是虚幻的,人生中就再没有真实。

我对自己说,天下父母都偏爱自己的孩子,这种偏爱原是一种狭隘的生物性。我应该有更广阔的爱心,去爱普天下的孩子。

可是，我心里明白，我对你的爱远远多于父亲本能，别人的孩子诚然不同于自己的孩子，自己再生一个又岂能填补你留下的空缺？我的爱心如同夜空包容无数孩子的星辰，每一颗星辰都像你却又不是你，从众星背后看不见的深处传来你的永久的叹息。

我对自己说，就让我带着这永久的创痛活下去吧，或迟或早，我将步你后尘，和你同归一个地方。

可是，真正使我绝望的是，即使在那之后，我也见不到你，无论天上地下，我们都绝无重聚的可能，因为你不是到一个地方去了，你是根本不存在了。

我对自己说，在这世界上，苦难和死亡是寻常事，人人必须接受属于自己的那一份。让我接受苦难，接受死亡，接受人生惨痛的真相。

可是，宿命的解释岂能涂抹掉你在我心中刻下的栩栩如生的记忆。正是你的不可泯灭的可爱，使得你的永不存在成为一种不可接受的荒谬。

12

你和春花一起绽开，和秋叶一起凋落。在大自然的永恒循环中，你的生命只是一个美丽的悲惨的偶然。

于是他们对我说："诗人呵，她的确属于你，就像你的诗句,因为你的诗句是美丽而悲惨的。"

我喊道:不,你不是我的诗句,你是我的命运!

于是他们又对我说:"诗人呵,她的确属于你,就像你的命运,因为你的命运是美丽而悲惨的。"

我喊道:不,我不是诗人,我不想要美丽而悲惨的命运,我只想做一个平凡而幸福的父亲!

13

周忌的日子,我们把一束鲜花放在你的相片前:六支玫瑰、三支康乃馨。

相片是在紫竹院公园照的,万绿丛中,你的粉红色小脸就像一朵鲜花。妈妈说,那朵含苞欲放的粉红色玫瑰就是你。

你知道世界上有花朵,并且用小手抚摸过花朵柔软的叶瓣。可是,失明使你从来没有看见过花朵绚丽的色彩。

有人说,孩子是直接升天堂的。在地上失去的,在天上一定能加倍获得。我相信天堂是一片花的海洋,当你在这花海里嬉戏时,你的明亮的眼睛一定满含惊喜。而此刻,你瞥见了一朵粉红色的玫瑰,若有所忆,停住脚步,心头掠过一阵莫名的惆怅,一颗晶莹的泪珠滴落在花瓣上。

在同一个时刻,爸爸妈妈在你的相片和花束前恸哭。

14

我知道直到生命的最后一刻，创伤仍然是创伤。我知道只要死亡尚未来临，生活终归是生活。

所以，我不拒绝朋友的熟悉面孔。在朋友面前，我的沉默是自然而然的，我装作忘却的样子和他们谈笑也是自然而然的。

然后我又表现出一副在废墟上重建家园的气概，狠狠地扫除积尘，布置居室。

一切准备就绪。婴儿床已经撤除，我回到比婴儿床大许多倍的写字台旁，拿起了笔。

我知道文字与一个孩子的生命和死亡毫无相似之处，它仅仅表明一个成年人的岁月的贫乏和多余。可是，除了文字，我能支配什么呢？除了写作，我能做什么呢？

于是我向你许下谎言和诺言：我要为你写一本书。我迫使自己相信，你将收到这本书，那时你会像从前随手抓起一本什么书那样自豪地喊道："妞妞的书！"

第十五章

让妞妞再生

漆黑的夜,狂风怒号,我从梦中突然惊跳起来:妞妞怎么办?马上又明白:没有妞妞了。妞妞已经藏身在一个绝对安全的地方,世上任何天灾人祸也危及不到她了。

一

　　法雨寺坐落在普陀山的后山坡上，寺内古树葱郁，庙宇恢宏，尽管时值盛夏，依然凉风习习，自有一派灵秀的气韵。大雄宝殿前，香客络绎不绝，香烟缭绕。和尚们正在殿里做法事，我和雨儿坐在殿外一侧的台阶上休息。忽然，我们同时注意到，大雄宝殿前，在众多的香客中，出现了两个年轻的残疾人。其中一个是跛子，另一个畸形得全无人样，皮包骨的腔尖戳在半空，身躯和脑袋垂地，活像一只在尘土中爬行的丑陋的甲虫。从他们的滥褛衣衫看，必定是专程远道而来的。那个跛子费劲地把一捆香插入大殿前的香炉里，然后带着他的伙伴朝殿门匍匐而去。

　　我心中一下子黯然，感觉到了生命欲求的卑贱和无谓。

　　可是，雨儿嗖地站起来，奔跑过去，扶着那个佝偻症患者无比艰难地翻过佛殿的高门槛，进入殿内，又等着他进香拜佛，随后协助他翻出殿门，目送他离去。

　　我走进殿堂，雨儿神色庄严，对我悄悄耳语："我们每人也许一个愿。"

离开法雨寺，走在山路上，她问我许了什么愿。

"愿我能在另一个世界和妞妞团聚。"我说。

"我和你不同，"她说，"我要妞妞在今生今世再生，这是我许的第一愿。"

"还有呢？"

她迟疑了一下，说："第二愿你心胸开阔，健康长寿。第三愿爱我的人永远爱我。"

我笑了："难怪不肯说。这两个愿是互相联系的：我心胸开阔了，爱你的人就可以放心爱你了。"

"我要你健康长寿，这个愿还不好？"

"当然好，说明你心肠好，一边风流一边还不愿伤害我。"

我嘴上同她调笑，心里却想着她的第一愿。我回避评论它。我知道，对于她来说，妞妞的死是这个世界里发生的一件事，因而在某种程度上可以用这个世界里发生的另一件事来加以补偿。譬如说，只要再生一个女孩，就不妨看作是妞妞的复活。对于我来说，妞妞死了就是永远不存在了，这个世界里无论再发生什么事都和她没有一丝一毫的关系了。我当然并不相信有另一个世界，所谓团聚不过是聊以自慰罢了。虚无是一个比上帝更费解的概念，而只要一个人不曾丧魂落魄地领悟过这个概念的可怕内涵，死者便会在他的想象中继续活着。这对生者未尝不是一种安慰，我愿雨儿保有这样的安慰，所以小心翼翼地不去触碰它，仿佛它是一件易碎的瓷器。

二

让妞妞再生是你头脑里反复出现的一个动机。

妞妞弥留之间,我们守在旁边。你端详着妞妞灵气犹存的脸容,对我轻声说:"是你的种呵,多像你。一定要再生一个,就叫妞妞,或二妞,是妞妞的再生,就这么想。"我点点头,心里却明白妞妞是一去不返了,再生只是活人的自欺。

妞妞死了,接连几天,我把自己关在小屋里,一支接一支吸烟,不理任何人,不理这个世界。我感到一种深深的隔膜。你好几回推门,我都没有回头看一看。

"我不能安慰你了吗?"你问。

我仍然沉默。我只觉得自己已经跟随妞妞去往那个空空世界,尘世的一切包括活人之间的安慰多么虚假。

你在我背后痛哭失声了:"我知道,你不需要我了……妞妞去了,我们俩也隔开了,你的我不能分担,我的你不能分担,活着还有什么意思!这个世界还有什么可留恋的!"

你突然冲出屋子。

这一哭一冲把我从空空世界里拉回来了。我在走廊里追上你,把你搂在怀里,也恸哭起来。

"亲,我知道世上没有人比你更爱妞妞了……我做事从不后悔,就这件事后悔。我真是爱你,你这么伤心,我心疼。叫我怎么办呀,我也想妞妞呵,没有一刻不想,简直要疯了……"

顿了一顿,你继续哭诉:"我一定要再生一个女儿,我就当她是妞妞，是妞妞投的胎。"

一个月后，我到郊外的住宅，想在这里独处几天。自从妞妞死后，我始终渴望独处一阵，就像一个忧郁症患者渴望他的海岛疗养地。可是，当天深夜，电话铃响了，你在电话里泣不成声："妞妞，想妞妞……他妈的！真是的！真是的！……"

我放下电话，立即骑上车，飞速回家。

你躺在床上，泪痕未干，看见我进屋，含泪一笑，问："亲，这么远的路，累吧？"

"不累，救妞要紧。你不能离开我了，是吗？"

"你能离开我吗？"

"我也不能。"

"不，你喜欢一个人独处，你独处惯了。"

"一个男人，心疼你，不放心你，就是不能离开你了。"

你点点头。

"刚才怎么也睡不着，脑子里一幕幕全是妞妞，真觉得什么都没有意思了。"

第二天，你坚持让我仍去郊外住，保证不再打扰我，又挽着我的胳膊，送我走一段路程。

"你真是我的老伴了。三年前，你还是一个无忧无虑的丫头，才多久呀，变化真大。"我说。

你含笑承认，说："不过，我觉得老伴的感觉挺好，平平静静的，没有了那些骚动。"

"其实，找个好伴，生个好孩子，此生足矣。其余一切，都是过眼烟云。"

"我是个好伴吗？"

"当然。"

"我也觉得意义不是那么缥缈的，孩子就是意义。我看普通人家都忙着照料孩子，为孩子操心，和孩子玩，过得挺有意义。"

说到这里，你降低声调，补充一句："不过我知道我不会有什么了，年龄一天天大了。"

我看你眼中有了泪光，不禁恻然，忙说："我都不觉得自己老，哪轮得上你？你永远是个孩子。"

"那么好吧，"你的确是个孩子，脸上立刻又有了笑容，爽快地说，"我好好练身体，咱们明年怀孕，后年再生一个妞妞。"

妞妞死后，我们都有好长时间感到眼睛胀痛，视力急剧下降。每当眼痛时，你就会想起妞妞眼病发作的情景，苦叹不止。

后来，你牙痛，医生用激光治疗，造成牙龈经久不愈的溃疡，痛得更厉害了。一天夜里，你痛得不能入睡，哭了起来，愈哭愈伤心，抽泣道："妞妞，小妞妞，那时候她多痛呵……"

我知道你想起了妞妞癌症扩散到口腔时的情景。你想妞妞，往往和你自己的身体感觉相联系，想到的也不是妞妞的死,而是妞妞活着时所遭受的肉体痛苦。

有一回你坐浴,被热水烫了一下,哇地叫了起来,马上说:"可真得小心,那回妞妞也被烫了一下,这么嫩的小屁屁,多疼呀。"

你在向女伴说妞妞的往事,说着说着,扯起女伴的衣服问:"你这衣服真好看,什么料子的?"

我一再发现,你说起妞妞来就好像妞妞还活着一样。这使我相信,男人和女人——至少我和你——对死亡的感受是完全不同的。女人凭感官感受一切,可是死亡即不存在,而对于不存在是无法有任何感觉的。相反,妞妞的病痛曾经是一个鲜明地作用于我们感官的存在。所以,你的悲伤总是越过妞妞的死而执着于妞妞的病痛,呈现为栩栩如生的回忆,甚至是肉体的回忆。我对不存在同样无所感觉,可是,正是这感觉的空缺如同一个巨大的深渊始终暴露在我的意识中,足以吞没任何生动的回忆。反过来说,当妞妞活着时种种生动的小细节从我的记忆中突然闪亮时,它们的光芒把妞妞不复存在的深渊照得更加触目惊心了。譬如说,现在我一听到远处传来孩子的哭声,就会顿生凄凉之感,这固然是因为勾起了对妞妞病痛时哭声的记忆,但更是因为清晰地意识到了妞妞的哭声已经永远沉寂,她的小生命已经如此凄惨无助地不复存在。总是这样,无论忆起什么,立刻就响起同一句画外音:妞妞不在了,永远不在了!天外飘来她的脆亮的声音,如同孤鸿一样在我的头顶上空盘旋,无处着陆,刹那间又飘走了,飘得不知去向。

漆黑的夜，狂风怒号，我从梦中突然惊跳起来：妞妞怎么办？马上又明白：没有妞妞了。妞妞已经藏身在一个绝对安全的地方，世上任何天灾人祸也危及不到她了。可是，这个地方在哪里？天上地下，何处是死亡的空间，何处是不存在的存在？不存在是如此荒谬，人怎么能不为自己发明天堂和地狱呢。

三

宽阔的马路，妞妞在我前面走，甩着小胳膊，走得很快，姿势很像我们一个邻居的孩子。那个小男孩比妞妞小一个月，很早就会走路了，我心中一直为妞妞而羡慕他。我真糊涂，怎么就没有发现妞妞学步也学得这么好，还以为她没有学会走路就死了呢。

当我这样想着的时候，我抬了抬手，妞妞忽然不见了，立刻又在别处出现。我明白自己有了特异功能，能用意念移物。这么说，妞妞没有死，我随时可以把她移回来。

我又抬手，可是，这回妞妞不但没有移位，反而缓缓地转过身来，站住不动，盯着我看。我意识到妞妞的确是死了。我想看看她死后是什么样，端详她，发现她还是活着时的模样，但我同时能感觉到她是已死的人。

妞妞仿佛觉察到我已看穿她是死人，突然扑倒在地。我冲过去，把她抱起来，发现她脸上盖了厚厚一层土，面容模糊。我失声痛哭,哭醒了……

我买了一块地,准备给妞妞盖一座房。一位朋友带我去看地,一路上兴致勃勃地跟我谈论房屋的设计。我听着听着,突然想起妞妞已经死去,便痛哭起来:"妞妞死了,盖这房有什么用呵!"朋友说,他今天还在托儿所里看见妞妞,样子非常可爱。我若有所悟,仿佛明白了所有死去的孩子都被送到一个特别的托儿所去了,那是死亡托儿所。这么久了,她一直远离爸爸妈妈,眼睛又瞎,不知受了多少苦。我愈哭愈伤心,朋友便带我去访问一个奇人,问他有没有办法把妞妞从死亡托儿所救出来。那人不说话,只是摇头。我哭喊道:"世上怎么会有这种事的呀,怎么会有这种事的呀!"哭醒了,满面是泪,醒后还哭了很久,不住地喊:"妞妞呵妞妞,爸爸想死你了!"妞妞的音容笑貌全在眼前,甚至好像闻到了她身上的气息。

妞妞死后,我常常梦见她。梦见一个死去的人的感觉是异样的:梦见她活着,同时也隐约知道她已经死去。当后一种意识变得清晰时,就是梦醒的时候了。我梦见许多年前死去的一位好友或不久前死去的父亲时,也总是在梦中就明晰他们已死。复活是短暂的,事先已蒙上不祥的阴影。

你不同,妞妞在你梦中始终是活着的,但必定会可怕地发病。有一回,你梦见自己在睡觉,床紧挨着一面墙,墙上有两只贴墙扁花盆,每只花盆里蹲着一只可爱的小猫。它们忽然跳到床上，钻进你的被窝，和你逗玩。你抓住它们的爪子，发现是婴儿的小手。再一看，两只小猫变成了两个妞妞。原来是双胞胎呀，好玩死了，你做梦也想要一对双胞胎女儿，没想到梦想成真。两个妞妞亲昵地偎着你，用小手抚弄你。正在这极其幸福的时刻，你突然发现两个妞妞的眼睛都变成了猫眼，很快化脓腐烂，成为不愈的伤口。你伸手到伤口里往外拉，拉出长长的虫子，四个伤口轮流拉，拉出一条又一条虫子，怎么也拉不尽。你边哭边拉，又恶心又伤心，哭醒过来了。

早晨，我已醒来，躺在床上。你还在睡梦中。突然，你呜呜地哭了起来，哭得很伤心。

"妞，不要伤心。"我不住地唤你，拍你。

"妞妞，妞妞，梦见妞妞了。"你说。

我已经猜到了。

你继续哭诉："她又长大了一点儿，像个三岁的孩子。可是，她的眼睛又流水了，我想怎么又犯了，知道坏了，这病还在，这回躲不过了。"

说着说着，你又恸哭。我也陪你大哭一场，因为心疼你，也因为想妞妞。

平静下来后，你说："还会遇见的，隔一段日子遇见一次，每次都长大一点。她还在长。"

"是的，她还在，一定还有一个世界。"我表示赞同。

可是，我心里明白，再也没有妞妞了。为此我欲哭无泪。

四

从普陀山下来，天色已晚，我和雨儿吃过晚饭，散步到海边的一座亭子里，坐在那里看海。海天一片灰亮，缀着黝黑的云影、岛影和点点帆影。

"以后我有了孩子，一定经常带她出来玩，让她在大自然中成长。"雨儿说。

我凝望着朝港口方向缓缓移动的帆影，没有说话。

"妞妞活着该三岁多了。不过，不让她活下来是对的。"她又说。

我仍然没有说话。我想起了在法雨寺看见的那个残疾人，突然意识到我们两人的态度中都有一种奇怪的不合逻辑。她那么同情那个怪物，却不能忍受妞妞作为一个盲人活下来。我鄙视那个怪物的生命欲求，但不论妞妞怎样残废，我都不愿她死。

"你说我还能不能生孩子？"她问我。

"当然能，你还年轻。"

"我这胃病老不好怎么办？我吃的那些药都是孕妇禁服的。"

医生嘱咐，剖腹产后三年内不宜怀孕。好容易等到这期限快满了，她突然胃出血，得了胃溃疡。

"不要急，会好的，我们还有时间。"

沉默了一会儿，她低声说："我有一个心病，我一直没有对你说。"

"现在告诉我,好吗?"

"我觉得自从妞妞死后,我们之间有了隔膜。"

"我不同意。"

她不理我,继续说:"你看我好像快快活活,其实我天天想妞妞,只是不说罢了。自己支配不了的,它来找你。不过,我这人简单,不愿在痛苦里陶醉。我自己结束痛苦,离开这个世界比别人容易,眼睛一闭,就什么都不知道了……"

我把她搂在怀里,轻声说:"我怎么不知道你的心呢?我也只是不说罢了。"

她竭力使自己平静下来,接着说:"人家都说共同受难的经历会加深感情,才不是呢。痛苦是不能分担的,说到底,每人都只能承担自己的那一份。你对妞妞的思念和哀伤,我不能帮你缓解,反过来也一样。"

"你说得对。有人统计,丧子夫妇的离婚率高于百分之五十。苦难未必是纽带,有时反而是毒药和障碍。所谓共同受难其实是表面的,各人所感受的内在的痛苦都是独特的,不但不能分担,而且难以传达。期望对方分担,落空了,期望就会转变为怨恨。所以,需要的不是分担,而是对自己的痛苦保持自尊,对对方的痛苦保持尊重,别把它们搅在一块。我们都明白这个道理,这就好了,不会发生太大的危机了。"

"那会儿你躲起来写作,我真的觉得很孤单,有一种被遗弃的感觉。"

"我写妞妞不也是为了你?"

"不,我嫉妒你,因为我不会写。我觉得我一无所有。"

"你这样想也不是完全没有道理。我一直以为,我能写出我们俩的共同体验和怀念,作为我们对妞妞的共同纪念。可是,写着写着,我就发现,我至多只能表达出一个天性悲观者的忧思,却无法测量出一个像你这样的天性快乐者的伤痛,这伤痛往往是隐藏得更深的。归根到底,我们都只能站在不同的祭坛前,各人独自面对已经死去的妞妞。"

"你毕竟还有一个文字的祭坛,我什么也没有。"

"其实我心里明白,文字也只是自欺,象征的复活和一切复活一样是虚假的。可是,除此之外,我还有什么办法安慰自己呢?"

"你真的不觉得我们俩疏远了?"

"当然不,松动一下是必要的,否则我们都会喘不过气。"

"我一直偷偷想,没准你觉得我多无情呢,因为我反对给妞妞动手术。"

"我仔细想过,全部分歧在于我们对死的态度不同。我是好死不如赖活,你是赖活不如好死。还是我想不开。"

"你这人连生死都想不通,还是哲人呢。"

"我是又通又不通。哪天全通了,我就出家了,还会和你厮守?"

"我看你来不及实现这英雄壮举,就可能入土了。"

"那我就提前实现。"

"还生什么孩子,没有爹的!"

"我离全通还早着呢,急什么?"我有意改变话题,"你在法雨寺许的第三愿,那个爱你的人是谁,现在可以告诉我了吧?"

"我猜你要琢磨。其实很简单,也包括你,我不是单指哪个人。年轻漂亮时被人爱是很容易的,可我很快就会老了,我希望到那时爱我的人仍然爱我。"

"我以为你心中真有个什么人呢。"

"嗨,有也罢,没有也罢,好也罢,坏也罢,到头来还不都是一个空,什么也留不住。"

我惊诧她今天尽放悲声,忙提议回旅馆休息。夜幕已降,海面一片漆黑,只有港口方向散射着模糊的灯光。起风了,好像要下雨。

"我知道说这些没用。其实谁都懂,有什么办法呢?还不是洗脚,睡觉,第二天早早起床,刷牙,挤车,急急忙忙上班去。"说完这话,她站起身,顺从地跟我向山脚旁的旅馆走去。一路上,我挽着她,默然无语。零星的雨点飘打在脸上,真的下雨了。

第十六章

死是不存在的

妞妞死了。毋须太久,我和雨儿也将死去,世上知道我们的悲痛故事的人都将先后死去。终有一天,妞妞的生与死,我们每一个人的生与死,都将在这个世界上不留一丝痕迹。

妞妞醒来了，揉一揉眼睛，发现自己坐在一望无际的绿色草地上。草地真美，鲜花盛开，无边的绿中镶嵌着一大片一大片的红橙黄紫诸色。天空如蓝宝石闪烁，天地间布满奇异的光亮。妞妞望着眼前的景象，甜甜地笑了。

这美丽的光和色是她熟悉的。这就对了，原来是一个梦。她收住笑容，脸上呈现严肃的神情，竭力回想梦中情景。真糟糕，什么都是模模糊糊的。她只记得，在梦中，一开始她还看见光亮和颜色，后来渐渐看不见了，眼前总是灰蒙蒙的。这是她从未遇到过的事情，她想不通，到处寻找心爱的光亮，可就是找不到。当时她还真有点不高兴呢。

"妞妞，看亮亮，亮亮你好！"我抱着妞妞到窗前，对她说。

妞妞垂头靠在我肩上，小手敷衍地挥了一挥。她不朝窗口看，哪里也不看。她知道亮亮没有了。

原来亮亮还在，在这里呢。妞妞又笑了。在这个光明普照的世界上，从来没有黑夜，更不存在失明这回事。她欢欣地朝四周张望，发现草地上还有许多像她一样裸着美丽小身体的可爱的孩子,他们有的还没醒来,正趴着睡觉,有的也是刚刚醒来,正坐着揉眼睛,更多的在快乐地嬉戏和轻盈地飞翔。她不知道,有些孩子也曾经做过或正在做着不愉快的梦,例如梦见自己成为瞎子瘸子聋子,醒来后也都是好好的,一个个都欢蹦乱跳目明耳聪了。

忽然,从四面八方飘来一阵非常美妙的声音,仿佛是蓝宝石的天空在奏鸣,所有的草叶和花朵在吟唱,嬉戏着的孩子们纷纷载歌载舞,如许多浪花在声和光的波涛上荡漾。妞妞凝神倾听,脱口说出一个梦中依稀学过的词:"音乐。"

妞妞出生第十天,她躺在摇篮里,睁眼望着空中,脸上有一种专注期待的表情。屋里很静,她仿佛有点寂寞,开始啼哭。妈妈打开录音机,播放一盘外国名作曲家创作的摇篮曲。音乐声起,妞妞立刻止哭,瞪大了眼睛,眼神略含惊讶,显然在听。她就这样在音乐声中静静躺了很久,小脸蛋异常光洁,似乎沐浴着一种神奇的光辉。我怔怔地看着这美极了的小生命,对自己说:婴儿的世界里一定充满着纯净的音乐,大人们听不见,只好用摇篮曲来猜度和模仿。

这是真正的天籁,声与光浑然一体。无人演奏,却有音乐。没有日月照耀,却有光明。在这里,听到就是看到,人能用耳朵听见最美的奇景,用眼睛看到最妙的声音。妞妞咯咯笑出了声。她又回想起了梦中的一些事,太古怪的事。有一些时候她明明听见了音乐,却没有看到光。这怎么可能呢？她不相信，只要音乐声一起，她就使劲看，果然又渐渐看到了很美的光亮和图景，尽管朦胧，也足以使她兴高采烈了。可惜的是，音乐声一停，眼前又重归黑暗。现在好了，永远有音乐，也永远有光明。她情不自禁地欢跳起来，加入了孩子们载歌载舞的行列。

妞妞坐在床上玩玩具，音乐声起，她那玩着玩具的小手霎时停住，脸上呈现极专注的神情。她的左眼紧闭，渗着泪，眼圈红肿，右眼睁得大大的。我跟她说话，她不理。她沉浸在音乐里了。

"音乐没了！"她忽然焦急地说。

我赶紧换磁带。她立即露出宽慰的神色，轻声说："跳跳舞。"我抱起她来。伴随着音乐和舞蹈的节奏，她时而轻挥小手，喃喃自语，时而手舞足蹈，频频大笑，丝毫不像备受病痛折磨的样子。此时此刻，她的心灵的确已经摆脱患病的躯体，进入了一个我所不知的神奇世界。

妞妞在音乐声中轻盈地舞蹈，她的小身体触到各色奇异的花朵和碧绿的叶片，它们也无不发出美妙的乐音。她高兴极了，在花草丛中旋转着，不停地触摸这些会唱歌的植物，自己也笑着唱着跳着。

八个月的妞妞，她坐在我的腿上，第一次触摸钢琴。如同久别重逢一样，她异常欣喜，张开小手急切地抚摸键盘，敲打琴键，不停地大笑，还常常抬头凝望空中，仿佛受琴声触动，回忆起了很久前听过的某种极美妙的声音。

妞妞且歌且舞，来到一棵树旁，树上长着圆圆的碧玉一样闪光的叶子。她发现自己手里也握着这样一片叶子，便想起这是她最喜欢的一种植物，她在不久前摘下这片叶子就睡着了，没想到醒来时仍握在手里。她正想着，看见树下有一个小男孩趴着睡觉。那小男孩大约在做噩梦，一脸痛苦状，频频抽泣。她俯下身，伸手抹去小男孩脸上的泪水。小男孩动弹了一下，哭得更伤心了，忽然哭出声来："妞妞……"

这里的孩子都没有名字，妞妞也一样。可是，小男孩的这一声哭唤勾起了她的朦胧的记忆。在梦中，她好像被这么称呼过。她依稀记起了那呼唤她的慈爱的声音，那卫护她的温暖的怀抱。她略微感觉到了一种类似忧郁的情绪，但这情绪很快就连同回忆一起消散了。眼前这个小男孩是谁？她不知道。她只是那样地同情他，不住地替他擦眼泪，又把那片绿叶塞进他手里。她相信，她那么喜欢的宝贝一定也能使小男孩转悲为喜。

小男孩渐渐醒了，目不转睛地望着妞妞，果然破涕为笑。他做了一个多么可怕的梦，梦见自己长大了（只有不幸的孩子才会梦见自己长大），有了一个可爱的女儿（不幸中的大幸），可是女儿死了（一切不幸中最可怕的不幸）。他不甘心，出发去寻找这个名叫妞妞的女儿，终于精疲力竭地倒在路旁。临终时，他哭喊着"妞妞"，为自己今生今世未能重见女儿而哀泣。现在俯身替他擦着眼泪的这个小女孩不正是妞妞吗？接着他又发现手里的那片树叶，便高兴地递给妞妞，说："妞妞的小圆板！"

妞妞对这话似懂非懂，她越来越回想不起梦中的事情了。即使她回想起来，她也不会认识眼前这个刚刚从噩梦中醒来的小男孩。在梦中她有一个爸爸，但她只听见过爸爸的声音，没有看见过爸爸的模样。即使见过，爸爸也是一个戴着古怪眼镜的大人，与眼前这个小男孩毫无共同之处。她的模样倒是与小男孩梦中的那个妞妞非常相像，所以小男孩一眼就认出了她。小男孩沉浸在与妞妞重逢的喜悦中，不过，顷刻之间，这喜悦也随同他对噩梦的记忆一起烟消云散了。他不再是妞妞的爸爸，而回复到了他本来所是的那个小男孩。妞妞拉着他的手，他们一起唱着歌，朝花的海洋深处轻快地跑去。

在所有的玩具中，妞妞最宠爱这块不起眼的绿色小圆板。直到弥留之间，她一直把它握在手里，不肯舍弃。

妞妞死后，我把它藏入一只精致的小盒里，放在书架的最高一层。

可是，有一天，我突然发现小圆板不翼而飞了，只留下了空盒。找遍家里每一个角落，不见踪影。问遍家里每一个人，无人知道下落。

"别找了，一定是妞妞带走了。"雨儿说。

"这怎么可能？"

"你想，妞妞那么喜欢，能不带走吗？"

我想了一想，承认她说得有理。

后来，有一个小女孩也从梦中醒来了，她曾经梦见自己是妞妞的妈妈。不过，她很快也忘记了这一切，加入了无忧无虑嬉戏着的孩子们的行列。现在，在这些孩子中，你再也分不清谁是妞妞，谁是梦见做妞妞的爸爸的那个小男孩，谁是梦见做妞妞的妈妈的那个小女孩了。

在这个无边无际的美丽的大花园里，孩子们快乐地玩着，歌唱着。当他们疲倦时，他们就躺下做梦。那些同时入睡的孩子的梦境可能会出现交叉和重叠，于是，一些孩子便成为另一些孩子的梦中角色，由此编织出了许多曲折感人的人间悲喜剧。但是，一旦醒来，梦中故事就很快被遗忘。事实上，每一个孩子必定都已经做过无数的梦，然而，除了最后一个梦在乍醒时还残存一点印象外，其余的梦早已不留痕迹地消失了。这里没有时间，所以孩子们永远长不大。无论梦中故事是悲是喜，醒来只有快乐。任何一幕人间悲喜剧都只是自然之子的小憩一梦，而梦醒本身便证明了死是不存在的。

妞妞死了。毋须太久，我和雨儿也将死去，世上知道我们的悲痛故事的人都将先后死去。终有一天，妞妞的生与死，我们每一个人的生与死，都将在这个世界上不留一丝痕迹。

上帝向我神秘地眨眼，悄悄说："死是不存在的，因为……"

我不想听因为什么。

当然，死是不存在的。

后记

一九九二年底,在妞妞死后一年,我把自己关在屋里,开始写这本书,于一九九三年七月写出初稿。一九九四年七月,完成第二稿。此后,我便把稿子搁了起来,一搁又是快两年。我对它不满意,想再改一改。然而,我终于发现我无法把它改得使自己真正满意了,决定只做必要的删节,便立即交付出版。

我不知道这本书该怎样归类。它不像小说,因为缺乏小说的基本要素——情节的虚构。它也不像散文,因为篇幅太长。它好像也不能归入报告文学一类,因为它的主角只是一个仅仅活到一岁半的幼儿,并无值得报告的事迹。最后我对自己说:就让它什么也不像吧,它只是我生命中的一段历程,这段如此特殊的历程本来就是无法归类的。

这本书第二稿完成后,应《中国妇女报》一位编辑的要求,我从书稿中摘选出了很小的一部分,在她供职的这家报纸上连载。我为摘登写了一个小引,比较准确地表达了我写这本书的动机,现抄录在此——

我为妞妞写了一本书。这本书就叫《妞妞》，还有一个副题："一个父亲的札记"。妞妞只活到一岁半，而离开我已经快三年了。妞妞活着时喜欢玩书，抓到随便一本书便会快乐地喊叫："妞妞的书！"这声音一直在我的头脑里盘旋，叮嘱我写出了这本真正属于她——至少是关于她——的书。

当然，这本书也是为我自己写的。一个昙花一现般的小生命，会有多少故事呢？可是，对于我和我的妻子来说，妞妞的故事却是我们生命中最美丽也最悲惨的故事，我不能不写。妞妞出生后不久就被诊断患有绝症，带着这绝症极可爱也极可怜地度过了短促的一生。在这本书中，我写下了妞妞的可爱和可怜，我们在死亡阴影笼罩下抚育女儿的爱哀交加的心境，我在摇篮旁兼墓畔的思考。我写下这一切，因为我必须卸下压在心头的太重的思念，继续生活下去。

如果有人问，这本书对世界有什么意义，我无言以对。在这个喧闹的时代，一个小生命的生和死，一个小家庭的喜和悲，能有什么意义呢？这本书是不问有什么意义的产物，它是给不问有什么意义的读者看的。

意想不到的是，在我今天把这本书交付出版时，不但书中讲述的这个小生命已死去四年多，书中讲述的这个小家庭也不复存在了。

我和雨儿分手了。

直到现在，仍然常有不知情的好心人关切地打听我和雨儿是否又有了孩子，我不知所对。

不可能再生一个妞妞了。那唯一的妞妞因此而永恒了。

我当然相信，不管今后我和雨儿各自将走过怎样的生活道路，我们都永远不会忘记妞妞，不会忘记我们和妞妞一起度过的日子。

人生中不可挽回的事太多。既然活着，还得朝前走。经历过巨大苦难的人有权利证明，创造幸福和承受苦难属于同一种能力。没有被苦难压倒，这不是耻辱，而是光荣。谨以这一信念与雨儿共勉，并祝愿她从此平安。

一九九六年三月十六日

附录

生命中的无奈

　　这是妞妞六周年的忌日，天色阴郁，我打电话问候雨儿。她说，她记得六年前的今天是晴天。她还说，妞妞现在该在上小学了。她只能说这些，也许她自己也不知道她多么无奈。这些天，我曾经回到我们共同养育妞妞的屋子，那里已经面目全非，只在一个被遗忘的顶柜里塞满了妞妞的玩具，仍是当年我存放的原样，我一件件取出和摩挲，仿佛能够感觉到妞妞小手的余温。毋须太久，妞妞生活过的痕迹将在这所屋子里消失殆尽，而即使我们能够把这所屋子布置成永久的博物馆，我们也仍然不能从中找到往事的意义。

　　在把《妞妞》一书交付出版以后，我自以为完成了一个告别的姿态——与妞妞告别，与雨儿告别，与我生命中一段心碎的日子告别。我不去读这本书。对于我来说，它不是一本书，而是一座坟，我垒筑它是为了离开它，从那里出发走向新的生活。然而，我未尝想到，在读者眼里，它仍然是一本书。我无法阻挡它常常出现在畅销书的排行榜上，无法阻挡涌向书摊书店的大量盗印本，无法阻挡报刊上许多令人感动的评论。那么，也许我不应该把如此私密的经历公之于众，使之成为又一个社会故事？或者相反，正因为它不只是一个私人事件，还蕴含着人类精神的某种相同境遇，我便应该和读者一起继续勇敢地面对它？

可是我知道，问题并不在于是否勇敢。我相信我有足够的勇气面对生活中已经发生的一切，我甚至敢于深入到悲剧的核心，在纯粹的荒谬之中停留，但我的生活并不会因此出现奇迹般的变化。人们常常期望一个经历了重大苦难的人生活得与众不同，人们认为他应该比别人有更积极或者更超脱的人生境界。然而，实际上，只要我活下去，我就仍旧只能是芸芸众生中的一员，我依然会被卷入世俗生活的旋涡。譬如说，许多读者对于我和雨儿的终于离异感到震惊和不解，他们希望得到一个比一般离异事件远为崇高的解释。事实却是我和雨儿与别人没有什么不同，苦难和觉悟都不能使我们免除人性的弱点。即使我们没有离异，我们仍会过着与别人一样的普通的日子。生命中那些最深刻的体验必定也是最无奈的，它们缺乏世俗的对应物，因而不可避免地会被日常生活的潮流淹没。当然，淹没并不等于不存在了，它们仍然存在于日常生活所触及不到的深处，成为每一个人既无法面对也无法逃避的心灵暗流。

我的确相信，每一个人的心灵中都有这样的暗流，无论你怎样逃避，它们都依然存在，无论你怎样面对，它们都不会浮现到生活的表面上来。当生活中的小挫折彼此争夺意义之时，大苦难永远藏在找不到意义的沉默的深渊里。认识到生命中的这种无奈，我看自己、看别人的眼光便宽容多了，不会再被喧闹的表面现象所迷惑。在评论《妞妞》的文章中，有一位作者告诉我，陪着我的寂寞坐着的，另外还有很多寂寞；另一位作者告诉我，真正的痛点是无从超越，没有意义能够引渡我们。我感谢这两位有慧心的作者。我想，《妞妞》一书之所以引人心动，原因一定就在这人人都摆脱不了的无奈。

一九九七年十一月

海滩上的五百六十二枚贝壳
——《妞妞》插图珍藏版序

一

四月即将来临,空气里飘荡着春天的气息。妞妞出生在十年前的四月。这个时候,我无法拒绝这样一个建议:给《妞妞:一个父亲的札记》出版一个插图珍藏本。

在我一生中,我从未觉得岁月像最近十年这样倏忽易逝。我还是我,但生活的场景已经完全改变,和妞妞一起度过的五百六十二个日日夜夜被无情地推向远方,宛如被潮汐推到海滩上的五百六十二枚贝壳,那海滩绵亘在死寂的月光下,无人能够到达。我知道,所有的贝壳已经不再属于我,我不可能把其中的任何一枚拾起来握在手里。当我自己偶尔翻开这本书的时候,我仍然会流泪,但泪水仿佛是在为轮回转世前的另一个我而流了。上帝啊,你让人老,让人死,你怎么能不让人麻木!人的麻木是怎样地无奈,我们没有任何办法留住人生中最珍贵的东西,我们只能把它转换成所谓文本,用文本来证明我们曾经拥有，同时也证明我们已经永远失去。

既然文本是唯一能够持久的存在，我何必要拒绝给它一个隆重的形式呢？

二

其实，作为文本的《妞妞》从来就不是属于我个人的。我的意思是说，它真正讲述的不是一个小家庭的隐私，而是人类生存的普遍境遇。对于这一点，我自己曾经不太自信，在某些责难面前感到过惶惑，是来自读者的声音给了我一个坚定的认识，从而也给了我坦然。

请允许我从偶然读到的报刊评论中摘引一些话——

"我觉得，周国平为他女儿著这部书是他为捍卫生命的尊严以笔为刀与死亡所做的一场肉搏战。"（朱海军，《今晚报》一九九七年四月十一日）

"当我买下了那本摆在书架上的《妞妞》，读完了周国平满纸的冷峻和温柔，我想说的是，在这个世界上，其实，我们都是妞妞。"（柳松，《南昌晚报》一九九七年七月十七日）

"《妞妞》是为除周国平之外的另一个或其他许多的寂寞而写的。周国平大概永远不会知道，陪着他的寂寞坐着的，另外还有很多寂寞。"（黄集伟，《齐鲁晚报》一九九七年八月二十三日）

"作为妞妞的生父，周国平有着许多难以超越的亲子之情，所以他不可能奢谈意义。而作为没有过妞妞的我们，又

无从超越。但我们渴望超越，渴望通过意义引渡我们。这才是我们的痛点……"（陈荷，《文艺报》一九九七年八月三十日）

这些话所表达的当然不是对一个私人不幸事件的同情，而是对人的一种存在境况的共感。我默默感谢这些评论的作者，他们的理解使我相信了《妞妞》的意义不限于妞妞。

三

也是从报刊上知道，《妞妞》作为一个文本，还有另外的解读方式，我且在这里一并录下备案。

首先传递有关信息的是王一方先生，他在主持一次书面座谈时提到：《妞妞》一书"被美国医学人文学专家奉为当代中国人文医学的启蒙之作"。（《中国文化报》一九九八年十月一日）后来，听说又有一些报刊报道了类似消息，但我没有读到。直到前不久，读到了一则稍微详细一点的报道，其中说："在美国，有两所著名的医学院——得克萨斯大学医学院和明尼苏达大学医学院——已将《妞妞》一书作为案例编进了讲义，讲义科目为医学伦理学。所以在美国，《妞妞》被称为'中国医学人文学的重要作品'。如此判断理由充分：《妞妞》不仅仅是一个作者亲历的悲情故事，而且它还展现出一个鲜活的病人世界。"（《北京晚报》二〇〇〇年一月十日）紧接着另一则呼吁"医学需要人文关怀"的报道也认为，《妞妞》一书"给中国公众提供了一个反省现代医学观念与制度的生动案例"。（《中华读书报》二〇〇〇年一月十二日）

我没有对上述消息进行核实。我自己明白，我的书当不起相关的评价。不过，如果它真能推动人们反省今日医学的非人道状况，我当然觉得是好事。

四

在中国大陆，《妞妞》一书出过两种版本，一种是收进陕西人民出版社一九九六年六月出版的《周国平文集》第五卷中的本子，另一种是上海人民出版社一九九六年十一月出版的单行本。后者在出版时被做了少许删节，现在的这个版本悉数予以复原，因而是第一个完整的单行本。

使我感到欣慰的是，没有书商的炒作，没有媒体的吆喝，《妞妞》自己走进了读者中间——

一九九八年的一天，我意外地获悉，它获得了首届全国优秀青年读物一等奖；

来自全国的千百封读者来信；

早出的两种版本，三年累计印数已达九万五千册。

当然，还有盗版。《中国图书商报》一九九八年一月十六日报道："保守的估计，《妞妞》一书的盗版数至少在二十万以上。"有一个时期，我自己目睹盗版本遍布北京的书摊。直到现在，各地仍不断有新的盗版本流向市场。我之所以愿意出版这个新版本，也是希望它的发行能对盗版起一定的抑制作用。

我听到过一个很个别也很刺耳的声音，但我不想复述。

大江健三郎应该庆幸自己没有结识类似的心灵，否则他也会被讥讽为依靠儿子的残疾赚取了诺贝尔奖金。

五

最后我要告诉读者，现在我又有了一个女儿，和妞妞一样可爱，但拥有妞妞所没有的健康。当然，我非常爱她，丝毫不亚于当初爱妞妞。我甚至要说，现在她占据了我的全部父爱，因为在此时此刻，她就是我的唯一的孩子，就是世界上的一切孩子，就像那时候妞妞是唯一的和一切的孩子一样。

这没有什么不对。一切新生命都来自同一个神圣的源泉，都是令人不得不惊喜的奇迹，不得不爱的宝贝。

可是，当我看着我的女儿一天天成长，接近然后越过了妞妞最后的年龄，当我因为她的聪明活泼而欢笑时，常常会有一个声音在我心中响起：妞妞，妞妞太可怜了！于是我知道了，尽管我今天有幸再为人父，经历过沧桑的心毕竟是不一样的了。妞妞并未远离，她只是潜入了我心中最深的深处，她始终在那里为自己的人间命运而叹息。

我感谢上苍又赐给了我做父亲的天伦之乐。但是，请不要说这是对我曾经丧女的一个补偿吧，请不要说新来的小生命是对失去的小生命的一个替代吧。我宁可认为，新生命的到来是我生活中的一个独立的事件，与我过去的经历没有任何因果联系。妞妞依然是不可替代的，而我现在的女儿不能、不应该并且我也无权要她成为一个替代。

所以，无论我的家庭状况已经和将会发生怎样的变化，《妞妞》始终是一个独立的文本，它的存在不会也不应受到丝毫影响。

二〇〇〇年三月

人性找回自己的语言
——《妞妞》日文版序

这本书记述的是我在十二年前的一段经历。它的中文版出版于一九九六年，离现在也有七年了。书出版后，我收到许多来信，其中有一些读者向我讲述了自己的类似经历。其实，我何尝不知道，父母失去孩子，中国人所说的白发人送走黑发人，这是发生在成千上万个家庭里的普通事情，意外的灾祸原是我们日常生活的组成部分。我的经历没有任何特别之处，只因为我碰巧是一个有写作习惯的人，于是成了分散在人群中的那些无奈的沉默者的一个证人。

在中文版的后记中，我写了这样一段话："如果有人问，这本书对世界有什么意义，我无言以对。在这个喧闹的时代，一个小生命的生和死，一个小家庭的喜和悲，能有什么意义呢？这本书是不问有什么意义的产物，它是给不问有什么意义的读者看的。"这是有感而发的。政治和意识形态曾经支配了我们生活的一切方面，成为意义的唯一标准，迫使最真实的个人生活长期处于失语状态。后来，中国发生了众所周知的巨大变化。在我看来，这一变化所导致的最有价值的结果之一是，随着意识形态控制的弱化，从前被扭曲的人性逐渐回复正常并且找回了属于自己的语言。当然也可能发生另一种形式的扭曲，例如经济冲动、物质享受、时尚等等被当作了新的意义标准，从而把生命引到实用和浅薄的方向上。但是，毕竟出乎我的意料，我的书迄今在中国获得了几十万"不问有什么意义"的读者，他们向我证明，书中讲述的亲情、苦难和命运的故事也和他们有着最紧密的联系，在时代表层的缤纷光色下面，人心中深藏着对生命本身的无言关切。

承蒙毛丹青先生推荐和泉京鹿小姐翻译，我的书得以在日本出版。我的专业是哲学研究，而现在我却以这样一部非常个人性的作品与日本读者见面，我觉得十分有趣。也许我可以带来一个信息，我希望日本读者看到，中国人的生活远非只是意识形态、乡土风俗加上今天的先锋和另类。人生最基本的境遇和问题是一切民族的人都会面临的，在这一点上，中国人和日本人、西方人并无根本的不同。我从芥川龙之介、川端康成、大江健三郎、柳田邦男等日本作家的作品中知道，日本民族对生命有着异常细腻的感觉和独特的理解。现在，我把我的书呈献在这样一个民族的面前，我的心情是兴奋中夹带着些许的不安。当一个人要去见一位神交已久而未尝谋面的朋友时，他即使怀着某种信心前往，仍不免会有一种奔赴考场的感觉。不用说，我多么期望日本读者的接受和共鸣。

我写这篇序言的时候，北京正在流行SARS，昔日拥挤的街道突然变得空荡荡的。人们躲在家里，每天怀着忧虑的心情收看政府公布的最新数字,期盼患病和死亡的人数降下来。这场灾难引出了太多需要反省的问题,包括生态伦理、政治体制、信息公开、医疗卫生等等。我在本书中曾经以亲身经历描述了中国医疗机构的不良现状,现在看来,那不过是整体不良状态中的一个环节罢了。反省和改良尚需待以时日,此时此刻,我谨祈求上苍让瘟疫早日平息。我的眼前历历呈现那些已死和将死的患者,他们不得不在隔离中孤独地死去,即使最亲的亲人,即使同将死于非命,在死前也不能见上一面,那是怎样令人绝望的情景啊。呜呼!相形之下,我在书中叙述的那一个小悲剧已经显得多么微不足道。

二〇〇三年五月

珍惜亲情，承担苦难
——《妞妞》台湾版序

本书在中国大陆初版至今，已是第十个年头了。估计总有百十万人读过它了吧，学界外许多人知道我，多半是因为这本书。不过，我要承认，我自己从不去翻开它。对于我来说，它不是一本书，而是一座坟，一段不堪回首的伤心岁月。时光流逝，把我带向前方，但它始终在那里。

现在，张老师文化公司要在台湾地区出版这本书，让我对台湾地区的读者说几句话。我说什么好呢？在大陆，常有读者见了我说，为这本书流了许多眼泪。这使我感到不安。在这个世界上，每人都有自己的伤心事，不该再为一个陌生人流泪。所以，我想对你们说，书中讲述的悲情故事发生在十多年前，在那以后，我自己的生活场景有了很大变化，我真的不希望你们太投入到我昨天的故事中去，这是不公平的。如果说这本书在今天仍有一些价值，肯定不在其中讲述的我的特殊经历，而应该在我由这个经历产生的体验和思考，那也许会有一点儿普遍意义。作为一个研习哲学的人，上天把一个特别的灾难降于我，大约就是要我体悟人生的某些基本真理，并且说给更多的人听吧。

本书的主题可以归纳为亲情和苦难。在妞妞这个昙花一现的小生命身上，我的亲情和我的苦难交织在了一起，也许这就是我的经历的特殊之处。苦难使我对亲情有了刻骨铭心的感受，亲情又使我对苦难有了追根究底的思考，我的话因此可能有值得一听的地方。但是，亲情和苦难本身毫不特殊，二者皆以不同方式属于每一个人。我的体会是，人在世上不妨去追求种种幸福，但不要忘了最重要的幸福就在你自己身边，那就是平凡的亲情。人在遭遇苦难时诚然可以去寻求别人的帮助和安慰，但不要忘了唯有一样东西能够使你真正承受苦难，那就是你自己的坚忍。在我看来，一个人懂得珍惜属于自己的那一份亲情，又勇于承担属于自己的那一份苦难，乃是人生的两项伟大成就。我谨以此与每一位读者共勉。

二〇〇五年四月

共同的人生问题
——《妞妞》韩文版序

在本书的中文版问世恰好十年之际，本书的韩文版与韩国读者见面了。我的书在中国算是比较畅销的，而最畅销的就是这一本，许多普通中国人之知道我皆缘于本书。本书记述的不过是我的生活中的一段真实经历罢了，这段经历诚然悲惨，但人在世间遭遇苦难乃寻常事，人们未必会持久地关注某一桩个别的不幸事件。那么，也许正因为我是一个研习哲学的人，在遭遇苦难的时候，会比常人多一些思考和体悟，才使本书的生命力超出了其中记述的个人经历。通过这一段个人经历，我思考了亲情、苦难、死亡、命运等问题，一个人不论属于哪个民族和国家，只要生而为人，都必定会面临这些共同的人生问题。我想，如果说本书对于韩国读者也有一些价值的话，价值可能就在这里。我愿借此机会向每一个将读到本书的韩国朋友致意。

二〇〇六年四月

受制于时间的和超越于时间的
——《妞妞》十周年版自序

本书初版至今已整整十年。十年来,有许多人为它流眼泪,也有个别人朝它啐唾沫。书有自己的命运,决定这命运的首先是读者,最终是时间,唯独不是作者。我自己的感觉是,随着岁月的流逝,这本书离我越来越远,它不再属于我。也许正因为如此,我反而能够跳出来,比较平静地面对读者的反应。

我想对流泪的读者说:在人世间,每天都有灾难发生,更悲惨的还有得是,请不要为书中讲述的十多年前某个小家庭的悲情故事流泪了。十多年前,我初为人父,偏偏遭遇和自己亲骨肉的生死之别,这使我对父女亲情有了刻骨铭心的体验。然而,我所遭受的境遇虽是特殊的,我所体验到的亲情却是普遍的。读者的反馈告诉我,读了这本书,许多做父母的更加珍惜养儿育女的宝贵经历了,许多做儿女的更加理解父母的爱心了。上天降灾于我,仿佛是为了在我眼前把亲情从平凡的日常生活中剥离出来,让我看清楚它的无比珍贵,并通过我向人们传达。如果说本书还有一点价值，这也许是其中之一。

我还想说：虽然我所遭遇的苦难是特殊的，但是，人生在世，苦难是寻常事，无人能担保自己幸免，区别只在于形式。我相信，在苦难中，一个人能够更深地体悟人生的某些真相，而这也许是本书的另一个价值。我从来不是超然的哲人，相反，永远是带着血肉之躯承受和思考苦难的。置身于一个具体的苦难中，我身上的人性的弱点也一定会暴露出来，盲目、恐惧、软弱、自私等等其实是凡俗之人的苦难的组成部分，我对此毫不避讳。如果那些啐唾沫的读者听得进去，这些话也是对他们说的。

作为一本书的《妞妞》已经不属于我，任凭读者和时间去评判。作为女儿的妞妞始终在我和雨儿的心中，任何评判都与她无关。妞妞永远一岁半，她在时间之外。我的生活没有停留在十多年前的那个苦难上面，它仍在前行，其后又发生了许多事情，这证明我的确是一个受制于时间的凡俗之人。但是，我知道，我心中有一个角落，它是超越于时间的，我能在那里与妞妞见面。我还知道，我前方有一片天地，它也是超越于时间的，我将在那里与妞妞会合。

二〇〇六年五月

妞妞：一个父亲的札记

作者 _ 周国平

编辑 _ 刘树东　　装帧设计 _ 朱大锤　　主管 _ 黄杨健
技术编辑 _ 顾逸飞　　责任印制 _ 梁拥军　　出品人 _ 王誉

营销团队 _ 毛婷　魏洋

鸣谢

张幸

果麦
www.goldmye.com

以 微 小 的 力 量 推 动 文 明

图书在版编目（CIP）数据

妞妞：一个父亲的札记 / 周国平著. -- 昆明：云南人民出版社，2025.4. -- ISBN 978-7-222-23102-3

Ⅰ．I25

中国国家版本馆CIP数据核字第2025QG4507号

责任编辑：陈浩东
助理编辑：杜佳颖
责任校对：刘　娟
责任印制：李寒东

妞妞：一个父亲的札记
NIUNIU：YIGE FUQIN DE ZHAJI

周国平　著

出　版	云南人民出版社
发　行	云南人民出版社
社　址	昆明市环城西路609号
邮　编	650034
网　址	www.ynpph.com.cn
E-mail	ynrms@sina.com
开　本	880mm×1230mm　1/32
印　张	11
字　数	210千字
版　次	2025年4月第1版　2025年4月第1次印刷
印　刷	河北鹏润印刷有限公司
书　号	ISBN 978-7-222-23102-3
定　价	59.80元

版权所有 侵权必究
如发现印装质量问题，影响阅读，请联系021-64386496调换。